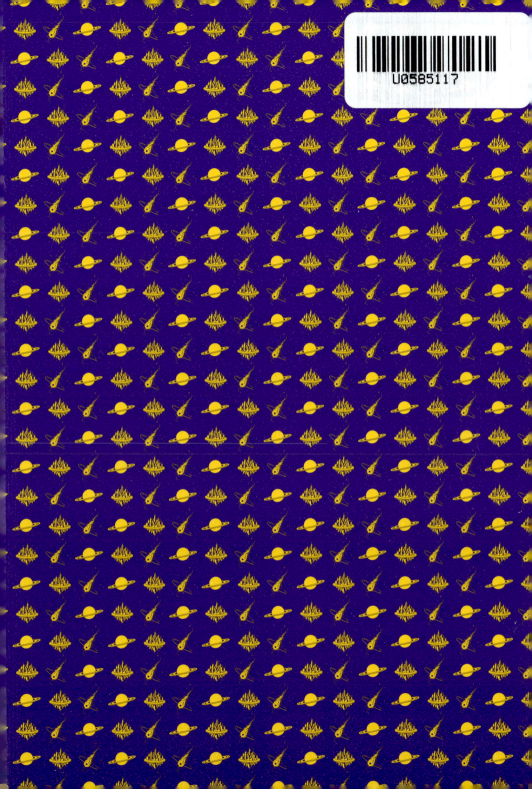

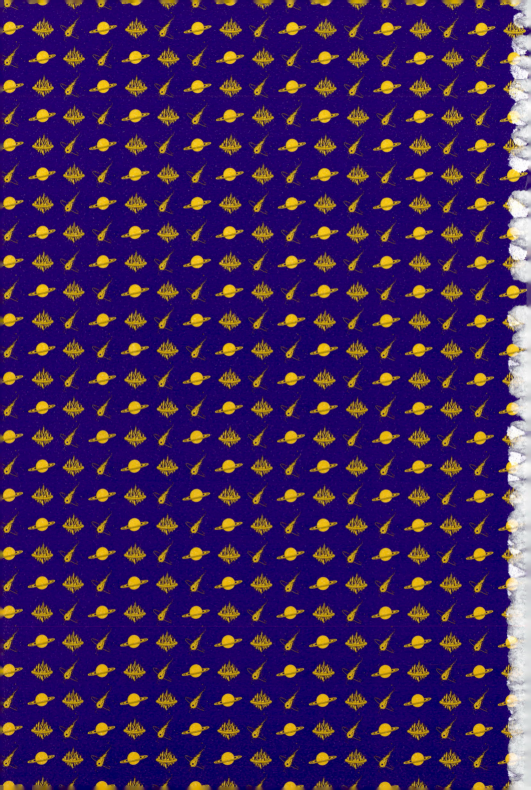

世界大奖科幻小说

太阳系历险记

A Journey Through
Planetary Space

〔法〕儒勒·凡尔纳 / 著

〔法〕保罗·菲利波托 / 绘

赵佳铭 / 译

化学工业出版社

·北京·

图书在版编目（CIP）数据

太阳系历险记 ／（法）儒勒·凡尔纳（Jules Verne）
著；赵佳铭译 . -- 北京：化学工业出版社，2025. 8.
（世界大奖科幻小说）. -- ISBN 978-7-122-48316-4

Ⅰ. I565.44

中国国家版本馆 CIP 数据核字第 202526H0V3 号

责任编辑：汪元元 　　　　　　装帧设计：刘丽华
责任校对：王鹏飞

出版发行：化学工业出版社
　　　　　（北京市东城区青年湖南街 13 号　邮政编码 100011）
印　　装：中煤（北京）印务有限公司
880mm×1230mm　1/32　印张 9¹/₂　字数 250 千字
2025 年 9 月北京第 1 版第 1 次印刷

购书咨询：010-64518888　　　　售后服务：010-64518899
网　　址：http://www.cip.com.cn
凡购买本书，如有缺损质量问题，本社销售中心负责调换。

定　　价：69.80 元

❧ 前言 ❧

为什么要读经典？

　　"书不及百年不读"这句话，体现了广大讲究阅读品位的读者对经典好书的殷切期待。法国科幻小说作家儒勒·凡尔纳创作的约80部作品无疑可以称得上是这样历久弥新的百年经典。

【作家介绍】

　　凡尔纳生于法国南部海港城市南特，波澜壮阔的海洋、迎风飘扬的船帆、威风凛凛的大船，伴着他成长，孕育了他对天空、海洋、大地、宇宙的向往。凡尔纳的父亲是个律师，一心想让他子承父业，十八岁时凡尔纳去巴黎学习法律，但他对法律根本没有兴趣。在巴黎，凡尔纳结识了作家大仲马、探险家雅克·阿拉戈等人，又通过后者结识了许多天文学、物理学和地理学等各学科的科学家，并在他们的影响下钻研起数学、物理、化学、地理、生物等科学知识。同时凡尔纳还尝试着写作小说，把学到的科学知识融进自己的作品当中。《气球上的五星期》是他的首部长篇科幻小说。这篇小说最初出师不利，连续投给16家出版社都无人理会。凡尔纳一气之下把书稿扔进火盆，幸亏他的妻子及时把书稿抢救出来，并找机会投给了第 17 家出版社。那家出版社的编辑赫泽尔慧眼识珠，将之出版。从此凡尔纳声名远播，进入创作的高产量和高质量时期。

凡尔纳一生硕果累累，写了 66 部长篇小说和中短篇小说集，此外还有一些剧本和其他各类作品。他的小说以"在奇异世界里的奇异旅行"为主题，分"在未知的世界中漫游"和"在已知的世界中漫游"两类。第一类有《海底两万里》《地心游记》《从地球到月球》《太阳系历险记》等；第二类有《气球上的五星期》《八十天环游地球》《神秘岛》《格兰特船长的儿女》等。

凡尔纳和他的作品享誉全球，据联合国教科文组织统计，凡尔纳的作品在全世界的译本数约达 4800 种（截至 2016 年 2 月的统计数据）。他和英国的侦探小说家阿加莎·克里斯蒂、剧作家莎士比亚齐名，与英国作家赫伯特·乔治·威尔斯并称"世界科幻小说之父"。1872 年，凡尔纳当选为亚眠市学士院的院士，并获得了法兰西学院颁发的"蒙蒂翁奖"。2005 年，法国政府为纪念儒勒·凡尔纳逝世 100 周年，将该年定为"凡尔纳年"。这一年度活动旨在向这位文学巨匠致敬，并通过各类文化展览、学术研讨和作品推广活动，重新唤起公众对其文学遗产的关注。2012 年，法国三大出版社之一的伽利玛出版社把凡尔纳的作品收入该社被誉为"纸上卢浮宫"的"七星文库"丛书，此举意味着凡尔纳和安德烈·纪德、普鲁斯特、安德烈·马尔罗、萨特、阿尔贝·加缪等几位获得了诺贝尔文学奖的作家同享了这项殊荣。

经典应该怎样读？

【科幻小说】

在阅读本书之前，你可以先了解一下什么是科幻小说。根据《辞海》的解释，科幻小说是用幻想的方法，表现人类在未来世界的物质、精神、文化生活和科学技术远景，其内容交织着科学事实和预见、想象。通常将"科学""幻想""小说"视为其三要素，它是随着近代科学技术的蓬勃发展而产生的一种文学样式。优秀的科幻小说须具备"逻辑自洽""科学元素"及"人文关怀"三个方面。一般认为英国作家玛丽·雪莱（1797—1851）的《弗兰肯斯坦》是世界上第一部真正意义上的科幻小说，这部出版于1818年的跨时代杰作，深受当时的电学、电生理学、生物学、植物学、解剖学、动物学、化学等科学研究成果的启发。随后不久，凡尔纳将科幻小说这一文学新样式提升到世界水平，并因其优质、高产被誉为"世界科幻小说之父"。

【内容提要】

法国军官塞尔瓦达克上尉驻守在位于非洲北部的阿尔及利亚海岸，因情感纠纷，他准备与俄国伯爵蒂马塞夫决斗。但在决斗前夜，一场无法解释的宇宙灾变突如其来：天地震动，海水倒退又涌回，地平线缩短，太阳从西边升起，白昼缩短为六小时，重力减弱，空气稀薄，岩石和动物都表现出异常状态。塞尔瓦达克与忠实的勤务兵本·佐夫艰难应对，最初，他们以为只是发生了局部海啸或地震，但当他们探索周围时，发现熟悉的河流和城镇被海水吞没，只剩下一块岛屿般的陆地漂浮于海洋中。

二人绕岛探查，发现过去的陆地边界已完全改变，他们成为孤岛上最后两位幸存者。塞尔瓦达克根据奇怪的天象和缩短的昼夜周期推测，地球一定发生了重大的变化，但他无法解释细节。星空中，北极星也发生了改变。水在六十六摄氏度时就会沸腾，这让他们意识到大气压只有原来的三分之一了，似乎整个环境被抬升到高空，但海平面却没有下降，这进一步加剧了他们的困惑。

随着探索的深入，塞尔瓦达克上尉和本·佐夫先后发现了其他几位幸存者，包括慷慨仁慈的蒂马塞夫伯爵和他的船员、一群乐天派西班牙人、可爱善良的小女孩尼娜、唯利是图的商人哈卡布特、博学多才但性格古怪的天文学家罗塞特教授等，这些人共同组成了加利亚彗星上的小社区"尼娜蜂巢"，他们携带有限物资在彗星上艰难求生。在这颗小彗星上，还有一群骄傲、固执的英国军人，他们始终相信英国政府会前来救援他们，拒绝加入尼娜蜂巢。

在探索这个新世界的过程中，他们一步步揭晓了这一切的真相。地中海沿岸的少数几块陆地连同周围的空气和部分海水，实际上已被一颗彗星（被命名为"加利亚"）从地球剥离，并带离了地球轨道，随着彗星一起，在太阳系中以独立天体身份运行。

通过实验和天文观测，罗塞特教授推算出了彗星加利亚的性质，并且测算出了加利亚的轨道。加利亚的轨道呈椭圆形，将在经过远日点之后逐渐回到地球附近，并会在离开地球恰好两年整的时刻重新和地球会合。这使众人产生了返回地球的希望，并制作了一个热气球，希望能在加利亚回归近日点时返回地球。

最终，在与地球大气层接触的时刻，加利亚被地球引力捕获。空气震动、乌云聚集，众人在云层与火光之中陷入了昏迷，但等到他们醒来之时，发现自己已经成功返回地球，尼娜蜂巢的全部成员终于结束了这场横跨太阳系两年的奇异流浪。但奇怪的是，地球上的人们只知道他们曾经失踪了两年，却对彗星加利亚一无所知。他们也从未注意到地球的一部分曾经彻底消失。塞尔瓦达克观察后发现，地中海的海岸也没有发生任何变化。这场奇异的太阳系之旅到底是真实的经历，还是虚幻的梦境，恐怕永远是一个不解之谜了。

【关键情节】

19 世纪某年的 12 月 31 日，法国驻阿尔及利亚军官赫克托尔·塞尔瓦达克上尉和俄国贵族瓦西里·蒂马塞夫伯爵因为感情纠纷，决定在第二天进行决斗。当晚，天崩地裂，海浪翻涌，狂风呼啸，塞尔瓦达克和勤务兵本·佐夫陷入昏迷。第二天，即次年 1 月 1 日，二人醒来后，他们发现周围的环境出现了重大改变。太阳从西边升起，地平线缩短了，一天只剩下了 12 小时，重力变小，气压降低，星空和太阳的方位也发生了变化。在接下来的日子里，二人探索周围，发现他们原来身处的北非大陆的海岸线已经发生了变化，二人现在正在一座孤岛之上，这座孤岛被命名为"古尔比岛"。

1 月 27 日，塞尔瓦达克和本·佐夫在岛上看到了一艘船只驶来，那是蒂马塞夫伯爵的游艇"多布里纳"号。塞尔瓦达克和蒂马塞夫已经没有决斗的必要，二人重归于好，决定共同面对难关。

1 月 31 日，塞尔瓦达克、蒂马塞夫和"多布里纳"号的船员们共同出海进行探索，本·佐夫在古尔比岛上留守。在探索途中，众人发现了更多奇怪的事情：阿尔及利亚的首都阿尔及尔，以及其他重要城市，都已经彻底消失。原来深邃的地中海海水也变得非常浅，而且海底平坦，也没有海底生物，海底的岩石成分变成了某种类似于金属的质地。在航行过程中，众人也没有发现任何船只，而往日的地中海，一向是船只来往频繁。

2月18日，众人看到了一座小岛，岛上驻守着一队英国士兵，其领导者是墨菲准将和奥利芬特少校。英国军官相当傲慢，和塞尔瓦达克一行人产生了激烈争执。争执中，塞尔瓦达克惊讶地发现，自己一直从北非海岸向东航行，本应到达希腊附近的伊奥尼亚群岛，但却不知道为何到达了英国军官驻扎的直布罗陀，那里位于地中海西侧。唯一的可能就是他们完成了一次环球航行，因此他们认识到，他们所处的这个天体其实相当小，直径只有地球的十六分之一。

2月21日，"多布里纳"号的船员在海中打捞上来一个写有字条的瓶子，其中的内容不甚明朗，但可以推断出，写下字条的人具有一定的天文学知识，可能已经弄清了现在的状况。

2月24日，众人来到了本该是欧洲大陆的地方，却发现那里被一种荒凉贫瘠的岩石所取代，原来的欧洲大陆已经消失。

2月26日，众人又在海中发现了一座小岛，并在小岛上救下了牧羊的小女孩尼娜。在随后的航行中，众人又捡到了第二张神秘的字条。

3月5日，一行人回到了古尔比岛。本·佐夫汇报说有一行人在他们乘船离开时来到了岛上。塞尔瓦达克和乘坐商船"汉萨"号来到岛上的人们相会，其中有一群乐天知命、擅长歌舞的西班牙人，和一位吝啬的德国籍犹太商人哈卡布特。现在，古尔比岛上一共有二十二人，塞尔瓦达克召集众人，发表讲话，介绍了目前的情况。冬季将至，气温下降，塞尔瓦达克和蒂马塞夫开始为了过冬的准备发愁。

3月10日，"多布里纳"号的船员普罗科普发现，地平线的远处有东西在发光。次日，塞尔瓦达克、蒂马塞夫和普罗科普前往那里进行探测，发现那里有一座火山，正在喷出熔岩。火山的山洞温度宜人，非常适宜居住，于是众人决定迁居火山山洞，并将其命名为"尼娜蜂巢"。"多布里纳"号和"汉萨"号也被带到了尼娜蜂巢附近的海面停泊。众人都住进了宽敞温暖的山洞，只有哈卡布特仍然拒绝相信塞尔瓦达克的话，坚持住在"汉萨"号内部，守护自己的货物和财富。

4月15日，众人在一只信鸽的身上发现了第三封神秘信件，信中提到，写信人的食物即将耗尽，信鸽的左翼上有着福门特拉岛的邮戳。

4月16日，塞尔瓦达克和普罗科普前往福门特拉岛进行救援。

二人找到了已经陷入昏迷的罗塞特教授。罗塞特教授是一位天文学家，也是塞尔瓦达克在学生时代的科学老师。他博学多才，但性格古怪。二人将罗塞特教授带回了尼娜蜂巢，由本·佐夫负责照料。

5月12日，罗塞特教授向众人解释了他的研究成果。他们现在正处在彗星加利亚上，这颗彗星将会在恰好两年之后完成一次公转。

7月31日，罗塞特教授进行了科学实验，测量了加利亚的体积和密度等参数。为了进行实验，尼娜蜂巢的成员不得不从哈卡布特那里购买或租赁一些材料，哈卡布特趁机敲诈了一大笔钱财。

此后，加利亚不断在宇宙中运行，并在10月15日，经过了距离木星最近的地点。12月15日，众人又可以近距离观测土星了。

次年1月1日，他们离开地球已经整整一周年了，尼娜蜂巢举行了盛大的庆典，庆祝新年的到来。但当天晚上，火山停止喷发，熔岩不再涌出，众人面临严寒的考验。经过商议，大家决定继续向洞的内部挖掘，希望能在星球更深的地方找到热量。

1月4日，众人挖到了一处深处的隧道。1月10日，大家搬到了加利亚的深处，那里仍旧保持着温暖。1月15日，加利亚抵达了远日点。此后一直到9月，由于距离太阳过于遥远，气温很低，无法出门，他们一直生活在洞窟内。生活虽然安逸，但却平静无趣，众人都陷入空虚之中，只有尼娜还保持着活力，鼓舞众人。在此期间，罗塞特教授变得更加狂躁，他的研究似乎陷入了某个死胡同。最后，罗塞特教授发现，哈卡布特借给他做实验的秤做了假，因此导致了他的实验和计算出现错误。好在这一问题不会影响加利亚终将回到地球的事实。

11月2日，塞尔瓦达克和本·佐夫出发前往直布罗陀，想要告知那里的英国军人当前的事态，并邀请他们来到尼娜蜂巢，以便在加利亚抵达近日点时一同回到地球。但骄傲的英国军官拒绝了他们的邀请。

12月14日，众人准备搭乘的热气球制作完毕。15日，加利亚经过了火星轨道，火星引力导致加利亚分裂，上面有英国军队的区域从加利亚上脱离，被抛入茫茫太空。

12月31日，众人乘上热气球，准备离开加利亚。哈卡布特想要把自己的钱也带上去，遭到了严厉的制止，而罗塞特教授则希望继续留在彗星上，继续进行自己的天文学研究，但众人将他强制带上了热气球。次日清晨，众人在昏迷中降落在当初出发的地方。这场奇幻的太阳系之旅宣告结束。

【科学背景】

《太阳系历险记》发表于1877年，当时的欧洲正处于科学革命加速推进的时代。这一时期，第一次工业革命的成果已广泛应用于社会生产与日常生活，第二次工业革命也已初露端倪。铁路、电报、电力、蒸汽机的普及，以及天文学与物理学的迅速发展，为凡尔纳的科幻创作提供了坚实的科学土壤与源源不断的灵感来源。

19世纪中叶，力学研究的进展与天文观测技术的提升，使人类对太阳系行星轨道、彗星运行规律与引力计算有了更为深入的理解。早在1705年左右，英国天文学家哈雷便利用开普勒第三定律预测著名的哈雷彗星将在1758年至1759年间回归，而哈雷彗星确实于1758年年底如期回到人们视野中。18世纪末起，天文学家运用牛顿力学从理论上推导出天体运行轨迹，预测了海王星的存在，并且计算出了海王星的轨道，最终在1846年9月左右，柏林天文台依据理论预报，首次确凿无疑地观测到海王星的存在。这些发现不仅是牛顿力学体系的辉煌成就，也标志着人类对太阳系认知进入新的高度，使"天体运行"成为当时社会热议的话题。

凡尔纳在《太阳系历险记》中详细描绘了彗星掠过地球，将地球部分大气和陆地带入宇宙，沿椭圆轨道穿越火星与木星轨道的历程，正是依托于当时天体力学体系计算出的行星运行规律，体现了天文学知识在当时社会中的普及与影响。

与科学进步相伴的，是技术革新所带来的普遍乐观主义情绪。

在《太阳系历险记》出版的年代，电气、化学、钢铁等领域的技术革命推动欧洲快速迈向现代工业社会，科技被视为人类进步的重要动力，社会普遍对未来充满信心与期待。凡尔纳通过作品展现了技术与知识对于人类命运的重要性，同时将科学家（如书中的罗塞特教授）塑造成探索未知世界的象征，在推动情节发展中发挥了关键作用。

与此同时，这部作品中也保留了大航海时代的余韵与殖民扩张的背景。法国于 1830 年入侵阿尔及利亚并建立殖民统治，为小说中塞尔瓦达克上尉在阿尔及利亚执行任务并遭遇宇宙灾变提供了现实背景。同时，19 世纪的欧洲人对地理大发现的热情依旧不减，将探索太阳系视为"人类下一次地理大发现"的目标，这构成了小说中"宇宙航行"的重要背景。

值得注意的是，尽管凡尔纳对科学进展充满热情与乐观，但他也清醒地意识到探索宇宙空间的巨大困难，也很清楚太阳系之旅对于当时的人类来说还为之过早。在《太阳系历险记》的结尾，凡尔纳以一种"亦真亦幻"的氛围结束了众人的太阳系之旅，似乎在以文学方式表达对科学技术的尊重与理性态度，提醒读者即使在科技迅速发展的时代，也应保持对自然法则和未知世界的敬畏。

【各界评价】

俄国文豪列夫·托尔斯泰说:"凡尔纳的作品简直奇妙无穷,使我大开眼界。凡尔纳是一个天才的大师。"他还亲笔为凡尔纳的《八十天环游地球》画了插图。

《小王子》作者、法国作家圣埃克叙佩里自童年时就深深喜爱凡尔纳的作品,并在20世纪上半叶成为凡尔纳的热情支持者,还以凡尔纳的《黑印度》为灵感创作了小说《夜航》。

美国的潜水艇发明者西蒙·莱克声称:"凡尔纳是我一生事业的总指导。"他将自己发明的第一艘潜水艇命名为"鹦鹉螺"号,以向凡尔纳和凡尔纳笔下的尼摩船长致敬。

意大利科学家、无线电发明者马可尼从凡尔纳的作品中获得了灵感,他说:"凡尔纳是我的人生导师。"

苏联宇航之父康斯坦丁·齐奥尔科夫斯基、美国现代火箭技术奠基人罗伯特·戈达德、德国火箭专家赫尔曼·奥伯特这几位现代火箭技术的创新者和发明者,都明确说自己从凡尔纳的《从地球到月球》中获得过灵感。奥尔科夫斯基说:"凡尔纳的小说启发了我的思想,使我按一定方向去想象和创造。"

英国著名的南极探险家、航海家沙克尔顿爵士将《海底两万里》称为"船上圣经"。

巴西航空之父、世界航空先驱桑托斯 - 杜蒙特称，凡尔纳是他最喜欢的作家，凡尔纳的作品是他设计飞行器的灵感来源。

执行美国阿波罗 8 号任务的宇航员弗兰克·博尔曼等人是凡尔纳的忠实粉丝。弗兰克·博尔曼说："儒勒·凡尔纳是太空时代的先驱。"

1978 年，苏联宇航员乔治·格雷奇科在礼炮 6 号空间站上绕地球轨道飞行时，给地球发回信息，以庆祝凡尔纳诞辰 150 周年，他说："每一位宇航员都读过凡尔纳的书，因为凡尔纳是一个预见过太空飞行的梦想家。我想说，这次飞行也是凡尔纳预言过的。"

美国天文学家埃德温·哈勃从小就对凡尔纳的小说着迷，声称他最喜欢《从地球到月球》和《海底两万里》这两部小说。

美国人工智能专家大卫·汉森将他设计和制造的机器人命名"朱尔斯"（"朱尔斯"为"Jules"的英译。凡尔纳名字的中文常见完整译法为儒勒·凡尔纳）。

鲁迅："凡尔纳小说默揣世界将来之进步，独抒奇想，托之说部，经以科学，纬以人情。"

刘慈欣："凡尔纳的大机器小说，粗陋而笨拙，是现代技术世界童年时代的象征，有一种童年清纯稚拙的美感。"

【深远广泛的时代意义】

在《太阳系历险记》诞生的年代，世界正处于工业革命的浪潮之中，科技进步和交通工具发展使得人们对世界的认知和探索欲望不断增强，这部小说正是在这样的时代背景下应运而生。小说通过对新兴的科学技术、不同文化的描绘和对社会问题的思考，为读者打开了一扇扇了解世界的窗户。《太阳系历险记》也为后来的作家提供了丰富的创作灵感和范例，其独特的情节架构、人物塑造方法以及科学与想象融合的写作手法，被众多作家借鉴和模仿。此外，小说还多次被改编成电影、电视剧、舞台剧等多种艺术形式，进一步扩大了其影响力，使更多的人了解和喜爱这部经典之作。它不仅在文学领域具有重要地位，也成为了人类文化遗产的重要组成部分，持续地影响着不同时代、不同地域的人们，激励着人们勇敢地追求梦想，探索未知的世界。

·❦· 目录 ·❦·

上　卷

下　卷

上卷

第一章

一次决斗

"上尉，无论如何我都不会收回我的话。"

"伯爵，我很遗憾，但在这种事情上，你的看法不会影响我的决定。"

"但请允许我指出，是我先认识她的，毫无疑问，我应该有优先权。"

"你只不过是先认识她而已，这种事情，哪来的什么优先权？"

"上尉，你这么说的话，我就只能用我的剑让你让步了。"

"悉听尊便，伯爵。无论是用剑还是用手枪，都不可能让我屈服。这是我的名片。"

"这是我的。"

这场激烈的争执最终以双方正式交换名片而告终。

一张名片上写着：

赫克托尔·塞尔瓦达克上尉

驻穆斯塔加奈姆军官

另外一张名片上写的是：

瓦西里·蒂马塞夫伯爵

"多布里纳"号船主

很快，他们就安排好了自己的助手，并约定当天下午两点在穆斯塔加奈姆会面。上尉和伯爵以相当周到的礼数相互道别，就在这时，蒂马塞夫似乎突然想到了什么，开口说：

"上尉，或许我们不要让这场决斗的真实原因传出去比较好。"

"当然了，"塞尔瓦达克回答道，"怎么说都不合适。"

"这样的话，"伯爵说，"我们就需要找一个合适的借口。要不，我们就说我们对音乐的看法有分歧？我坚持捍卫瓦格纳，而你则是罗西尼的狂热支持者。"

"我没有意见。"塞尔瓦达克微微一笑，回答道。两人再次优雅地行礼，然后分头离开。

这场纷争发生在阿尔及利亚海岸，穆斯塔加奈姆和提奈斯之间的一处岬角，距离谢里夫河口大约两英里[①]远。这个岬角高出海平面六十多英尺[②]，湛蓝的地中海海水轻轻拍打着岸边，富含铁质的岩石为海水染上了一抹淡淡的红色。这一天是 12 月 31 日，正午时分，耀眼的阳光本该洒落在崎岖的海岸线上，但厚重的云雾遮蔽了天空。令人费解的是，过去两个月来，世界各地都笼罩在一片迷雾之中，这不仅使得不同大陆之间的海运受阻，也令海上的景象显得越发阴郁。

告别塞尔瓦达克上尉后，瓦西里·蒂马塞夫伯爵沿着一条小径走向海湾，在一艘轻巧的四桨小艇上落座，那艘小艇一直在那里等着他回来。随即，小艇驶离岸边，很快便靠近了停在岸边几链[③]远处的一艘相当漂亮的游艇。

塞尔瓦达克挥了挥手，一位一直站在远处的勤务兵牵着一匹雄壮的阿拉伯马走上前去。上尉跳上马鞍，他的随从也同样骑着一匹好马，跟在身后，

---

① 1 英里为 1609.344 米。（本文注释，如无特殊说明，均为译者注——编者）

② 1 英尺为 30.48 厘米。

③ 1 链等于 185.2 米。

二人朝着穆斯塔加奈姆前行。当两位骑手穿过最近架设在谢里夫河上的桥时，正好是十二点半。一刻钟后，已经累得口吐白沫的骏马穿过了马斯卡拉城门，这是环绕整个镇子的五个城门之一。

现在，大约有一万五千人居住在穆斯塔加奈姆，其中有三千名法国人。穆斯塔加奈姆是奥兰省的主要城镇，也是一个军事基地，这座城市中有一座避风良港，极大地促进了米纳河与谢里夫河下游的物资流通。正是由于这片海岸的悬崖峭壁之间有如此好的港口，"多布里纳"号的船主才会选择在这里过冬。这两个月，人们一直能看到俄国的国旗在这艘船的桅杆上飘扬，桅杆顶部还挂着法国游艇俱乐部的旗帜，上面绣着"M.C.W.T."的字样，这是蒂马塞夫伯爵姓名的缩写。

进入城中后，塞尔瓦达克上尉朝马特莫尔军事区走去，不久，他就找到了两个可以信赖的朋友——第二步枪兵团的少校和第八炮兵团的上尉。塞尔瓦达克请求他们担任自己光荣决斗的助手，两位军官一开始严肃地听着他说话，但当得知此次决斗竟是因音乐上的争论而起时，不禁露出一丝笑意。他们当然认为这件事情很容易解决，因此提出建议，双方都做出一些小小的让步，这场争端就可以友好地化解。但他们的建议没有任何帮助，赫克托尔·塞尔瓦达克相当固执。

"没有任何妥协的可能。"塞尔瓦达克坚决地说，"罗西尼的名誉遭到严重冒犯，我不能让这件事不了了之。瓦格纳是个蠢货，我不会改变我的看法，一点回旋的余地都没有。"

"既然如此，"一位军官说，"那就这样吧，毕竟一场剑术比试也不会有什么特别严重的后果。"

"当然不会。"塞尔瓦达克说，"尤其是对我来说，我绝对不可能在决斗中受伤。"

塞尔瓦达克的两位朋友自然不太相信这种决斗原因，但他们也别无选择，只能接受他的这种解释。他们没有多说什么就动身前往参谋部，他们将要在两点整和蒂马塞夫伯爵的决斗助手会面。两个小时后，他们回来了，决斗的一切细节都已经安排妥当。伯爵和许多在国外的俄国人一样，是沙皇的侍卫官，他当然会建议用剑作为决斗的武器。决斗将在第二天早上进行，即1月1日早上九点钟，决斗的地点则是距离谢里夫河口西边一英里半处的悬崖上。两位军官保证，自己一定会严格遵守军人的时间观念，准时赴约，随后二人就和塞尔瓦达克握手道别，去祖尔马咖啡馆玩皮克牌①。上尉则离开了城镇。

过去的两周，塞尔瓦达克并未居住在军营，而是奉命在穆斯塔加奈姆沿海征募士兵，因此他暂时居住在一间"古尔比"里面，"古尔比"是一种阿拉伯特色的小土屋。他的居住地距离谢里夫河河口有四五英里远，他的勤务兵是他唯一的同伴。如果换成其他的人，这种如同强制流放一般的生活一定是一种严酷的折磨，但对于上尉来说，这种生活并不是什么问题。

回"古尔比"的路上，上尉一直在脑海里琢磨，想要创作一首韵律古老的回旋曲②。这首回旋曲是他想献给一位年轻寡妇的颂歌，他深深地爱上了她，并渴望与她结婚。他想通过这首歌曲表达这样的情感：当一个男人找到了真正值得珍惜的伴侣时，就应该付出"纯洁而真挚"的爱。至于歌词是不是适用于所有人，勇敢的上尉就不太关心了。他幻想着自己创作的作品在阿尔及利亚引起很大反响，因为那里几乎没有人知道这种形式的诗歌。

"我知道自己想表达什么，"他不停地自言自语，"我想告诉她，我真心爱她，我想娶她。可恶，怎么就找不到合适的词来押韵呢？该死！难道没有一个词能押上'真挚'的韵吗？啊！我想到了——"

> 天下恋人当如是，
>
> 爱情纯洁而真挚。

"但下面该怎么写呢？该接一句什么？嘿，本·佐夫，"他大声喊道，

---

① 法国的一种纸牌游戏。

② 一种西方音乐形式。

"你写过诗吗？"

"没写过，上尉。"勤务兵本·佐夫立刻回答，"我从来没写过诗，但是我在蒙马特尔①举办庆典的时候，在一个摊位看到过别人写诗，他写得可真快啊。"

"你还记得那首诗是怎么写的吗？"

"当然记得！那首诗的开头是这样的：

> 快来快来莫迟疑，
>
> 入场费用别忘记。
>
> 这里有面奇妙镜，
>
> 照出未来的伴侣。"

"呸！"塞尔瓦达克大声说，语气充满厌恶，"这哪里算诗啊！"

"这首诗和其他的诗一样好，上尉，但是必须用芦笛来伴奏才行。"

"闭嘴吧，伙计。"塞尔瓦达克专横地说，"我又写出来两句。

> 天下恋人当如是，
>
> 爱情纯洁而真挚。
>
> 痴心一片奉于君，
>
> 我愿与君共此世。"

写完这几句，上尉的诗歌天赋就耗尽了。此后尽管他绞尽脑汁，却无济于事。下午六点钟，上尉抵达了他的"古尔比"，他写出来的诗仍然只有这四行。

---

① 位于法国巴黎的第十八区，此处有许多旅游景点，且常常举办艺术活动。

第二章

塞尔瓦达克上尉和他的勤务兵

法国战争部的登记簿上可能会有以下记录：

赫克托尔·塞尔瓦达克，18××年7月19日生于吉伦特省莱斯帕尔市的圣特雷洛迪。

薪酬：年薪一千二百法郎。

服役时间：十四年三个月零五天。

服役经历：在圣西尔军校服役两年，在见习军校服役两年，在第八十七步兵团服役两年，在第三轻骑兵团服役两年，在阿尔及利亚服役七年。

参与战役：苏丹战役、日本战役。

职务：穆斯塔加奈姆参谋部，上尉。

荣誉：18××年3月13日，获得骑士勋章。

赫克托尔·塞尔瓦达克大概三十岁，是个孤儿，没有家族背景，也没什么钱。比起金钱，他更渴求荣誉。他性格有些鲁莽，但他热心、慷慨、勇敢，仿佛天生就是战神的宠儿。在生命的最初一年半里，梅多克的一位葡萄园工人的健壮妻子养育了他，这位养母的祖先是一位古代英雄。总之，塞尔瓦达克正是那种被命运选中，注定要经历非凡之事的人物，冒险女神和幸运女神仿佛常常在他的摇篮周围徘徊。

从外貌来看，赫克托尔·塞尔瓦达克完全符合军官的典型形象：他身高约五英尺六英寸，身材修长俊逸，拥有乌黑卷曲的头发和胡须、匀称的手足，以及一双清澈的蓝眼睛。他似乎天生具备吸引人的魅力，而自己却浑然不觉。然而，不得不承认——他自己对此也坦然承认——他的文学修养相当有限。炮兵军官间流行着一句话："我们可不会偷奸耍滑。"这句话的意思是他们不会沉迷于不重要的琐碎小事，荒废自己的职责。但必须承认，塞尔瓦达克天性有些懒惰，的确相当擅长"偷奸耍滑"。不过，凭借出色的天赋和机敏的才智，他仍顺利完成了早期的学业。他擅长制图，还是出色的骑手。在圣西尔军校的骑术课程上，他完美地驾驭了著名战马"汤姆大叔"的后代。在他的军旅生涯中，他的名字也多次出现在嘉奖档案中。

以下的这段经历，可以在某种程度上反映他的性格。在一次战斗中，他带领一队步兵穿越战壕。那段战壕的侧壁被炮弹轰炸得千疮百孔，导致一部分墙体倒塌，留下了一个缺口，那个缺口完全暴露在猛烈的榴弹射击下。士兵们犹豫不决。这时，塞尔瓦达克立刻爬上战壕的侧壁，躺在缺口处，用自己的身体填补了空隙，并大声喊："前进！"

炮火密集，但居然没有一颗子弹击中躺在那里的塞尔瓦达克，上尉的部队安全通过了。

自从离开军校以来，除了去参加苏丹和日本的两次战役，塞尔瓦达克一直驻扎在阿尔及利亚。如今，他在穆斯塔加奈姆担任参谋，最近还接到任务，负责从提奈斯到谢里夫河的海岸勘测工作。对他来说，现在所住的"古尔比"很不舒服，房子的结构也很糟糕，但这没什么关系，因为他喜欢待在户外，孤独的生活方式也非常适合他。有时，他会在沙滩上漫步，有时则骑马沿着悬崖的顶部行进，完全不着急完成任务。此外，他的工作也不至于让他忙得没有空闲时间。他每个星期都会乘坐火车去奥兰两三次，不是去参加将军的宴会，就是去参加阿尔及尔总督的宴会。

正是在这些场合中，他第一次遇到了 L 夫人。他那首四行回旋曲就是要献给她的。她是一位上校的遗孀，年轻貌美，举止端庄，还带着一丝傲气，对自己吸引的一切艳羡目光毫不在意。塞尔瓦达克上尉还未敢向她表白自己的心意，他清楚自己有不少竞争对手，其中最不可小觑的就是俄国的蒂马塞夫伯爵。年轻的寡妇全然不知她是这两位热情追求者之间进行决斗的唯一原因。

在"古尔比"里面，赫克托尔·塞尔瓦达克唯一的同伴就是他的勤务兵本·佐夫。本·佐夫对他的长官忠心耿耿，甘愿为他赴汤蹈火。他自己的个人抱负就是为他的长官服务，即便将他提拔为阿尔及尔总督的副官，他也不会同意，因为他不想离开塞尔瓦达克。从名字来看，他像是阿尔及利亚本地人，但其实他出生于巴黎的蒙马特尔，真名是洛朗。至于他为什么用了"本·佐夫"这个名字，那是一个难以解释的谜团，连最精通词源学的专家也无法说清。

本·佐夫出生在蒙马特尔高地，就在索尔费里诺塔和拉·加莱特磨坊①之间。他对自己的故乡怀有无限的热爱。在他看来，蒙马特尔的高地和城区就是世界上所有奇观的缩影。他游历过的地方并不少，但他去过的所有地方，没有任何风景能和他的故乡媲美。任何教堂，哪怕是布尔戈斯的大教堂②，都不如蒙马特尔的圣心大教堂③；蒙马特尔的赛马场，也绝不亚于彭特利库斯山的赛马场；蒙马特尔的蓄水池，足以让地中海相形见绌；蒙马特尔的森林，早在凯尔特人入侵之前就已经生机盎然；蒙马特尔的磨坊，磨出来的不是普通的面粉，而是能制作出享誉全球的糕点的优质面粉。最重要的是，蒙马特尔拥有一座真正的山。尽管有人出于妒忌，说那座山不过是个小丘陵，但本·佐夫坚持认为它的高度足有一万五千英尺④，他宁可拼命也要捍卫这座山的荣誉。

本·佐夫最大的梦想，就是说服塞尔瓦达克上尉和他一起回到蒙马特尔

---

① 索尔费里诺塔和拉·加莱特磨坊均为巴黎蒙马特尔的知名建筑。
② 位于西班牙布尔戈斯的天主教堂，建于 13 世纪，是哥特式教堂的代表建筑。
③ 位于巴黎蒙马特尔高地的教堂，教堂建筑风格独特，其中收藏有许多艺术品。
④ 实际上，蒙马特尔高地的海拔只有约 130 米。

养老。他几乎每天都不厌其烦地向上尉描绘巴黎第十八区的独特魅力，甚至到了塞尔瓦达克一听到"蒙马特尔"这个名字就下意识地感到厌烦的程度。但本·佐夫并未因此灰心，他始终相信，总有一天能让上尉改变主意，他决定永远不会离开自己的长官。他曾经是第八骑兵团的一名骑兵。二十八岁那年，他本来已经打算退役，却意外地被任命为塞尔瓦达克上尉的勤务兵。他们肩并肩参加了两次战役，在日本，塞尔瓦达克救了本·佐夫一命，在苏丹，本·佐夫则救了塞尔瓦达克一命。正是这份生死与共的情谊，使得他们之间的关系变得无法割裂。虽然本·佐夫已经有资格退役，而且可以凭借他的战功领到退休金，但是他坚决拒绝任何荣誉和优待，因为他不想离开塞尔瓦达克。他愿意用自己强壮的双臂、钢铁般的体魄、魁梧的身材和无畏的勇气，忠心耿耿地为上尉服务。因此，他完全配得上自己那响亮的绰号——"蒙马特尔的堡垒"。和他的上级不同，本·佐夫并不觉得自己有任何诗歌方面的才华，但他那过目不忘的记忆力让他成了一部行走的百科全书，他脑子里的奇闻异事和军旅故事的丰富及精彩程度无人能及。

塞尔瓦达克上尉深知自己手下的优点，因此对他的一些怪癖总是保持着一种略带幽默的宽容态度。如果这些怪癖出现在某个不那么忠诚的手下身上，恐怕上尉早就受不了了。上尉如此宽容，几句偶尔的同情和赞许之语，都让本·佐夫的忠诚更加坚定。

有一次，本·佐夫又在滔滔不绝地夸耀他心爱的巴黎第十八区，塞尔瓦达克上尉一本正经地说："本·佐夫，你知道吗，蒙马特尔'山'要是再高上个一万三千英尺，就能和勃朗峰①一样高了。"

本·佐夫听得两眼放光。从那一刻起，赫克托尔·塞尔瓦达克和蒙马特尔高地在他心中就占据了同样重要的位置。

---

① 勃朗峰是西欧第一高峰，海拔4810米。13000英尺约为4000米，塞尔瓦达克此处是在开玩笑说蒙马特尔高地并不高。

第三章

上尉的诗兴被打断

"古尔比"由泥土和松散的石块搭建而成，屋顶覆盖着当地人称为"德利斯"的茅草和干稻草。虽然"古尔比"比阿拉伯人的帐篷略胜一筹，但远远不及砖石房屋那般坚固舒适。它旁边有一座废弃的、石头搭建的客栈，之前，一支工程兵部队曾经驻扎在那里，而现在，那座客栈成了本·佐夫和两匹马的住所。客栈里面仍然有许多工具留在那里，比如鹤嘴锄、铁锹和镐头等。

尽管这间临时住所相当简陋，但塞尔瓦达克和他的勤务兵都毫无怨言。他们二人对吃住向来都不太挑剔。晚饭后，塞尔瓦达克看到本·佐夫正在打扫"战场"——把剩下的食物放到自己的"胃之橱柜"里面，上尉于是就走到悬崖边，点上烟斗，迎着晚风沉思。夜幕降临，黑暗逐渐笼罩大地。一个小时前，太阳就已被浓重的云层吞没，在谢里夫河对岸的平原尽头落入了地平线之下。

天空的景象颇为奇特，尽管黑暗让人视野受限，甚至无法看清楚四分之一英里之外的景象，但向北望去，高空的云层正被一抹诡异的玫瑰色光晕所笼罩。空中没有清晰的光带，也没有弧形的光束，这意味着这光晕并不是极光，更何况这里纬度很低，极光也不会出现。即便是最资深的气象学家，恐怕也无法解释这道奇异光晕的成因，更何况，今天是 12 月 31 日，这一年的最后一夜。

但塞尔瓦达克上尉并不是气象学家，自从离开学校之后，他就再也没有翻开过自己的《宇宙志》了，而且，他的心思完全不在这上面，明天的决斗才是他此刻忧心的问题。其实，上尉和蒂马塞夫伯爵之间并没有私人恩怨。尽管两人是情敌，但他们彼此间保持着真正的尊重。只是，现在形势已经到了非此即彼的地步，究竟谁才是感情中多余的那个人，就让命运来决定吧。

晚上八点，塞尔瓦达克上尉回到了"古尔比"。这座建筑只有一个房间，里面放着一张床、一张小写字台和几个充当衣柜的旅行箱。本·佐夫则在旁边的石头屋子里生火做饭，他晚上也在那里睡觉。本·佐夫总是悠然自得地躺在他所谓的"橡木床垫"上，呼呼大睡，一觉就是十二个小时。然而，今天晚上，本·佐夫还没有收到上尉让他休息的命令，他只能蜷缩在"古尔比"的角落里，试图打个盹，但是上尉今晚异常烦躁的样子，让他难以入睡。塞尔瓦达克上尉似乎毫无睡意，他坐在写字台前，拿着一把圆规和一张复写纸，用红蓝铅笔在上面画着一些长短不一的彩色线条。这些线条，无论怎么看，都和他们的地形测绘工作毫无关系。此刻，与其说上尉现在是参谋部的军官，不如说他是加斯科涅的诗人。或许他觉得，用圆规来写诗会让韵脚更严谨，又或许彩色的线条可以增加诗的节奏感。他到底怎么想的不得而知。无论如何，他正在全力创作自己的回旋曲，这是一项相当困难的任务。

"见鬼！"他咕哝了一句，"我当初在想什么，选了这么难的一种体裁！押韵简直比在战场上召集逃兵还要难。但该死的，一个法国军官，怎么可能连一首诗都搞不定？既然第一营已经冲上去了，那就只能继续进攻！"

坚持总是会有回报。很快，纸上就出现了两行红蓝相间的诗句，上尉低声读道：

空言虚语皆无凭，
怎诉衷肠寄深情？

"我的主人这是怎么了？"本·佐夫咕哝着，"整整一个小时了，他就像冬天过后要迁徙回家的候鸟一样坐立不安。"

突然，塞尔瓦达克猛地从椅子上跳了起来，激动地在屋子里踱步，仿佛要被诗歌的灵感冲昏了头，大声朗诵着：

> 言语难传心中意，
>
> 唯愿此生与君行。

"好吧，他又开始写诗了。"本·佐夫翻了个身，在角落里自言自语，"这么吵，根本没办法睡觉。"他忍不住发出了一声响亮的呻吟。

"本·佐夫，什么事？"少校的语气颇为不快，"你怎么了？"

"没事，长官，只是做了个噩梦。"

"该死的，这家伙彻底打断了我的思路！"塞尔瓦达克抱怨了一句，接着大喊道，"本·佐夫！"

"到！长官！"本·佐夫立刻跳了起来，站得笔直，敬了一个标准的军礼，一只手贴着额头，另一只手紧紧地贴在裤缝上。

"站好，别动！"塞尔瓦达克大喊，"我刚刚想到了我的回旋曲该怎么结尾了！"他灵感突发，慷慨激昂地吟唱起来，还伴随着夸张的手势。

> 请君聆听我誓言，
>
> 愿与君结百年缘。
>
> 此心不渝永相随，
>
> 此心……

然而，最后一句诗还未说完，一场猛烈的冲击就突如其来，塞尔瓦达克和他的勤务兵狠狠地摔了一跤，脸朝下扑倒在地面上。

第四章

天崩地裂

这一刻，地平线产生了如此怪异、如此突然的变形，即便是经验最丰富的航海家，也无法分辨海天之间的界线，这究竟是何缘由？

海浪为何怒涛翻涌，掀起了科学记录中前所未有的惊人高度？

为何天地万物齐声轰鸣？大地仿佛已经彻底支离破碎，发出沉痛的哀号。

海水的怒吼从海洋最深处传来，狂风嘶鸣，飓风怒号。

为何一片比北极光更为耀眼的光辉席卷天穹，甚至瞬间掩盖了群星的光芒？

为何地中海的海水顷刻间被抽离一空，旋即又被汹涌澎湃的巨浪填满？

为何在短短几秒之内，月亮的圆盘竟骤然放大，仿佛它距离地球只有原来的十分之一？

为何天际间突然出现了一颗炽热燃烧的球体？那是天文学家前所未知的星辰。瞬间，它就隐没于层层堆积的浓云之后。

究竟是什么天文奇观，引发了这场席卷天地、骇人听闻的灾变？

目睹这一切的人是否还能幸存？如果有，他能解开这个骇人的谜团吗？

第五章

神秘的海洋

　　尽管动荡异常剧烈，但阿尔及利亚的这一段海岸似乎未曾发生太大变化，它的北面依然是地中海，西边是谢里夫河的右岸。虽然在肥沃的平原上可以看到一些裂痕，海面上也出现了异常的波动，但悬崖的崎岖轮廓依旧如昔，这一地带的风景似乎未受影响。除了墙壁上出现了几道深深的裂缝外，那座石砌客栈几乎没有遭受什么损害。但那座"古尔比"却如同纸牌搭建的小屋被一个小孩子吹倒了一样，已经完全坍塌了。屋内的两个人一动不动地被压在塌下来的茅草下面，被埋在废墟之中。

　　灾难发生后两小时，赛尔瓦达克上尉恢复了意识。他费力整理思绪，脱口而出的第一句话，就是那首被无情打断的回旋曲的结尾：

　　　　　此心不渝永相随，

　　　　　此心……

　　他苦吟了几句，突然警醒过来，接着，他的下一个念头就是想弄清楚发生了什么。为了找到这个问题的答案，他拨开了压在身上的茅草，露出头来，看着废墟。"'古尔比'塌了！"他大喊道，"一定有水龙卷，刚刚卷过了海岸！"

　　他检查了一下自己的身体，看看有没有受伤。但哪怕是一丝扭伤或划伤都没有。"本·佐夫，你在哪儿？"上尉大喊。

"长官，我在这儿呢！"废墟中又冒出了一个脑袋，动作带着军人特有的迅捷。

"本·佐夫，你知道发生什么了吗？"

"我想我知道，上尉，我们完蛋了。"

"胡说，本·佐夫，只不过是水龙卷而已！"

"很好，长官，"本·佐夫的回答充满了哲学意味，随后他立刻问道，"长官，你有哪根骨头断了吗？"

"我没受伤。"上尉说。

二人很快就站了起来，开始费力清理废墟。他们发现自己的武器、炊具和其他财物几乎没有损坏。

"对了，现在几点了？"上尉问。

"我估计，至少有八点钟了。"本·佐夫抬头看了看太阳，太阳正高高地挂在地平线上方，"我们差不多该出发了。"

"出发？干吗去？"

"去见蒂马塞夫伯爵呀。"

"天哪！我完全忘了！"塞尔瓦达克大喊。他看了看自己的手表，随后又大声说道："本·佐夫，你胡思乱想什么呢？现在才两点。"

"是凌晨两点，还是下午两点？"本·佐夫又看了看太阳。

塞尔瓦达克把手表凑到耳边。"它还在走，"他说，"但哪怕把梅多克[①]的酒都喝光，我也搞不清楚怎么回事。你不觉得太阳是在西边吗？它应该要落山了。"

"长官，落山？不是吧，太阳正在从西边升起来呢，就像是新兵听到起床号一样迅速起立，就在我们说话这一会儿，太阳已经升得老高了。"

尽管听上去很不可思议，但眼前的事实很明显。谢里夫河位于他们的西

---

① 位于法国，盛产葡萄酒。

边，通常来说，太阳会在那里的地平线上沉下去，但现在它正从那条地平线上冉冉升起。两人大惑不解，因为某种神秘的原因，太阳在天体系统中的位置发生了改变，甚至可能是地球的自转轴出现了重大变化。

塞尔瓦达克上尉安慰自己，他认为下周的报纸一定会给出这个谜团的解释。于是，他将注意力转向了更为迫切的事情。"走吧，"他对他的勤务兵说，"虽然天和地可能都倒转了方向，但我们今天早上还是得去赴约。"

"去给蒂马塞夫身上来个荣誉的伤口吧。"本·佐夫附和说。

如果塞尔瓦达克和他的勤务兵没有那么专注于决斗的事情，他们一定会注意到，除了太阳的运行之外，这个新年前夜的气象动荡也带来了一些其他的变化。当他们沿着悬崖下到谢里夫河边的陡峭小路时，他们没有意识到自己的呼吸变得越来越急促、越来越沉重，就像是登山者爬到了高空，空气变得稀薄一样。他们也没有意识到自己的声音已经变得微弱而纤细，要么就是他们已经听力受损，要么就是空气已经不能有效地传导声音了。

前一晚的天气雾气弥漫，但现在的天气彻底变了。天空呈现出一种很奇异的色调，不久之后，云层就变得越来越重，完全遮住了太阳。一切迹象都表明暴风雨即将来临，但因为水蒸气无法有效凝结，雨水还没有降下来。

海面看起来空旷而荒凉，这在沿海地区可不太常见，没有一艘帆船，也没有一丝烟雾打破这片灰蒙蒙的海天一色之景。地平线的距离也明显缩小了，无论在陆地还是海上，都无法看到太远的景色，仿佛地球表面变得更为弯曲。

以上尉和勤务兵的步行速度，二人很快就能走完从"古尔比"到约定地点之间的三英里路程。路上他们没有说过一句话，但二人都感觉到一种不寻常的轻快感，仿佛他们的身体在腾空，脚下生了翅膀。如果本·佐夫要用语言来表达此刻的感受，他会说自己"仿佛无所不能"，他甚至忘了吃一块面包，而作为一名出色的士兵，他很少会忘记这一点。

正当他想起自己似乎忘了什么事情时，小路的左侧突然传来一阵刺耳的叫声。一只豺从一大片乳香丛中跳了出来，它显得相当不安，注视着二人，最后停在了一块三十多英尺高的岩石下面。这是一只非洲豺，它的皮毛上有黑色的斑点，前腿上有一条黑线。夜间它们会成群结队地行动，但单独一只豺不会比一只狗更危险。虽然本·佐夫不怕豺，但他对这种动物有一种特别的反感，可能是因为在他心爱的蒙马特尔并没有这种动物。因此，他做了一个威胁的手势。让他和上尉都很吃惊的是，那只豺竟然猛地一跃而起，直接跳上了那块岩石的顶端。

"天哪！"本·佐夫叫道，"那一下至少跳了三十英尺高。"

"确实。"上尉说，"我从来没见过豺跳这么高。"

这时，那只豺坐在岩石上，满脸挑衅地盯着两个人。这让本·佐夫再也忍不住了，他弯腰抓起一块很大的石头，却惊讶地发现它比一块变硬的海绵还轻。"该死的野兽！"他叫道，"我倒不如拿块面包扔它，这石头怎么会这么轻？"

但他没有放弃，还是把那块石头朝着豺扔了过去。石头划过空气，虽然没有打中目标，但豺还是被吓了一跳。于是它轻快地跳了几下，灵巧地跳过了树丛和灌木，最后消失在视线中，仿佛一只用橡胶做成的袋鼠。本·佐夫发现，自己刚才扔出的石头"射程"简直堪比榴弹炮，因为它飞了好一阵子后，落地的时候已经离岩石足足有五百步远。

吓走了豺后，勤务兵发现他们面前是一个十英尺宽、充满了水的小沟。为了跨过水沟，本·佐夫猛地一跃，塞尔瓦达克大喊道："本·佐夫，你个傻瓜！你在干什么？你会把腰给摔断的！"

上尉的担心不是没有原因的。本·佐夫这一跳居然跳了四十英尺高，上尉担心他落下来的时候会受伤，便冲上前去，试图在水沟的另外一侧接住他，缓解一下掉在地上的冲击。但他自己也一下子跳得老高，足足蹦了三十英尺，在上升的过程中，他甚至超过了已经开始下落的本·佐夫。在重力的作用下，上尉开始加速下坠，但在着陆的时候，他并没有感受到很大的冲击力，仿佛自己只跳了四五英尺一般。

本·佐夫爆发出一阵大笑。"好极了！"他说，"我们应该去组队表演杂技。"

上尉没有说话，他沉思了几秒钟后，庄重地说："本·佐夫，我一定是在做梦。狠狠掐我一下，我要么睡着了，要么发疯了。"

"很明显，确实是发生了什么，"本·佐夫说，"我偶尔会梦到我变成一只燕子，从蒙马特尔的上空飞了过去，但我从来没有经历过现在这样的事情，这一定是阿尔及利亚海岸的某种特殊现象。"

塞尔瓦达克有些发愣。他本能地感觉到自己并不是在做梦，但他目前没有办法解开这个谜团。不过，他并不是那种会在难题面前一直纠结的人。"不管怎样，"他说，"我们还是先去干正事吧。"

"遵命，长官。"本·佐夫说，"现在我们首先要去找蒂马塞夫伯爵算账。"

小水沟那边是一片约一英亩^①大小的草地，柔软清新的草皮铺满了地面，周围的树木环绕着这片草地，就像是画框一样。这里无疑是两位对手决斗的理想地点。

塞尔瓦达克快速地扫视了一下四周，一个人都没看到。"我们先到了。"他说。

"未必，长官。"本·佐夫说。

"你为什么这么说？"塞尔瓦达克问。他看了看自己的手表，在出发前，他特意根据太阳的方位调整了手表的时间，"现在还不到九点。"

"看那儿，长官。我敢说那个就是太阳。"本·佐夫指着头顶。在薄雾一般的云层中，有一个模糊的白色圆盘若隐若现。

"胡说！"塞尔瓦达克喊道，"在北纬 39 度的地方，一月份的时候，太阳怎么可能在天顶？"

"我也说不清，长官，我只知道太阳确实在那里。按照它现在的移动速度，我敢打赌，不到三点，太阳就会落山。"

赫克托尔·塞尔瓦达克沉默不语，双臂交叉，一动不动地站在原地。片刻后，他回过神来，重新打量了一下四周。"这到底是怎么回事？"他喃喃自语，"重力被扰乱了！方位也发生了变化！白昼的时间减少了一半！我和伯爵的决斗要推迟了，肯定出了什么事，总不可能是我和本·佐夫同时疯了吧！"

与此同时，勤务兵正在以最平静的神态看着自己的上司。无论发生什么奇异的现象，似乎都不会让本·佐夫惊讶。"你看到有人来了吗，本·佐夫？"上尉问道。

"没有，长官。但很明显，伯爵应该是来过了，而且已经走了。"

"如果真的是这样的话，"上尉坚持自己的看法，"我的助手应该会等在这里，没有看到我，他们肯定会朝着'古尔比'的方向走，我只能得出结

---

① 1 英亩等于 4046.86 平方米。

论，他们没有来这里，至于蒂马塞夫伯爵——"

话还没说完，塞尔瓦达克上尉突然想到，伯爵可能和前一天晚上一样通过水路前来。于是，上尉走到岸边的一块岩石的顶端，打算去看一下自己能不能看到"多布里纳"号，但海面上什么都没有。上尉头一次看到这样的景象：尽管风平浪静，但海面却卷着波涛。海水翻滚喷涌，冒着气泡，仿佛沸腾了一般。可以肯定的是，游艇在这样的波动下无法保持平稳航行。另外一件让塞尔瓦达克极度意外的事情，就是地平线缩得厉害。正常情况下，上尉站在这样的高度，他应该至少能看到二十英里之外的景象。但在过去的几个小时里，地球似乎缩小了很多，他现在最多只能看到周围六英里的范围。

这时，本·佐夫像猴子一样灵活地爬上了一棵桉树，从高处俯瞰南方的景象，还往穆斯塔加奈姆和提奈斯的方向看了看。从树上下来后，他和上尉说，他没看到地面有半个人影。

"我们得走到河边，穿过河去，然后去穆斯塔加奈姆。"上尉说。

谢里夫河距离这片草地不到一英里半，但如果两个人想要在天黑之前赶到城镇，还是要抓紧时间。尽管太阳仍旧被浓重的云层遮盖，但很明显能看出它在迅速落下。更令人费解的是，在这个纬度、这个季节，太阳应该斜着下沉，但现在太阳是在垂直下降，朝着地平线直直地落下去。

塞尔瓦达克一边走一边深思。也许有什么前所未闻的现象，改变了地球的自转。又或者阿尔及利亚的海岸已经被挪到了赤道南边，现在他们在南半球。但是，至少在这部分的非洲大陆上，地球除了弯曲度有些变化，似乎也没发生什么重大的改变。放眼望去，海岸依旧是原来的样子：一连串的悬崖、海滩，干燥的岩石红彤彤的，似乎含有氧化铁的成分。向南望去——如果在目前的混乱情况下，那个方向还可以称为"南"的话——那里似乎也没什么变化。三法里①之外，梅尔德耶山的山峰依旧保持着它原有的轮廓。

---

① 法里是一个古老的长度单位，在不同地区、不同时间、不同情况下，代表的长度也并不相同，可以粗略按照1法里约等于4千米来估算。

突然，云层裂开，一道阳光斜斜地照射下来，清晰地证明了太阳是从正东方落下的。

"好吧，我想知道穆斯塔加奈姆的人对此是怎么看的。"上尉说，"我也想知道战争部长会怎么想，他会收到一封电报，告诉他，阿尔及利亚殖民地发生了混乱，不是秩序上的混乱，而是物理意义上的混乱。方位已经偏离了常规，一月份的太阳正在我们头顶正上方。"

本·佐夫是一个纪律严明的人，他立刻提议应该派出警察对殖民地进行监管，并且下令对各个方位进行约束，并以违纪的罪名将太阳"枪决"。

二人以最快的速度前进，气压很低，他们的身体比平时轻快很多，他们的奔跑速度如同野兔，跳跃能力如同羚羊。他们没有管那条弯弯曲曲的小路，而是像乌鸦一般从田野上飞掠而过。树篱、树木、溪流，都可以轻轻松松地跳过去。在目前的状态下，本·佐夫觉得自己跳一下就能跳过整个蒙马特尔，地面就仿佛是杂技演员的跳板一样，富有弹性。他们就没有踩到过几次地面，唯一值得担心的就是，如果飞得太高了，上升和下降的过程可能会浪费掉快速穿越田野时节约的时间。

没过多久，他们就来到了谢里夫河的右岸，在这里，他们不得不停下来，因为桥梁彻底不见了，河流已经不复存在，左岸也消失得无影无踪。昨晚，谢里夫河右岸还是一片富饶的河畔平原，黄色的谢里夫河流淌而过。但现在，这里已经变成了海岸，旁边只有汹涌澎湃的海洋，海水颜色蔚蓝，向西延展，一直到眼睛所能看到的尽头。原本还是穆斯塔加奈姆的地方，现在已经彻底被海洋所占据。这片新海洋的海岸线和原来的谢里夫河右岸一模一样，弯曲的海岸从南向北延伸，邻近的树林和草地仍然保留在原有位置。唯一的变化就是，这片河岸已经变成了一片未知海洋的海岸。

塞尔瓦达克上尉很想赶快揭开谜团，他匆忙穿过了悬在岸边的夹竹桃丛，舀起一些水放在手心，凑到嘴边尝了尝。"咸水！"他尝了一口就开始大喊，"大海肯定已经淹没了阿尔及利亚西部的所有地区。"

"长官，这不会持续很久的。"本·佐夫说，"可能只是一次严重的洪水而已。"

上尉摇了摇头。"恐怕不止如此，本·佐夫。"他情绪激动，"这是一场巨大的灾难，后果可能相当严重，我的朋友们，我的同事们，他们现在怎么样了？"

本·佐夫沉默不语。他很少看到上尉如此激动。尽管他自己倾向于用平静的人生哲学来面对这些现象，但作为一位军人，对军人天职的理解让他不自觉地被上尉的震惊神情所感染。

但塞尔瓦达克并没有太多时间来仔细观察过去几个小时的变化。太阳已经落到了东边的地平线上，就像太阳在热带穿越黄道①时那样，它如同一颗炮弹一般突然间沉入大海。白天瞬间变成了黑夜，地面、海洋和天空都被笼罩在深沉的黑暗之中。

---

① 指的是地球绕太阳运行的轨道。相应地，如果站在地球上看，黄道指的就是太阳行走的轨道。

第六章

上尉的解释

赫克托尔·塞尔瓦达克生性喜欢冒险，他的性格使他对每一个能观察到的现象都充满好奇，总想弄清楚事情的缘由。即便面对炮弹，他也毫不退缩，因为他知道炮弹是通过何种动力发射的。因此这次突发事件并没有让他失去理智。

"明天我们必须调查清楚。"在突然降临的黑暗中，塞尔瓦达克大声说。接着，他停顿了一下，又补充了一句："我的意思是，如果还有明天的话。因为我也说不清楚今天的太阳到底去了哪里。"

"请问，长官，我们现在该怎么办？"本·佐夫问道。

"先暂时待在这里，等到天亮了——如果天还会亮的话——我们会往西边和南边的海岸探察一下，然后返回'古尔比'，如果什么也调查不到，我们至少得弄清楚我们在哪儿。"

"那么，长官，我可以睡觉吗？"

"当然可以，如果你想睡，如果你能睡着。"

本·佐夫得到许可后，就毫不犹豫地蹲在岸边的一个角落里，把双臂搭在眼睛上，很快就陷入沉睡。懒得思考的人总是睡得很香，比那些深思熟虑的人睡得好很多。塞尔瓦达克上尉一点也睡不着，他在岸边来回踱步，脑海中不断涌现出各种各样的问题。他一次又一次地问自己，这场灾难到底意味着什么。阿尔及尔、奥兰和穆斯塔加奈姆这几座城镇，是否躲过了这场洪水？所有的居民、他的朋友们、他的同事们，这些人都已经遇难了吗？还是说，这一切只不过是因为地中海倒灌进了谢里夫河口一带？但这个假设无法解释其他异常现象。另外一个假设出现在他的脑海中——也许非洲海岸突然被带到了赤道上。但即便这个假设可以解释太阳高度的变化，可以解释太阳为什么会快速落下、几乎没有黄昏，但仍然无法解释太阳为什么是从东边落下的，也没有办法解释为什么白天只剩下了六小时。

"我们还是要等到明天。"他念叨着。他对未来已经产生了怀疑，因此马上又加上了一句："如果明天真的会来的话。"

塞尔瓦达克不太精通天文学，但他仍然知道主要星座的位置。但由于云层很厚，天空中一颗星星都看不到，他不免相当失望。如果他能观察到北极星已经发生了变化，那他就不需要多想了，因为这意味着地球已经在围绕着一根新的自转轴自转。但此刻云层严严实实，仿佛马上就要降下倾盆大雨。

巧合的是，那天的月相恰好是新月，因此月亮应该是和太阳一起落下的。塞尔瓦达克的困惑就因此而来——走了大约一个半小时后，他注意到西方的地平线上有一道强烈的光芒，甚至穿透了厚重的云层。

"月亮在西边！"他大喊道，但随即又反应过来，接着说，"不对，那不可能是月亮，除非它离地球非常近，否则月亮的光芒不可能这么强烈。"

他的话音未落，云层就被这道光照亮了，仿佛现在是黄昏一般。"那到底是什么？"上尉自言自语，"不可能是太阳，因为太阳一个半小时之前刚刚从东边落下去。如果这些云能散去，让我看看后面这么巨大的东西到底是什么就好了！我真傻，当初怎么就没多学一点天文学呢！或许我只是想多了，这可能只是一个完全符合自然规律的现象。"

但是无论他怎么思考，都无法破解天空中的谜团。大约一小时之后，那个发光的东西将光芒洒向天顶的云层，很明显，这个东西相当巨大。随后，它并没有按照天体运动的常规向着相反方向的地平线落下，而是奇迹般地在原地暗了下去，它似乎是在朝着远处撤退，最后消失了。

黑暗再次降临大地，这股深沉的黑暗和笼罩在上尉心头的阴霾一样沉重。一切似乎都无法解释，最简单的机械规律似乎都被颠覆了。行星违背了引力法则，天体运动的规律就像是机芯坏了的怀表一样变得混乱，他完全有理由担心太阳再也不会照亮大地。

但实际上，这最后一点担心并没有必要。三小时后，清晨的太阳突然出现在西方，没有任何过渡。白天再次来临，塞尔瓦达克看了看自己的手表，发现夜晚正好持续了六小时。本·佐夫不太习惯这么短的夜晚，仍然在沉睡。

"起来，醒醒！"塞尔瓦达克揉着他的肩膀，"该出发了。"

"出发？"本·佐夫揉了揉眼睛，"我感觉我刚睡着。"

"你睡了整整一夜。"上尉说，"虽然这一夜只有六小时，但知足吧。"

"六小时也够了，长官。"本·佐夫恭顺地回答。

"现在，"上尉继续说，"我们沿着最短的路回到'古尔比'，看看我们的马对目前的情况有何反应。"

"它们只会觉得该给它们梳毛了。"本·佐夫说。

"很好，那你应该尽快给它们梳好毛、套上鞍。我很想知道阿尔及利亚的其他地方现在怎么样了。如果我们没有办法往南走走，到穆斯塔加奈姆去，那我们就得往东走，去提奈斯。"说罢，他们立刻出发。两个人感觉有些饿了，于是毫不犹豫地从沿途遍布的富饶果园中摘了一些无花果、椰枣和橙子。这一地带目前荒无人烟，他们完全没有理由担心会因为摘果子而遭到法律的制裁。

一个半小时后，他们回到了"古尔比"，这里的一切都和他们离开时一模一样，显然，在他们离开之后，没有人来过这里。景象一如他们刚刚离开的海岸一样荒凉。

探险的准备工作并不复杂。本·佐夫给马匹套上马鞍，在自己的袋子里面装上饼干和一些猎物，至于水，他相信谢里夫河的众多支流可以提供充足的水源。塞尔瓦达克上尉骑上了他的马"西风"，而本·佐夫也骑上了他的那匹小母马"煎饼",这个名字来源于蒙马特尔的磨坊①。两人朝着谢里夫河疾驰而去,没多久,他们便发现,大气压的减小对马匹的影响与这种现象对人类所造成的影响完全相同。马匹的肌肉力量似乎比以前强了五倍,它们的蹄子几乎没有接触到地面,看起来仿佛从普通的四足动物变成了真正的飞马。幸运的是,塞尔瓦达克和他的勤务兵都是无畏的骑手,他们没有试图勒住马匹,反而催促它们更加努力地向前跑。二十分钟后,他们便跨越了四五英里,来到了谢里夫河口。然后,他们放慢了速度,以更从容的步伐走向东南方向,沿着曾经是河流右岸的地方前行,尽管那儿现在依旧保持着原有的特征,但它已变成了一片海岸。大海一直延伸到地平线之外,一定已经吞没了奥兰省的大片区域。塞尔瓦达克上尉对这片土地很熟悉,他曾经参与过这一区域的测量工作,因此对这一带的地形了如指掌。他现在的想法是整理一份调查报告,但这份报告应该交给谁,他完全不知道。

白天剩下的四小时里,二人从河口出发,骑行了大概二十一英里。他们一个人都没遇到,二人对此大为惊讶。太阳又要落山了,他们在海岸的一处小拐弯处安营扎寨,前一晚,这里本来正对着米纳河的河口。米纳河是谢里夫河左岸的支流,但现在,那条河原来所在的地方只有新出现的海洋。本·佐夫把睡觉的地方布置得尽可能舒适些,然后把马儿带到岸边去,那里有肥美的青草。这天晚上没发生什么值得一提的事情。

第二天早上,1月2日,但如果按照之前的二十四小时一昼夜来算,现在应该是1月1日的晚上。上尉和他的勤务兵骑上马,白天的六小时内,他们骑行了四十二英里。河流的右岸还是老样子,没有什么变化,但是在距离米纳河口大约十二英里的地方,河岸基本被冲走了,有一大片土地凭空消失了。那儿是苏尔克米图城的郊区,住在那里的八百名居民和村庄无疑已经被海水吞噬。因此,似乎可以合理推测,谢里夫河外面的大城镇也都遭遇了类似的命运。

---

① 煎饼磨坊是坐落在巴黎蒙马特尔的一座带有风车的建筑。

傍晚时分，探险者们再次扎营。扎营的地点和之前类似，位于海岸的一个角落，这里距离他们本来期待能找到的重要村镇梅蒙图罗伊不远，但这个村镇也已经消失得无影无踪。"我本来还指望今晚能在奥尔良维尔好好吃顿饭、好好睡一觉呢！"塞尔瓦达克一边满怀失落地看着眼前的浩瀚海洋，一边说。

"那确实不太现实了。"本·佐夫说，"除非你能坐船过去。不过，长官，别灰心，我们很快就会想出办法，坐船去穆斯塔加奈姆。"

"如果情况符合我的想象，"上尉说，"我们现在应该是在一座半岛上，那我们去提奈斯会更简单一些，我们可以在那里打探到一些消息。"

"更可能的情况，是我们把消息带到那里。"本·佐夫说，他躺了下来，准备休息。

六小时后，太阳重新升起，塞尔瓦达克上尉再次出发，开始新的调查。在他们此刻所在的地方，曾经沿着谢里夫河往东南方向弯曲的河岸突然转向了北方，变成了一条全新的海岸线，不再是原来的谢里夫河河岸了。四周看不见任何陆地。奥尔良维尔应该在西南方向大约六英里处，但往那边看去，什么也看不见。本·佐夫爬到了附近的最高处，朝外望去，只能看到海洋一直延伸到天际。

他们离开了营地，继续沿着新的海岸骑马前行。这里原本的河岸形态发生了很大的变化。滑坡随处可见，许多地方的地面都被深深的裂缝切开，大片大片的农田被沟渠分割，树木被连根拔起，枝条悬垂在水面上，它们的树干扭曲变形，仿佛被斧头砍过。

海岸线曲曲折折，他们的路线也拐来拐去的。日落时分，尽管他们已经行进了二十多英里，但他们仍然刚刚抵达梅尔德耶山脚下，那里原本是小阿特拉斯山脉的尽头。然而，这座山现在已经被巨大的力量撕开，只有一座孤峰直直地耸立在海面上。

第二天早上，塞尔瓦达克和本·佐夫穿越了一道山谷，他们所处的这片地方属于阿尔及利亚的领土，但现在，这片区域似乎已经和其他部分分开了。为了更加彻底地了解这片区域的现状，他们下马步行，徒步登上了最高的山峰。在山顶，他们发现，从梅尔德耶山到地中海之间已经形成了大概十八英里长的新海岸线。环顾四周，他们看不到任何陆地，也没有任何地峡把他们和提奈斯连在一起，提奈斯已经完全消失了。塞尔瓦达克上尉只能得出一个确凿无疑的结论——他现在一直在探索的这片土地，并不是他起初以为的半岛，而是一个岛屿。

严格来说，这个岛是四边形的，但很不规则，看上去更接近三角形。各条边的长度如下：谢里夫河的右岸，长度约七十二英里；谢里夫河南段到小阿特拉斯山脉，长度约二十一英里；小阿特拉斯山脉到地中海，长度约十八英里；地中海海岸，长度约六十英里。这四段组合在一起，形成了总长度约一百七十一英里的海岸线。

"这到底是怎么回事？"上尉大喊道，他越来越迷惑不解。

"这是天意，我们必须顺从。"本·佐夫不动声色地回答。二人心事重重，默默下山，重新骑上了马。在日落之前，他们来到了地中海。路上，他们没有看到蒙特诺特镇的任何痕迹，就像提奈斯一样，地平线上连一座废弃的小屋都看不见，这座城镇似乎彻底消失了。

第二天，1月5日，两人沿着地中海的海岸线进军。他们发现海岸线的长度比上尉最初猜测的要小，但四个村庄已经彻底消失了。海角无法抵挡洪水的冲击，和大陆断开了。

环绕岛屿的旅行已经完成，经过了六十个小时的跋涉，二人再次回到了"古尔比"的废墟旁边。经过了五天，或者按照传统的计时方法应该是两天半，他们终于绘制出了这片新领土的边界。毫无疑问，他们现在已经是岛上仅存的两个人类了。

"好吧，长官，现在你是阿尔及利亚的总督了！"抵达"古尔比"时，本·佐夫喊道。

"但这里没有任何人需要统治。"上尉阴郁地回答。

"怎么会呢？你没有把我计算在内吗？"

"哼！本·佐夫，为什么要算你？"

"不然呢？哎呀，我可是除你之外的岛上的全部人口。"

上尉没有回应，只是低声叹息了一声，他很遗憾，他写的回旋曲已经用不上了。

第七章

本·佐夫徒劳地守望

几分钟后，岛上的"全部人口"都已入睡。由于"古尔比"已经坍塌，他们只能在附近的建筑物中找了个还算凑合的栖身之地。上尉睡得很不踏实，他的脑海里盘旋着一个念头，那就是他至今无法用任何合理的理论解释自己所经历的奇异事件。虽然他并不是很了解科学，但他也接受过基础教育。上尉努力回忆了一番，想起了几条快要忘干净的基本定律。他想，如果地球的自转轴相对于黄道的倾角发生变化，那么就会导致方位改变，并引起海洋位置的变化。但这一假设无法解释一天的时间为什么会缩短，也无法解释气压为什么会下降。想到这里，他的思绪更烦乱了。他唯一的希望就是这一连串的奇异现象还没有结束，或许接下来还会发生一些事情，能为解开谜团提供一些新的线索。

第二天早上，本·佐夫的第一个任务就是准备一顿丰盛的早餐。用他的话来说，他现在是阿尔及利亚人的代表，因此他必须吃得饱饱的。灾难降临后，有十二颗鸡蛋足够幸运，完好无损，凭借这些鸡蛋还有著名的"库斯库斯"[①]，他能为自己和上尉准备一顿丰富的早餐。炉灶已经准备好，铜锅被擦得亮闪闪的，本·佐夫生起火来，嘴里照旧哼着一段老军歌的旋律。

塞尔瓦达克上尉一直在寻找新的异常现象，他现在好奇地观察着本·佐

---

① 一种北非地区的传统食品，主要原料为蒸熟的粗燕麦。

夫做饭。他突然想到，或许因为空气的状态发生了异变，氧气可能会供应不足，因此炉火不一定能正常燃烧，但事实并非如此。火焰被点燃，一切如常，本·佐夫用嘴吹了吹，熊熊烈焰燃起了。本·佐夫把铜锅放在炉子上，等着水烧开。拿起鸡蛋的时候，他惊讶地发现这些鸡蛋轻得很，仿佛自己正在拿起鸡蛋壳。更让他吃惊的是，还没过两分钟，水就开始沸腾了。

"天哪！"他惊讶地叫道，"这火可真热啊！"

"火不可能变热，"塞尔瓦达克沉思了一下说，"一定是水有问题。"他从墙上取下一个温度计，放在锅里，温度计的示数并不是一百摄氏度，而是六十六摄氏度。

"听我的劝，本·佐夫，"他说，"把鸡蛋再煮十五分钟。"

"那就煮老了！不好吃了！"本·佐夫反驳道。

"不会煮老的，好伙计，相信我，到时候我们还能轻松地用面包片蘸蛋黄吃呢。"

上尉的推测是正确的，这一现象正是因为大气压力下降导致的。水在六十六摄氏度的时候就沸腾起来，这说明地面上的大气压已经下降到原来的三分之一。在海拔三万五千英尺高的山顶上才能发生这种现象。如果塞尔瓦达克有一个气压计，他就会立刻发现这个事实，但他没有，所以直到烧开水的时候他才发现这件事——实际上，这不仅解释了他和本·佐夫为什么总感觉血管不舒服，还解释了他们的声音为什么会变得尖细、呼吸会变得急促。"然而，"上尉思考着，"如果我们的营地海拔已经如此之高，为什么海平面还保持在正常水平呢？"

又出现了这样的情况：赫克托尔·塞尔瓦达克能够追溯到一些现象的原因，但他还是没办法理解这些原因的本质是什么。因此他感觉心烦意乱，困惑不安。

鸡蛋在水中煮了十五分钟，恰好煮熟。"库斯库斯"也差不多是同样的情况。本·佐夫最后得出结论：今后做饭时，必须提前一个小时开始准备。看到自己的主人对早餐还算满意，本·佐夫很高兴。

"嗯，上尉——"过了一会儿，本·佐夫说道。这句话是他常用的问候方式。

"嗯，本·佐夫——"上尉的回答也总是如出一辙。

"长官，接下来我们该做什么？"

"目前我们只能在这里耐心等待。我们在一个孤岛上，只能等待海上来人救援。"

"你认为，我们的朋友们还活着吗？"本·佐夫问。

"噢，我想，我们必须抱有希望，希望这场灾难没有影响太大。我们得相信，它只破坏了阿尔及利亚海岸的一小部分，我们的朋友们都还活着，都还安好。毫无疑问，总督一定很关心受灾的地区，而且会从阿尔及尔派遣船只前来搜救。人们不太可能把我们给忘了，本·佐夫，你要做的就是留心观察，一旦看到船只，马上就打信号。"

"但如果没有船呢？"本·佐夫叹了口气。

"那我们就造一艘船，去找他们。"

"很好，你能当水手吗？"

"如果需要的话，每个人都能当水手。"塞尔瓦达克平静地说。

本·佐夫没有再说什么。接下来的几天里，他不断用望远镜扫视着地平线。可是，他的守望毫无结果，海面上没有出现任何船只。

"以卡比尔人①的名义！"他不耐烦地大喊，"总督阁下真是太疏忽了！"

尽管一昼夜的时长已经从二十四小时缩短到十二小时，塞尔瓦达克上尉依旧不太想接受这种新的计时方式，他决定依旧按照过去的计时方式来计算日期。因此，尽管新年以来，太阳升起又落下，已经有十二个周期，但他仍然坚持称呼这一天为 1 月 6 日。手表准确地记录着时间的流逝。

在本·佐夫的人生中，他还是读过几本书的。有一天，经过一番沉思后，他说："上尉，在我看来，你已经成了《鲁滨孙漂流记》中的鲁滨孙，

---

① 阿尔及利亚历史上的一个重要群体。

而我则成了'星期五'。但我希望我不会变成黑人。"

"不会的。"上尉回应道,"你的肤色虽然不算非常白,但是也绝对不黑。"

"嗯,我宁愿做个白人星期五,也不想成为黑人。"本·佐夫说。

还是没船。于是,塞尔瓦达克上尉和之前所有的"鲁滨孙"一样,决定开始探索他的新领地。他把这片新的土地命名为"古尔比岛",岛屿的表面积大约有九百平方英里,岛上有大量的公牛、奶牛、山羊和绵羊,而且还有丰富的野生动物可以狩猎,未来应该不至于出现食物短缺的问题。粮食的状况也不错,麦子、玉米和水稻的收成应该都很好。所以,对于岛上的"全部人口",还有他们的两匹马来说,食物是很充足的。就算未来岛上人口增加,也不用担心有人会饿死。

从1月6日到1月13日,岛上连日倾盆大雨。之前每年的这个时候,暴风雨很少见,但这几天却有数次暴风雨袭击了岛屿。塞尔瓦达克还注意到,气温和每年同期相比要更高一些,更令人惊讶的是,气温还在不断上升,仿佛地球正在渐渐向着太阳靠近。随着气温升高,光线也变得更加强烈。如果没有厚重的云层遮挡,照射着地面万物的阳光将会异常耀眼。

但是他们看不到太阳,看不到月亮,也看不到星星。塞尔瓦达克一直没有办法观测天上的恒星,他的愤怒和困惑简直无法言表。本·佐夫劝上尉淡定一点,想缓解上尉的不满情绪,但是上尉的愤怒回击让本·佐夫只能迅速退回到工作岗位上,继续履行他忠诚的守望工作。

风雨交加,但本·佐夫一直坚持守在悬崖上,日夜不停,休息时间很短,但他一无所获。说实话,没有任何船只能够在这样的天气情况下航行。飓风肆虐,海浪的高度甚至都无法估算。在地球刚刚形成的时候,气候变化剧烈,地球内部的热量让水不断变成蒸汽,再通过大规模的降雨落回地面,即便是那个时候的情况也没有现在这么吓人。

不过,到了1月13日的晚上,风暴渐渐平息,雨也停了,似乎有哪位神灵突然施了法术一般。塞尔瓦达克已经在屋子里躲了六天,看到雨停了,他马上走出屋子，和本·佐夫一起站在悬崖上守望。塞尔瓦达克心想，或许那个曾在 12 月 31 日夜晚匆匆出现的那个巨大圆盘会再次显现？至少，他希望自己能看到一片晴朗的天空，以便观察星座的变化。

这一晚的景色相当壮美，天上一丝云彩也没有，星星的光辉毫无遮挡地洒向大地。星辰在天空中以超乎寻常的明亮程度闪烁着。有一些星云，曾经天文学家们只能用望远镜才能看到它们，但现在它们肉眼便可见。

几乎是出自本能，塞尔瓦达克的第一个想法就是观测北极星[1]的位置。

---

[1] 地球的北极点指向的恒星被称为北极星，全天恒星都绕着北极星旋转。由于地球自转轴会发生缓慢的移动（即下文提到的"岁差"），北极星具体指的是哪一颗恒星也会在漫长的时间中发生改变。目前的北极星是小熊座的勾陈一，到公元 14000 年前后，天琴座的织女星会成为北极星。

现在确实可以看到原来的北极星，但是它距离地表实在是太近了，它不可能是整个天空的恒星旋转的中心点。又过了一个小时，塞尔瓦达克再去看它的时候，更加确定了自己的猜测，因为他发现这颗恒星更接近地平线了，仿佛它已经属于黄道带的某个星座。

既然原来的北极星已经发生了偏移，接下来就需要看一看有没有其他天体成为新的恒星运转的中心点，所有星座都将围绕这个新的中心来运动。为了解决这个问题，塞尔瓦达克集中精力，做了很细致的天文观测。经过耐心观察后，他确定有一颗星星成了新的中心，那就是天琴座的织女星。由于岁差现象，春分点会缓慢移动，织女星再过一万两千年就会取代现在的北极星，但即便是最有想象力的人，也无法想象出这一万两千年的时间会在两周之内走完。因此，上尉得到了一个结论——地轴已经发生了巨大偏移。如果把这一轴线延长，它会穿过一个几乎与地平线平行的点。从这一假设可以推断出，地中海已经被移到了赤道附近。

上尉沉浸在自己的思绪中，久久地盯着天空。他看着大熊星座的尾巴，大熊星座已经成了一个黄道星座，就在海面上没多高的位置。他的目光又转向了南天星座，它们刚刚闯入了上尉的眼帘。突然，本·佐夫大叫一声，让他回过神来。

"月亮！"勤务兵高声喊道，他看到了诗人所称的"大地在黑夜中的良伴"。

他指向一个升起的圆盘，那个圆盘位于太阳应该在的地方的正对面。"月亮！"他再次大喊。

但塞尔瓦达克没有被本·佐夫的兴奋情绪感染。如果这真的是月亮，那么它与地球之间的距离一定增加了几百万英里。上尉更倾向于认为这个圆盘根本不是月亮，而是某颗行星，因为它离地球更近了，它变得异常明亮。上尉拿起他常用的高倍望远镜，仔细观察着这个发光的天体。然而，他并没有看到月亮表面的人脸模样，也没能辨认出月球表面的任何山丘或平原，更没有在天文望远镜中看到"第谷环形山 ① 的光晕"。

"这不是月亮。"他缓缓地说。

"不是月亮？"本·佐夫吃惊地大喊，"为什么？"

"确实不是月亮。"上尉肯定地说。

"为什么？"本·佐夫又问了一遍，他显然不愿意放弃自己对这个天体的第一印象。

"因为有一颗小卫星在它旁边。"上尉让本·佐夫注意看一个明亮的小点，它和木星的卫星差不多大，在望远镜的视野之中很明显。

这又是一个新的谜团。这颗行星的公转轨道显然位于地球公转轨道的内部，因为它正随着太阳一起运动。但它不是水星，也不是金星，因为水星和金星都没有卫星。

上尉愤怒地跺了跺脚。"该死！"他喊道，"如果这不是水星也不是金星，那么它一定是月亮。但如果是月亮的话，究竟是怎么回事，为什么还会有一个小月亮围着它转？"

上尉陷入了深深的困惑之中。

---

① 月球表面一座醒目的大撞击坑，是月球表面最显眼的标志之一。

第八章

金星近在咫尺

太阳再次升起，阳光很快就遮盖了星辰的光辉，上尉不得不暂停他的天文观测。他曾经徒劳地寻找那个让他倍感惊奇的巨大光盘，但现在看来，那个天体可能因为轨道太不规则，已经离开了他能观测到的范围。

天气依旧非常晴朗，风向转向西方后，渐渐平息下来。太阳准时从西边升起、从东边落下。每个白昼和每个夜晚也保持着精确的六个小时——这说明，太阳依然沿着新的赤道平面运行，这条新赤道恰好穿过古尔比岛。

与此同时，气温也在持续升高。上尉把温度计放在手边，随时检查温度。到了1月15日，他发现即便是在阴凉处，温度也有五十摄氏度。

上尉和本·佐夫没有重新把"古尔比"搭起来，而是设法在石头客栈中最大的房间里建了一个舒适的居所。石墙可以遮风挡雨，现在则可以很好地遮挡炽热的阳光。温度高得越来越难以忍受，这里甚至比塞内加尔或者其他位于赤道的地区都要热。没有一朵云彩来遮挡太阳光。除非发生什么改变，否则岛上所有的植被都将不可避免地被烤焦。

本·佐夫虽然汗流浃背，但对这不同寻常的酷热并没有表现出惊讶。无论上尉如何劝阻，他都坚持在悬崖上站岗，时时刻刻注视着面前那片平静而空旷的海面。要承受正午时分垂直射下来的阳光，需要铜皮铁骨和坚不可摧的意志。塞尔瓦达克不由得一次次赞扬他的勤奋与顽强，并说本·佐夫肯定是在非洲的腹地出生的，而本·佐夫则以最庄重的语气回应说他是在蒙马特尔出生的，但是这两个地区其实区别不大。

前所未有的高温很快就开始影响岛上的农作物。树木的树液迅速蒸腾，不久后就长出新芽、新叶、开花结果。谷物也不例外，小麦和玉米像是被施了魔法，一夜之间便迅速发芽成熟。没过几天，草地上就铺满了茂盛的牧草。夏季和秋季似乎合二为一，如果塞尔瓦达克上尉对天文学的了解更深一些，他或许就能想到，如果地球的自转轴确实如其他迹象表明的那样，已经开始垂直于黄道面，那么地球就会像木星那样，在特定的条带状区域，有固定不变的季节。但即便他能理解这种现象的原理，这种现象背后的原因对他来说依旧是一个谜团。

植物的早熟让二人有些困扰，因为现在应该立刻收获粮食和水果，割下牧草，但温度太高了，他们不可能长时间劳动，岛上的"全部人口"根本干不完这些活。尽管如此，他们也没有太忧虑，因为"古尔比"里面仍然有充足的食物储备。而且，恶劣的天气已经有所缓解，他们相信很快就会出现船只。地中海临近这边的海域不仅常常有政府的蒸汽船巡逻，也会偶尔有各国船只沿着海岸线航行。

他们满心乐观，却依旧没有一艘船出现在海面。本·佐夫不得不承认，他需要做一把遮阳伞，否则他肯定会在悬崖上因为暴晒而死。

与此同时，塞尔瓦达克正在竭尽全力地回忆他上学时候的课程，但必须承认，成效并不显著。他陷入了各种疯狂的猜测中，想解开眼前的谜题。他渐渐在心中形成了一种看法：如果地球的自转轴发生了变化，那么它绕太阳的公转轨道也会发生变化，这可能会导致一年的长度被缩短或延长。

除了气温持续升高，还有一个更为确凿的迹象表明，地球突然离太阳更近了。现在看上去，太阳的直径已经变成了之前的两倍。实际上，如果金星上有人的话，他们看到的太阳大小就应该是现在的样子。最直接的推测就是，地球和太阳之间的距离已经从九千一百万英里缩短到了六千六百万英里。如果地球的引力平衡被打破，那么地球还会继续朝着太阳运动。那这岂不是意味着地球最后会被推到太阳表面，导致整个世界的毁灭？

天气一直晴好，塞尔瓦达克有绝佳的条件来进行天文观测。每一个晚上，星座都如同画卷一般展现在他的眼前。星空宛如一本书，但令上尉痛心的是，他不知道该怎么解读这本书。上尉看着那些恒星，估算着它们的尺寸、它们之间的距离和相对位置，但他却看不出任何变化。我们知道，太阳正以每年超过一亿两千六百万英里的速度接近武仙座，我们还知道大角星正以五十四英里每秒的速度穿越太空，这个速度是地球绕太阳公转速度的三倍。但这些恒星距离我们实在是太远了，人们没有办法直接看出它们的运行轨迹。

　　但行星则完全不同。金星和水星的轨道都在地球轨道之内，金星和太阳之间的平均距离为六千六百一十三万英里，水星则为三千五百三十九万三千英里。经过长时间的思考，塞尔瓦达克上尉得出结论：既然地球现在获得的光和热大约是以前的两倍，那它与太阳之间的距离应该和金星到太阳的距离差不多。因此，他推测出，地球一定已经离太阳更近了。当他有机会观测金星时，这一结论得到了确认：金星"变大"了。

　　那颗漂亮的行星有很多名字：长庚星、启明星、牧羊人之星等。哪怕是最冷漠的观测者，金星也能吸引到他们的赞叹。如今，金星展示出前所未有的辉煌壮丽，犹如一轮微缩的明亮新月，展现出明显的盈亏。它弯弯的轮廓上可以看到一些凹陷，这表明太阳光经过折射，进入了那些直射的阳光无法照亮的区域，这毫无疑问证明金星拥有自己的大气层。边缘处突出的一些亮点则清楚地表明金星上存在山脉。经过一番计算，塞尔瓦达克得出结论：他认为金星现在距离地球不会超过六百万英里。

　　"这是个相当安全的距离。"当他的上司告诉他这个结果时，本·佐夫说。

　　"对两支军队来说是很安全，但是对两颗行星来说，这个距离可不像你想象的那么安全。我觉得我们可能会撞上金星。"上尉说。

　　"上尉，那里有足够的空气和水吗？"勤务兵问道。

　　"是的，至少从目前来看是有的。"塞尔瓦达克回答说。

"那我们为什么不去金星看看呢？"

塞尔瓦达克尽力向本·佐夫解释，因为两颗行星体积相当，而且它们以极高的速度相向而行。一旦发生碰撞，后果必然极为惨烈。但本·佐夫却看不出这一点，他认为哪怕是最糟糕的情况，后果也不会比两列火车迎面相撞更严重。

上尉怒火中烧。"你这个笨蛋！"他愤怒地大喊，"难道你就不明白，这两颗行星的运行速度比最快的火车还要快上千倍？如果它们撞上了，其中的一颗，甚至是两颗，都会彻底毁灭！你心爱的蒙马特尔到时候该怎么办？"

这句话戳到了本·佐夫的心坎里。他牙关咬紧，肌肉紧绷，沉默了片刻后，用一种充满担忧的声音提问，想知道有没有什么方法能避免这场灾难。

"什么办法都没有。你还是关心自己的事情比较好。"塞尔瓦达克生硬地回应道。

本·佐夫满脸困惑，心中沮丧，一言不发地退了出去。

在接下来的几天里，两颗行星之间的距离变得越来越短。很明显，地球的新轨道和金星的轨道相交。与此同时，地球也在缓慢地接近水星。这颗行星很难用肉眼直接看到，只有在东西大距①的时候才能勉强看清。但现在，水星看上去相当明亮，完全担得起古人赋予它的"闪耀之星"的外号。塞尔瓦达克很难不注意到水星。水星现在也开始有周期性的盈亏变化，它接收到的太阳光和热量都是地球的七倍，而且它正强烈地反射着这些光芒。由于水星的自转轴倾角很大，其冰川带和热带几乎无法区分。水星的赤道带和那些高达十九千米的山脉也相当值得深入研究一下。

但水星现在并不危险，真正令人担忧的仍然是金星。1月18日，地球和金星之间的距离已经缩短到一百万法里了，金星反射的明亮光线把地面上的物体照出了厚重的影子。金星的自转周期依然是二十三小时二十一分钟，从这一点可以看出，这颗行星没有受到那场灾变的影响。金星的大气层中，

---

① 大距是一个天文学术语，从地球上看去，水星和金星在大距时距离太阳最远。

蒸汽形成的云层清晰可见，金星上还有七个亮斑，天文学家比安基尼认为，那七个亮斑很可能是一连串海洋。现在，在白天也能清楚地看到金星。在督政府时期，拿破仑也曾经在正午看到过金星，当时他激动地认为这是他命中注定的吉星，但塞尔瓦达克的心情可没有这么愉快。

到了 1 月 20 日，两颗行星之间的距离变得更小了。虽然一直没有救援船前来，但上尉一点都不惊讶了。因为此时此刻，殖民地总督和战争部长肯定全心全意地忙着处理更紧迫的事情，早就已经无暇顾及上尉和本·佐夫了。上尉想着，现在报纸上一定铺天盖地地刊载着爆炸性的新闻，民众也肯定挤满了每一座教堂！世界末日即将到来！最终的毁灭就在眼前！再过两天，地球就会被撞成无数尘埃，消失在无垠的宇宙之中。

然而，这可怕的预测没有变成现实。随着时间推移，两颗行星之间的距离又开始逐渐变大，它们的轨道平面并未完全重合，因此，那场想象中的灾难也没有真的发生。到了 1 月 25 日，金星已经离得很远了，足够安全，不再构成任何威胁。当塞尔瓦达克向本·佐夫说出这个好消息时，勤务兵长舒了一口气。

这次和金星的近距离接触已经足以证明，金星确实没有卫星，这与卡西尼、肖特等天文学家的猜测不同。"如果金星真有卫星的话，"塞尔瓦达克说，"当地球经过金星的时候，可能就会把卫星给吸走。但问题是，"他又严肃地补了一句，"行星这么重，是什么导致行星改变了轨道？"

"长官，巴黎有座大楼，楼顶设计得像个帽子，那是什么楼来着？"本·佐夫问。

"你是说巴黎天文台？"

"对，天文台，那里不是住着一些专门研究这种事情的人吗？"

"是这样，但那又怎么了？"

"那我们就做个哲学家，耐心等着，看看他们最后怎么解释就好啦。"

塞尔瓦达克微微一笑。"本·佐夫，你真的知道什么叫'哲学家'吗？"

"我是个军人，长官。"勤务兵立刻回答，"我只知道，我们改变不了的事情，就只能去接受。"

　　塞尔瓦达克没有回话。他暂时不打算去纠结这些解释不清楚的事情了。然而，很快又出现了一个新的事件，吸引了他的全部注意力。

　　1月27日，早上九点左右，本·佐夫悠然自得地走进了塞尔瓦达克的房间。当塞尔瓦达克问起发生了什么时，本·佐夫用最平静的语气回答说，他看到了一艘船。

　　"一艘船！"塞尔瓦达克猛地跳了起来，大喊道，"一艘船？本·佐夫，你这个笨蛋！你说话的那个样子就好像是在和我讲'早餐准备好了'这种小事一样！"

　　"长官，我们不是要做哲学家吗？"勤务兵说。

　　但塞尔瓦达克没听到这句话，他已经冲出去了。

第九章

未解的疑问

塞尔瓦达克以最快速度奔向悬崖顶端，他看到，确实有一艘船出现在视野中，距离海岸不过六英里。但由于地球的曲率变大了，视野因此变窄，他只能看到船桅杆的最高处露在地平线上。尽管如此，他也已经判断出那是一艘纵帆船。两小时后，整艘船已经完全出现在眼前，他的猜测得到了证实。

"是'多布里纳'号！"塞尔瓦达克目不转睛地用望远镜盯着船看，激动地说。

"不可能，长官！"本·佐夫反驳道，"这艘船没冒烟。"

"就是'多布里纳'号！"上尉斩钉截铁地说，"这艘船现在正用船帆航行，这就是蒂马塞夫伯爵的游艇。"

他的判断准确无误。如果伯爵在船上，那么就是命运的安排，让他和昔日的情敌重逢。但塞尔瓦达克已经不能把伯爵再当成对手了。世事变迁，所有的恩怨也都被抛在脑后，上尉心中只想着能得到一些新的信息，解释一下最近这一系列神秘而令人震撼的事件。他推测，在过去二十七天的航行中，"多布里纳"号或许已经在地中海进行了探索，甚至可能已经去过了西班牙、法国和意大利。那么，这艘船一定会把一些来自其他国家的消息带到古尔比岛。他很期待，希望自己不仅能够了解到这场灾变的影响范围，还能知道灾变的原因。或许，蒂马塞夫伯爵也正怀着一颗宽厚的心，来搭救他和他的勤务兵。

由于风向不利，"多布里纳"号的航速不快。尽管天空有几片云朵，但天气仍然晴好，海面风平浪静，船只得以保持稳定的航向。奇怪的是，船上的引擎似乎没有启动，而照理来说，船上的人应该迫不及待地想要勘察这座新出现的岛屿。唯一合理的解释是，船上的燃料已经耗尽。

塞尔瓦达克理所当然地认为，"多布里纳"号正在寻找合适的停靠点。他意识到，伯爵会发现非洲大陆已经消失，这里只剩下一座岛屿，可能会感觉困惑，不知道应该在哪里抛锚。从游艇的航向来看，船正开往曾经是谢里夫河入海口的地方。上尉突然想到，他应该调查一下，是不是有合适的地点适合船只停泊，这样他才好给游艇发出信号。二人很快就给"西风"和"煎饼"配上了马鞍，只用了二十分钟，他们就抵达了岛屿西侧。他们在那里下了马，开始沿着海岸线仔细勘察。

不久，他们就发现，在岬角的另一边有一条小而隐蔽的海湾，水深足以容纳一艘中等吨位的船只。一圈岩礁横在海湾的外围，把这条狭窄的水道和宽阔的大海分开。即便是在最恶劣的天气下，这里也风平浪静。

在勘察岩石海岸时，上尉惊讶地发现了一条清晰可见的长长的海藻带，这无疑表明海水涨落的幅度很大，但地中海从未出现过这种现象，因为那里几乎没有潮汐。同样奇特的是，自从最大的一次涨水（很可能是由于 12 月 31 日晚上那个巨大的圆盘状物体靠近地球引起的）之后，潮汐就越来越弱，事实上，现在的潮汐已经基本恢复到了灾变之前的水平。

塞尔瓦达克并没有太花心思想这些，他马上就把全部注意力都集中在了"多布里纳"号上。此刻，船只距离岸边已经只有一英里多一点的距离，很显然，船上的人清楚地看到并且理解了上尉的手势信号。"多布里纳"号微微调整了航向，收起了主帆，以便让舵手更好地掌控船只，过了一小会儿，船上就只剩下几面帆还张着。绕过岬角后，游艇就径直驶向塞尔瓦达克指出的海湾，很快就顺利驶入。锚刚一扎进沙质的水底，"多布里纳"号上就放下了一艘小船，几分钟后，蒂马塞夫伯爵就登上了岛，塞尔瓦达克上尉赶紧朝着他走去。

"先别说别的，伯爵，"塞尔瓦达克急切地大声说道，"请告诉我，到底发生了什么？"

伯爵沉着冷静，与激动的法国军官形成了鲜明的对比。他稍微鞠了鞠躬，带着俄国口音回答道："首先，请允许我表达一下惊讶，我居然能在这里见到你。我离开这里的时候，这里还是一片大陆，但现在，我却荣幸地在一座岛上和你见面。"

"伯爵，我向你保证，我从来没离开过这里。"

"我很清楚这一点，塞尔瓦达克上尉。同时，我必须正式向你道歉，因为我没有按照约定的时间来见你。"

"现在就别说这些了！"上尉打断了伯爵的话，"之后再说，首先，告诉我，到底发生了什么？"

"塞尔瓦达克上尉，这正是我想问你的问题。"

"你是说，你对灾难的原因一无所知，对灾难的影响范围也并不清楚？这场灾难可是把非洲的一部分给变成了一座孤岛啊！"

"我知道的和你一样多。"

"但是，蒂马塞夫伯爵，你肯定能给我讲一下，地中海北岸——"

"你确定这里还是地中海吗？"伯爵意味深长地反问道，随后又补充了一句，"我还没看到陆地的影子。"

上尉一言不发，困惑地看着伯爵。他似乎呆住了。片刻后，他回过神来，开始了连珠炮一般的发问。他问伯爵是否注意到，自从 1 月 1 日以来，太阳一直从西边升起？伯爵有没有注意到白天只有六个小时，大气的重量也轻了很多？伯爵有没有发现月亮已经消失了，地球又差点儿撞上金星？简而言之，伯爵是否注意到，地球的运行方式已经发生了彻底的变化？对于这一连串问题，蒂马塞夫伯爵一一给予肯定的答案。以上这些现象，伯爵也注意到了。但让塞尔瓦达克惊讶的是，伯爵也完全无法解释这些异常现象的成因。

"12 月 31 日晚上，"伯爵说，"我正乘坐游艇前往我们约好的会面地点，但突然之间，游艇就被卷到了一股巨浪的浪尖，那个浪太高了，简直超出了我的想象。不知道是什么神秘的力量引发了这场巨变，船的引擎受损，完全无法工作，接下来的几天里，狂风大作，我们只能听任狂风的摆布。但'多布里纳'号居然奇迹般地幸存下来，我猜测，这可能是因为我们恰好处在了一股巨大旋风的中心。因此，我们的位置也没有发生什么大的改变。"

他停顿了一下，接着说道："这座岛屿，是我们见到的第一块陆地。"

"那么，让我们立刻出海，去弄清楚这场灾难的规模吧，"上尉急切地喊道，"伯爵，你会带我上船的，是吧？"

"我的游艇随时欢迎你，上尉，即便你想环游世界都可以。"

"现在，我想环游地中海就够了。"上尉笑着说。

伯爵摇了摇头。

"我也说不好，"他说，"但是环游地中海没准就等于环游世界了。"

塞尔瓦达克没有回答，一时间陷入了沉思。

一阵沉默过后，他们开始商量接下来的行动方案。计划是这样的：首先去查明非洲海岸还有多少残余，然后将他们的经历汇报给阿尔及尔当局。如果南岸已经完全消失，那么他们就北上，和欧洲那些住在河流沿岸的居民取得联系。

但在出发之前还有一件重要的事情要做，那就是修好"多布里纳"号的引擎。仅靠风帆航行，在逆风或者海况恶劣的情况下将会十分艰难。船上的煤炭储备足够支撑两个月，但一旦煤炭耗尽，就无法补充，因此明智的做法是善加利用这些煤炭，直到他们找到可以补给煤炭的港口。

引擎的损坏并不太严重，抵达三天后，"多布里纳"号就已经准备好再次起航了。

在这几天，塞尔瓦达克向伯爵详细介绍了他的一小片领土。他们绕着整座岛屿转了一圈，最终达成共识：想要解开这些神秘事件的真相，就必须到这片有限的土地之外去寻找答案。

1月的最后一天，船只的修理工作终于完成了，过去几周一直持续的极端高温也稍微有所缓解。但这种缓解是不是意味着地球轨道又发生了变化，还需要观察几天才能确定。天气依旧晴朗，尽管天上有几片云，可能导致气压略有下降，但这些不足以影响"多布里纳"号起锚出发。

这时，又有一个问题摆在面前：是不是要带着本·佐夫一起出海？经过讨论，他们认为最好让他留在岛上，其中的一个主要原因是游艇无法带马匹上船。让本·佐夫和"西风"分开就已经很难了，更别说他舍不得自己的爱马"煎饼"了。另外，岛上也需要有人留守，以防有外来者到访，同时那些牲畜也需要人来管理。毕竟，前方的旅途还充满未知，这些牲畜可能会成为这几位灾难幸存者唯一的食物来源。综合考虑之后，既然这位勇敢的小伙子留在岛上也不会有任何风险，上尉也只能依依不舍地放弃了勤务兵的陪同。上尉希望自己能很快回来，并且在揭开这场神秘事件的真相之后，带着他回到自己的祖国。

1月31日，本·佐夫被正式赋予了"岛上总督"的权力。他依依不舍地向上尉告别，并恳求说，如果上尉有机会回到蒙马特尔附近，请一定要看看那座他心爱的"山"是不是还在原地。

告别仪式结束后，"多布里纳"号小心翼翼地驶出海湾，很快便扬帆驶向广阔的大海。

第十章

寻找阿尔及利亚

"多布里纳"号是一艘坚固的游艇，排水量达二百吨，由著名的怀特岛造船厂建造。它的性能相当出色，足以完成环球航行。蒂马塞夫伯爵虽然不是水手，但他放心地把游艇交给普罗科普中尉指挥。普罗科普约有三十岁，是一位出色的水手。他出生在伯爵的领地上，父亲是农奴，但早在亚历山大皇帝颁布解放农奴的法令之前，他就已获得自由。出于感激、忠诚和责任感，他始终效忠于伯爵麾下。在一艘商船上完成学徒生涯后，他加入帝国海军，并顺利晋升为中尉。随后伯爵就任命他来管理自己的私人游艇，而伯爵本人大部分的时光也都是在这艘游艇上度过的。冬季，游艇常常在地中海航行；夏季，游艇则会驶向更北方的海域。

游艇不可能找到比他更好的指挥官了。这位中尉对许多超出其职业范围的事情了如指掌，他的才能不仅要归功于他自己，也要归功于那位给予他教育的开明朋友。普罗科普有一支出色的船员队伍，包括工程师提格廖夫，水手涅戈奇、托尔斯泰、埃特克夫和帕诺夫卡，以及厨师莫歇尔。这些船员都是伯爵领地上的佃农的孩子，他们对旧传统的忠诚甚至延续到了海上，不论外界发生何种天翻地覆的变化，他们始终认为自己应该和自己的领主同生死共患难。然而，最近发生的惊人事件显然让普罗科普忧心忡忡，他察觉到伯爵内心深处也同样隐隐不安。

蒸汽升腾，风帆张开，"多布里纳"号向东航行。如果风势顺利，游艇可以加速到十一节①，但巨浪阻碍了航速。尽管众人只感觉到微风拂面，但实际上海面的波涛异常汹涌。唯一的解释就是地球引力已经减弱，使得水更容易飞到空中，仅仅是轻微的震动就可以让波涛达到前所未有的高度。阿拉戈②曾做过计算，算出地球上海浪的极限高度约为二十五至二十六英尺，但现在的海浪足有五六十英尺。如果阿拉戈目睹这一景象，一定会惊讶不已。这些巨浪与寻常海浪不同，它们不会翻卷起来，撞击船舷，只是呈现出绵延起伏的海波，载着游艇随水流的升降起起伏伏，这显然是因为游艇的重量也和水一样变轻了。如果塞尔瓦达克容易晕船的话，他一定会狼狈不堪，但这种波动起伏还算平缓，与地中海猛烈而急促的浪潮相比，游艇内的颠簸还不算太厉害，只是航速受到了一定的影响。

　　游艇沿着曾经是阿尔及利亚海岸的方向航行了几英里，但海的南边却始终看不到陆地的踪影。由于星星的位置发生了变化，星象已经无法用于航海测量，普罗科普中尉也没有办法依靠太阳高度来计算经纬度，毕竟，他的计算方法在传统的海图上毫无用处。尽管如此，测速仪可以确定船的速度，指南针可以指引航向，借助这些工具的帮助，仍然能大概推算出游艇的位置，这对于现在的航行来说已经足够了。

　　幸运的是，指南针并未受到近期灾变的影响。在这个区域，磁针的指向原本会偏离正北方 23 度，如今这个角度没有任何变化，这表明尽管东西方向似乎已经颠倒，但南北方向仍然保持在正常的方位上。因此，在六分仪已经完全失去作用的情况下，游艇依然可以依靠测速仪和指南针继续航行。

　　普罗科普中尉像大多数俄国人一样，能讲一口流利的法语。出发后的第一天早晨，中尉开始和塞尔瓦达克谈论这些特殊的现象，伯爵也在场。

　　"很明显，"中尉说，"自从 1 月 1 日以来，地球已经进入了一条新的轨道，并且因为某些未知原因，距离太阳更近了。"

---

① 1 节等于 1.852 千米每小时。

② 弗朗索瓦·阿拉戈，法国数学家、物理学家、天文学家和政治家。

"这一点毫无疑问。"塞尔瓦达克说，"我猜我们已经穿过了金星的轨道，很可能正在朝着水星的轨道前进。"

"那我们最后会撞上太阳！"伯爵说。

"伯爵，这一点倒是不必担心。地球虽然进入了一条新的轨道，但是它没有任何直接坠入太阳的风险。"

"你可以证明这一点吗？"伯爵问。

"当然可以，先生，我可以给你一个证明，你一定会觉得它很有说服力。如果真的像你想象的那样，地球被拉向太阳，而太阳是我们太阳系最大的引力中心。那么原因只能是让行星在轨道上公转不停的向心力和离心力都突然消失了。只有在这种情况下，地球会直冲向太阳。六十四天半以后，你担心的灾难将不可避免。"

"那么，你怎么证明这不会发生？"塞尔瓦达克急切地说。

"很简单，上尉。自从地球进入新的轨道以来，已经过去六十四天的一半了，直到最近，我们才刚刚穿过金星的轨道，这仅仅是前往太阳的距离的三分之一。"

中尉停顿了一下，让大家有时间思考，随后又补充道："更何况，我有充足的理由相信，我们距离太阳越来越远了。气温在逐渐下降，如今，古尔比岛上的温度和阿尔及利亚的正常气候相差不大，但地中海移到了赤道区域，这个谜题仍然悬而未决。"

上尉和伯爵听了这番话之后，都觉得放心不少。二人认为，他们现在必须全力寻找非洲大陆的踪迹，因为到目前为止，他们什么都还没有找到。

离开岛屿二十四小时之后，"多布里纳"号驶过了提奈斯、舍尔沙勒、古莱阿和西迪 - 费鲁赫曾经所在的地方，但这些城镇却在望远镜的视野中消失得无影无踪，大海占据了一切。普罗科普中尉确定自己没有搞错，指南针显示风向始终没有偏离过西方，测速仪测量出了航速，再结合今天的日期是2月2日，中尉可以计算出，如今他们位于北纬36度47分，东经0度44分。这里本应该是阿尔及利亚的首都阿尔及尔。然而，如同其他沿海城镇一样，阿尔及尔似乎已经被地球吞噬。

塞尔瓦达克上尉紧咬牙关，眉头紧锁，目光凌厉地注视着那无垠的水域。他的心跳加速，想起了那些曾与自己共度数年的朋友和战友，如今他们所在的城市竟彻底消失。过去的岁月在他脑海中——浮现。他的思绪甚至一度飘回了故乡法国，但很快又回到了眼前这片汪洋大海。在这片大海的深处，是不是隐藏着阿尔及尔的遗迹？

"这不可能，"上尉大声地自言自语，"一座城市怎么可能消失得如此彻底？至少，城市中最高的建筑应该还在海面上吧？阿尔及尔古堡①的顶端肯定应该在水面上吧？帝国要塞建在海拔七百五十英尺的高地上，不可能被完全淹没的。除非能看到这些建筑的痕迹，否则我就要开始怀疑整个非洲都被一个巨大的深渊吞掉了。"

另外一个情况更加令人费解。水面上没有任何漂浮着的物体，没有树枝，也没有任何船只的残骸。一个月前，从马塔夫兹角到佩斯卡德角之间足足有十二英里长的美丽海湾内还停着无数艘船。或许，水面上未能展现的秘密，可以在水下找到答案。蒂马塞夫伯爵很希望能为塞尔瓦达克提供帮助，解开他的疑惑，因此他命人取来了测深锤。铅锤上涂了一层油脂，缓缓降了下去。但让所有人都很惊讶的是，测量结果显示海底的深度几乎保持不变，只在四到五英寻②之间起伏，普罗科普中尉尤其震惊。在接下来的两个小时里，他们在更大的范围内进行了持续测量，却发现水深变化依旧微乎其微。一座地势如同古罗马圆形剧场的城市，它的遗址绝对不应该这样毫无起伏。这个惊人的发现让人不得不怀疑，阿尔及尔是不是已经被洪水彻底夷为平地了？

海底并不是岩石、泥土、沙子或者贝壳，测深锤带上来的是一种金属粉尘，它闪烁着奇异的彩虹色，其性质无法确定，完全不同于地中海海床上曾

---

① 建造于公元 10 世纪左右的城堡。

② 1 英寻等于 6 英尺或 1.829 米。

发现的任何物质。

"中尉，你一定也看出来了，我认为，我们恐怕并不是如你所想象的那样，很靠近阿尔及尔的海岸。"

普罗科普中尉摇了摇头，沉思片刻后说道："如果我们离海岸很远，我就应该能测到两三百英寻的深度，而不是五英寻。五英寻！我实在是想不明白怎么这么浅。"

在接下来的三十六个小时内，一直到2月4日，他们毫不懈怠地继续探索海域。水深始终保持在四五英寻，即便努力在海底寻找，人们也没有在海床上找到任何海洋生物。

游艇航行到了北纬36度，对照海图，他们确定这里是萨赫勒山应该在的地方。这道山脊将米提贾平原与大海隔开，高达一千两百英尺的布扎雷峰耸立在那里。这样的山峰此刻应该像一座孤岛一般露出水面，然而现在，它也彻底不见了踪影。众人别无选择，只能掉转船头，怀着失望的心情朝着北方航行。

就这样，"多布里纳"号重新返回了地中海，未能找到阿尔及利亚的任何痕迹。

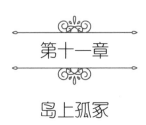

第十一章

岛上孤冢

　　毫无疑问，大部分殖民地都已经被摧毁了。这不仅仅是洪水淹没土地那么简单，众人现在越来越觉得大地深处张开了一张巨口，将大片区域吞噬后又重新合上了。阿尔及利亚原本的岩石地层已经彻底消失得无影无踪，一种成分未知的新地层取代了过去的沙质海底。船上的人们根本没办法解释这场灾难的成因，但是他们感觉自己至少有责任弄清楚它的影响范围。

　　经过长时间的反复讨论，众人决定趁着风向和天气有利于航行，让帆船先向东出发，沿着昔日非洲海岸的轮廓前进，直到非洲海岸线彻底消失在无垠的大海中。

　　但昔日的陆地早已不复存在。从马塔夫兹角到突尼斯，一切都荡然无存，似乎那里从来都没有过陆地一样。海滨小镇德利斯像阿尔及尔一样，地形如同罗马圆形剧场，但如今它也已彻底消失不见，甚至连小镇的最高点都看不到了。久尔久拉山脉也无影无踪，这座山昔日的最高峰高达七千多英尺。

　　"多布里纳"号毫不吝啬燃料，开足马力朝向布朗角驶去。内格罗角与塞拉特角已经无迹可寻，曾经以东方美景闻名的小镇比塞达，也已彻底消失。海湾边缘雄伟的棕榈树曾经为一座神圣的陵墓"玛拉布特"[1]遮阴，那

---

　　[1] "玛拉布特"的意思是"伊斯兰隐士"或"隐士的坟墓"。

里的海湾由于入口狭窄，形似湖泊，但如今，这些都已消失，取而代之的是一片浩瀚的大海，海水清澈透明，测深锤显示，海底仍然平坦且贫瘠，没有丝毫变化。

当天，帆船绕过了五周之前还非常显眼的布朗角，驶入了过去曾经是突尼斯湾的海域。但是海湾已经不见了，连同与海湾同名的突尼斯城、阿森纳堡垒、布库尔内因山的两座山峰，都已彻底消失。非洲最北端、最靠近西西里岛的邦角也未能幸免于难。

在这场异变之前，利比亚海峡一带，地中海的海底有一道突兀的海脊，最高点处的水深有十一英寻，而两侧的深度却接近两百英寻。这种地形特征表明，在遥远的过去，邦角或许曾与西西里岛相连，正如休达很可能曾与直布罗陀相连一样。

普罗科普中尉对地中海的地理了如指掌，他不想错过这次机会，想要去看一看这片海底山脉是不是还在。蒂马塞夫和塞尔瓦达克对这一点也很感兴趣。中尉下达了命令，前桅杆下面的水手投下了测深锤，向普罗科普汇报："五英寻，海底平坦。"

接下来要测量一下海脊两侧的深度变化。为了完成这个目标，"多布里纳"号朝着左右两边各航行了半英里，并且在不同的地方反复测量。"五英寻，海底平坦。"还是这个结果，这不仅证明了这道海脊已经不复存在，同时也表明这场巨变确实让整个海床都变得平坦。原本布满地中海海底的海绵、海葵、海星、水母、海藻和贝类，如今已荡然无存，海底只剩下一层不知道成分的金属粉末。

"多布里纳"号随即改变航向，开始向南探索。然而，令人惊奇的是，在整个航行过程中，海上始终一片寂静。大家本来期待能遇到欧洲来的船只，带来一些新的消息，但这个期待落空了，船员们越发清晰地意识到自己现在孤立无援，甚至怀疑"多布里纳"号是不是已经成了第二艘挪亚方舟，船上的人就是这场浩劫中的幸存者。

2月9日，"多布里纳"号驶过古代迦太基的遗址，那里曾经是传奇的狄多女王建立的城市，但这座城市已经消失殆尽，比小西庇阿或阿拉伯人哈桑带来的毁灭还要严重①。

黄昏时分，夕阳渐渐沉入东边的地平线，塞尔瓦达克上尉靠在船尾的栏杆上，心情低落。他的目光先是落在天际，那里的繁星在流云间时隐时现，随后又下意识地扫向海面，海面上，晚风掀起的波浪起起伏伏。

突然，南方地平线上的一个微弱的光点吸引了他的目光。起初，他还以为自己产生了错觉，于是屏住呼吸，凝视着南方，过了几分钟，他确信自己并没有看错，便叫来了一位水手。水手也看到了他所说的光点。塞尔瓦达克立刻把这个消息告诉了蒂马塞夫伯爵和普罗科普中尉。

"你们觉得那里是陆地吗？"塞尔瓦达克急切地问。

"我更倾向于认为，那是船上的灯光。"伯爵回答。

"无论如何，再过一个小时，我们就知道了。"塞尔瓦达克说。

"不，上尉。"普罗科普说，"明天我们才能知道。"

"什么？不能马上过去吗？"伯爵惊讶地问。

"先生，不行，我还是觉得等到天亮会更好。如果我们真的靠近陆地了，在黑暗中贸然靠近会有危险。"

伯爵也赞同中尉的谨慎态度，于是船收起了所有的帆，这样"多布里纳"号就不会在夜间前进了。尽管黑夜的时间并不长，但对于船上的人来说，却漫长得仿佛看不到尽头。塞尔瓦达克生怕那微弱的光芒随时熄灭，因此始终坚守在甲板上。但那个光点一直在那里，亮度和一颗二等星差不多。由于这个光点始终保持静止，普罗科普越来越确信，它来自陆地，而不是途经的船只。

日出时分，每一台望远镜都对准了那个光点。现在当然已经看不到它

---

① 迦太基为北非古国，传说中，古迦太基城由狄多女王建立。在第三次"布匿战争"中，迦太基被罗马统帅小西庇阿摧毁。后来罗马人重建迦太基，这座新建的城市在阿拉伯与拜占庭之间的战争中被哈桑·伊本·努曼摧毁。

了，但在那个方向，大约十英里之外，可以清晰地看到一座小小的孤岛。伯爵观察后认为，那座岛更像是一座快要完全淹没在水中的山峰露出的山顶，但无论它是什么，船员们一致认为有必要去调查一番，不仅是为了满足自身的好奇心，也是为了造福未来的航海者。因此，帆船朝着小岛径直驶去，不到一个小时就在距离岸边几链远的地方抛锚停泊。

这个小岛只不过是一块贫瘠的岩石，陡然耸立在水面之上，约四十英尺高。它的周围没有礁石，这表明在最近的灾变中，这座岛可能逐渐下沉，一直到目前的稳定状态。

塞尔瓦达克紧紧盯着望远镜，突然发出了一声惊呼："有建筑，我能清楚地看到一座建筑物，谁知道我们会不会在岛上遇到人类？"

普罗科普中尉却有些怀疑，整座岛看上去荒无人烟。帆船发射了一枚炮弹，也没有任何人来岸边回应一下。但不可否认的是，在岩石的顶部确实有一座石头建筑，建筑风格很像阿拉伯人的清真寺。

他们立刻放下小艇，四名水手划桨，塞尔瓦达克、蒂马塞夫和普罗科普迅速登上海岸，开始攀登陡峭的山坡。当他们到达顶时，一道很奇特的围墙挡住了去路。这道墙完全由各式各样的碎片堆砌而成，包括石头瓶、破碎的柱子、雕刻好的浮雕、雕像以及断裂的石碑，这些建筑材料杂乱无章地拼凑在一起，毫无艺术感可言。

他们绕过了这些障碍，进入了院子，找到一扇敞开的门之后，他们继续前行，很快又来到了第二扇敞开的门前面，进入了清真寺内部。清真寺里面只有一个大厅，墙壁上装饰着阿拉伯风格的浮雕，但是雕刻手法相当粗糙。大厅中间矗立着一座极为简朴的坟墓，墓上悬挂着一盏巨大的银制油灯，一根长长的灯芯漂浮在一个容量很大的油槽中。昨晚，正是油灯的火焰吸引了塞尔瓦达克的目光。

"这座圣殿难道没有人守护吗？"他们相互询问。但如果有人曾经在这里看守，他们要么在那个惊天动地的夜晚逃走了，要么就是在灾难中丧生了。此刻，这里空无一人，只有一群鸬鹚在受惊后朝着南方飞去。

角落里，赫然放着一本古老的法文祈祷书。书页敞开着，显示的是 8 月 25 日的祷告仪式那一章。刹那，塞尔瓦达克脑中闪过一个震撼的念头——这座孤立的墓岛，这本翻开的祷文书，这个古老的纪念日，都在诉说着这个地方的神圣含义。

"圣路易①的陵墓！"他不禁惊呼。同行的伙伴们也不约而同地低下头，以示对这座受人敬仰的坟墓的尊重。

这里就是传说中圣路易国王辞世的地方。六百多年来，法国人一直怀着

---

① 法国国王路易九世，死后被封为圣人，因此又被称为圣路易。在第八次十字军东征途中，圣路易病逝于突尼斯。

虔诚的心来此地凭吊。圣堂中的长明灯很可能是现在唯一一盏照亮地中海的灯火，但不久后，这盏灯也将熄灭。

　　已经没有继续探寻这里的必要，三人一同离开了这座圣殿，回到岸边，乘小艇返回帆船上。"多布里纳"号继续向南航行。不久之后，这座在神秘的灾难中唯一幸存的墓地，也彻底消失在了他们的视野之中。

第十二章

任凭狂风摆布

　　看到受惊的鸬鹚成群向南飞去，帆船上的人们燃起了一丝希望——或许，在那个方向能发现陆地。因此，他们决定继续向南航行。离开圣路易的陵墓几小时后，"多布里纳"号穿过了已经变成海水的达胡尔半岛，这个半岛曾经将突尼斯湾和哈马马特湾分隔开。他们笔直地航行了两天，徒劳地寻找着突尼斯海岸的踪影，最后到达了北纬34度。

　　2月11日，突然有人高喊："陆地！"就在正前方，在遥远的地平线上，确实可以清晰地看到一片海岸，但那里之前从来没有过陆地。这片海岸是什么地方？不可能是的黎波里海岸，因为那里地势低矮，不可能在这么远的距离看到。而且根据已知的地理信息，的黎波里至少还要往南走两个纬度才能到达。很快，人们就注意到，这片新发现的陆地的地势相当不规则。它横贯东西，将海湾完全分成了两个部分，同时遮住了杰尔巴岛，这座岛本来应该在这片新陆地的后方。船员们把这块陆地标注在"多布里纳"号的海图上。

　　"太奇怪了！"塞尔瓦达克感叹道，"我们一直在海上航行，想要找到陆地，但我们最后却在本该是大海的地方看到了陆地！"

　　"确实很奇怪。"普罗科普中尉说，"但让我更惊讶的是，至今为止，我们都没有遇到在地中海上经常出现的马耳他小船或者黎凡特商船。"

　　"我们接下来是该往东走还是往西走？"伯爵问道，"向南的水路已经走不通了。"

"当然是往西了。"塞尔瓦达克急切地说,"我实在是想知道,除了谢里夫河那一块之外,阿尔及利亚到底还存不存在了?另外,经过古尔比岛的时候,我们可以接上本·佐夫,然后直奔直布罗陀。我们肯定能在那里打听到欧洲的消息。"

蒂马塞夫和往常一样高贵优雅,他谦卑地表示,这艘游艇会完全服从上尉的指令,并请上尉直接向普罗科普中尉下达命令。

然而,普罗科普中尉却犹豫了。他思索片刻后指出,由于风正从西方吹来,并且有逐渐增强的趋势。如果他们逆着风朝西边航行,船就只能依靠引擎来推进,开船会变得很困难。而如果向东进发,就能够借助顺风之利,在风帆与蒸汽动力的共同作用下,他们可能只需几天就能抵达埃及海岸,在亚历山大或者其他港口城市,他们同样也可以打听到欧洲的消息,和去直布罗陀并没有什么不同。

尽管塞尔瓦达克很想回到奥兰,也很想确认一下忠诚的本·佐夫的安危,但他不得不承认普罗科普中尉的建议非常合理。于是,船只最后向东航行。风势愈发强劲,似乎即将掀起一场风暴,幸运的是,海浪虽高,但并没有形成汹涌澎湃的浪花,只是平缓地上下涌动着,和船只前进的方向保持一致。

在过去的两周里,原本的高温一直在下降,现在的平均气温降到了二十摄氏度左右,有时候甚至会低至十五摄氏度。毫无疑问,这种降温说明地球的轨道发生了变化。在一度接近太阳,甚至穿过金星轨道之后,地球如今应该已经远离太阳。地球和太阳之间过去的正常距离是九千一百万英里,如今这个距离被大大拉长了。很可能,地球正在接近火星的轨道,在已知的行星中,火星在物理特性上与地球最为相似。这个推测不仅仅是因为气温在降低,更直接的证据是,用肉眼看去,太阳的直径变小了,恰好和从火星表面观察太阳时差不多。由此可以推断出,地球被抛入了一条新的轨道,而这条轨道的形状是一个很扁的椭圆形。

然而,"多布里纳"号上的人们对这些天文奇迹并不太关心,他们的注意力全都放在了地球本身的变化上。他们希望能弄清楚地球表面到底发生了什么样的改变，而不太想去探索地球在宇宙中的运行。

帆船继续航行，但始终保持着距离海岸两英里的安全距离。这种谨慎非常有必要，因为岸边很陡峭，任何船只一旦触礁，就一定会粉身碎骨。海岸没有任何可供停泊的避风港，海岸的边缘如同坚固堡垒的墙壁，直直地竖立着，高达两三百英尺。海浪猛烈地拍打着海岸底部，在上方是一块巨大的砾岩，砾岩的结晶体耸立着，犹如一片巨大的金字塔和方尖碑组成的森林。

但最让探险者们感到惊讶的是，整片大陆都呈现出一种异乎寻常的新鲜感。大陆上的地貌似乎才刚刚形成，还没有经历过大气的风化，岩石的棱角还没有变得圆润，表面的颜色也没有发生变化。在天空之下，大陆的轮廓如同刀砍斧凿，宛若刚刚从铸模中脱落的金属块，闪耀着黄铁矿特有的金属光泽。毫无疑问，这片陆地——不管它是大陆还是岛屿——一定是因为强大的地下力量，从海底刚刚升起的，其主要成分和之前在海底探测到的金属粉末完全相同。

这片土地极端贫瘠，这一点也同样令人惊讶。在地球上的其他地方，即使是最荒凉的岩石，也会因凝结的湿气而生长出一些东西来。其他地方也许同样有贫瘠的山坡，但是没有岩石会如此坚硬，以至于植物完全没有办法在上面生长，哪怕是矮小的低等植物也没有。这片土地一无所有，毫无生气，看不到一丝生命的活力。

环境如此恶劣，这也解释了为什么所有的海鸟都要逃离此地。信天翁、海鸥、海燕，都成群结队地飞到了"多布里纳"号上，它们一直在桅杆上栖息，甚至开枪都没有办法把它们吓跑。当人们往甲板上丢食物时，这些鸟便立刻俯冲下来，争先恐后地争夺食物。它们的饥饿程度表明，在这片区域，它们根本找不到任何食物，这意味着适合它们生存的陆地必定远在天边。

在接下来的几天里，"多布里纳"号沿着这片毫无生气的海岸航行。海岸线偶尔会发生变化，时而笔直如刀削，延伸几英里，时而又会出现杂乱崎岖的棱柱形岩石，高耸入云。但一路上，海岸的底部从来没有出现过海滩或者沙地，也没有浅水中常见的岩石浅滩。海岸上偶尔会出现一些狭窄的裂缝，但没有任何一处海湾可供船只进入停泊，补充水源。如果想要停船，只能停在宽阔的海面上，无论风浪从哪个方向来，都没有任何防护。

然而，在航行了两百四十英里后，"多布里纳"号的前进突然遭遇了阻碍。普罗科普中尉一直在仔细地将新发现的海岸线绘制到地图上，他报告说，海岸不再沿着东西方向继续伸展，而是转向了北方，形成了一道屏障，挡住了前行的路线。现在还无法推测这道屏障究竟延伸多远，但可以确定的是，它大致与东经12度线重合。如果它确实一直延续到西西里甚至意大利，那么广阔的地中海——那片曾经连接着欧洲、亚洲和非洲的海洋——必然已经缩小了一半。

众人决定沿着新大陆的边界，在保持安全距离的前提下继续航行。"多布里纳"号调头向北，打算朝着欧洲南岸直线行驶。按照估算，再向北航行一百英里左右，他们就应该能够看到马耳他岛，如果它还存在的话。这个岛屿曾被欧洲的诸多民族先后占领。

但马耳他岛也已经消失了。2月14日，他们在马耳他曾经的位置放下测深锤，结果和之前无数次的测量结果一模一样。

"这场浩劫并不局限于非洲。"伯爵说。

"显然如此。"普罗科普中尉点头同意，"而且我开始怀疑，我们是否还能找到这场灾难影响范围的边界。如果欧洲还在的话，你希望我们往欧洲的哪个部分航行？"

"西西里，意大利，法国！"塞尔瓦达克急切地回答，"只要能弄清楚发生了什么，我们去哪里都可以！"

"如果我们是仅存的幸存者呢？"伯爵用低沉的声音说。

赫克托尔·塞尔瓦达克陷入了沉默。他内心的预感和伯爵的怀疑不谋而合，他一句话都说不出来。

海岸线依旧向北延伸，众人别无选择，只能调整航向，尝试驶向地中海北侧的海岸。2月16日，"多布里纳"号开始沿着新的航线前进，但大自然似乎想要阻挡他们的去路。一场猛烈的风暴骤然来袭，狂风正面袭向海岸，使这艘轻型帆船面临极大的风险。

普罗科普中尉深感不安。他下令收起所有的船帆，卸下顶端的桅杆，完全依靠蒸汽动力前进。但形势却变得越来越危险，巨浪不断把帆船推上浪尖，随后又把船猛地抛入波谷。螺旋桨没有办法稳定地待在水中，在空气里反复空转。尽管锅炉的蒸汽压力已经达到安全极限，船只维持航向依然很不容易，它在风暴中举步维艰。

岸边依然没有任何可以停船的海湾。普罗科普中尉一直在想，如果他们不幸遭遇海难，哪怕侥幸登上陆地，又能如何生存？这片荒凉的新大陆上有任何资源吗？在这道荒芜的大陆后面，旧大陆是否还存在？

尽管形势险恶，船员们却仍然保持着极大的勇气和冷静。他们对指挥官的能力充满信心，也很清楚船只非常坚固，依旧井然有序地执行着各自的职责。

然而，无论是技巧、勇气还是秩序，都无法扭转乾坤，一切都是徒劳。"多布里纳"号的船帆都降了下来，因为即便是升起一片最小的船帆，在狂风之中也非常危险。尽管发动机已竭尽全力运作，船还是以惊人的速度向险恶的悬崖漂去，悬崖离下风处只有几英里。所有人都清楚，他们的末日即将到来，他们都来到甲板上。

"先生，我们实在是无能为力了！"普罗科普对伯爵说，"我已经尽了最大的努力，但我们已经身处绝境。除非发生奇迹，否则再过一个小时，船就会撞到悬崖上，撞得粉碎！"

"那么，就让我们把命运托付给上帝吧，在他面前，一切皆有可能。"伯爵用平静而清晰的声音说。所有人都能听到伯爵的话，伯爵一边说，一边庄重地脱下帽子，甲板上的其他人纷纷效仿。

眼看船只就要撞毁，普罗科普中尉尽量采取了最好的应急措施，以确保万一有人侥幸活着登上陆地，还能找到几天的食物供给。他命令船员把几箱食物和几桶淡水搬到甲板上，并把它们牢牢地绑在几个空桶上。这样，哪怕船沉了，这些物资也会浮在水面上。

　　船只和海岸之间的距离越来越近，但高耸的悬崖峭壁上，看不到任何海湾或者裂口可以避避风浪。岸边的绝壁仿佛即将倾覆，将他们彻底吞噬。唯一的生机就是寄希望于风向改变，或者如普罗科普所说，悬崖上奇迹般地出现一道裂缝。但风向没有改变，几分钟后，帆船距离致命的岩壁已不足三链。所有人都意识到，死神已经降临。塞尔瓦达克和伯爵紧紧握住了彼此的手，做了最后的告别。当"多布里纳"号在巨浪的翻滚下即将撞上峭壁的瞬间，甲板上突然响起了一声高亢的呼喊："快！升起三角帆，把舵调正！"

　　这突如其来的命令让所有人一惊，但他们立刻像被某种神奇的力量驱使一般，迅速执行了指令。

　　发号施令的正是站在船首的普罗科普中尉。他立刻冲向船尾，掌控着船舵。就在众人还没来得及弄清楚他的意图之前，他又一次大声呼喊："注意船帆！看着风向！"

　　甲板上爆发出一阵惊呼，但这并不是恐惧的喊声。就在正前方，在坚硬如铁的峭壁之间，竟然赫然出现了一道狭窄的裂隙！它的宽度约四十英尺，但现在已经无暇顾及船只能不能安全进入了，至少这里能躲避风浪。风暴和巨浪推动着帆船，"多布里纳"号在普罗科普中尉的精妙操控之下，冲进了这道缝隙之中。

　　但他们是不是把自己困入了一个永恒的牢笼？

第十三章

大英帝国的礼炮

"少校，我要吃你的象了。"墨菲准将一边说，一边落下一步棋——他从昨晚就在考虑这一步怎么走了。

"我就担心你走这一步呢。"奥利芬特少校紧盯着棋盘。

就这样，2月17日清晨（按照之前的历法来算），长久的沉默终于被打破了。

又过了一天，棋局才有了新的进展。这是一场漫长的博弈，实际上，这盘棋已经持续了几个月了。两名棋手下棋很谨慎，每走一步都要深思熟虑，以至于到现在，他们才走了二十步。

另外，他们两个人都很崇拜象棋大师菲利多尔，这位著名的棋手曾说过，兵是"象棋的灵魂"。因此，必须严防死守，防止任何一枚兵被对方吃掉。

这两位棋手是英国军队的两名军官：准将赫尼奇·芬奇·墨菲和少校约翰·坦普尔·奥利芬特爵士。他们长得很像，性格也基本没有区别。两个人都年约四十，身材高大，相貌英俊，蓄着浓密的络腮胡和八字胡。两个人都冷静理性，喜欢身着军装。他们以自己的英格兰血统为荣，对一切外来的东西则怀有明显的不屑，甚至带着几分轻蔑。如果有人告诉他们，盎格鲁-撒克逊人是用某种特殊的神奇泥土捏造出来的，而这种泥土的成分甚至无法用化学方法来分析，他们大概也不会感到意外。某种意义上，他们就像田间的稻草人一样——本身没什么危害，却能唤起人们的敬畏之心，他们很适合守卫他们驻扎的领地。

正如典型的英国人那样，这两位军官被派驻到海外殖民地，却像待在自己家里一样自在。英国人似乎天生就喜欢殖民地，如果让一个英国人在月球上插一面英国国旗，不出多久，周围便会出现一个殖民地。

两位军官有一位仆人，名叫柯克，他们手下还有十名步兵。这个十三人的小队就是那场1月1日发生的毁灭性灾难的幸存者。他们本来在一座驻扎着数百名军官和士兵的巨大岩石山上，但灾难后，那座山就变成了一座漂浮在大海上的孤岛。然而，尽管发生了如此惊人的变故，墨菲准将和奥利芬特少校也似乎并没有表现得太惊讶。

"这一切都太奇怪了，奥利芬特爵士。"墨菲准将说。

"确实，准将，这确实很奇怪。"奥利芬特少校回答。

"英国一定会派人来接我们的。"一位军官说。

"当然了，毫无疑问。"另一位军官表示赞同。

因此，他们达成共识，要继续坚守岗位。

事实上，这两位英勇的军官即便想要离开，也是做不到的。他们只有一艘小船，因此，他们不得不保持着坚守职责的美德，耐心等待着英国舰船的到来，带他们脱离困境。

他们倒是不用担心食物短缺的问题，这座小岛的地窖里面有丰富的食物储备，足够十三个人——确切地说，十三个英国人——至少吃十年。腌肉、麦芽啤酒和白兰地储备都很充足。因此，士兵们在这方面并不担心。

当然了，两位军官和士兵们也注意到了最近发生的巨变：东西方向颠倒、重力减弱、地球的自转方式发生了变化、地球也进入了一个新的轨道。他们并没有太关心这些事情，也没有为此感到不安，两位军官只是重新摆放好震动中被弄乱了的棋子。或许他们曾经短暂地因为棋子变轻而惊讶，但这些棋子既然还能稳稳地站在棋盘上，他们就心满意足了。

但有一件事情还是引起了所有人的注意，那就是昼夜的长度变短了。灾难发生后的第三天，皮姆下士代表所有士兵，正式请求和两位军官会面。请求得到了批准，于是皮姆和九名士兵板板正正地穿着猩红色的军服和暗绿色的长裤，整齐地站在准将房间的门口。此时，两名军官正在下着象棋。下士恭敬地把手举到帽子边敬了个礼，军帽优雅地戴在右耳上，还用带子轻轻系在下唇下方，等待着准将允许他发言。

准将仔细看了一眼他的棋局，慢慢抬起目光，带着军官的威严说："嗯，小伙子们，怎么了？"

"长官，首先，"下士开口说，"我们想和你谈一谈我们的薪水，然后和少校谈一下我们的口粮。"

"那说吧。"墨菲准将说道，"你的工资怎么了？"

"事情是这样的，长官，既然现在的白天只有原来的一半长，我们想知道，我们的薪水会不会也要减掉一半？"

墨菲准将闻言，略显吃惊，他迟疑了片刻，朝着奥利芬特少校点了点头，表示他认为这个问题合情合理。思考片刻后，他终于开口回答："我认为，你们的薪水是按照从日出到日落的日薪来计算的，但并没有规定说这个间隔应该有多长。因此，你们的薪水不会受到影响，英国是付得起的。"

士兵之间响起了一阵低声的赞同声，但他们保持着严明的军纪，也很尊敬他们的长官，因此他们并没有因为满足而喧哗起来。

"那么，下士，你们找我又是为了什么？"奥利芬特少校问。

"我们想知道，既然现在一个白天只有六个小时了，我们的饭是不是也要从四顿减少到两顿？"

两位军官对视了一下，皮姆是一个很有逻辑的人。

"自然界的异变，"奥利芬特少校说，"不能改变军规。虽然现在每两顿饭之间的间隔只有一个半小时，但是规定还是规定——一天四顿饭。英国物产丰饶，绝对不会克扣士兵们应得的口粮。是的，一天还是吃四顿饭。"

"万岁！"士兵们发出一阵欢呼，这一次，军纪也无法遏制他们的激动。随即，他们整齐地向右转，昂首阔步地离开了。两位军官继续他们那场旷日持久的棋局。

　　岛上的所有人都对英国的救援充满信心，因为大英帝国绝对不会抛弃它的子民，但不可否认的是，救援队直到现在仍然迟迟没有来。他们做出了种种猜测，也许英国正在忙于国内事务，也许英国正陷于外交困境无暇他顾，或者，更有可能的是，欧洲的北部地区还不知道南边发生了这样的巨变。不过，军需物资供应充足，所有人过得都很好。士兵们的身材已经日渐肥胖，但军官们仍然保持着原来的体型，但这仅仅是因为军官们觉得，身为军官，自己应该保持制服合身，不能因为放纵口腹之欲而影响这一点。

　　总的来说，时光仍如往昔，不算难熬。英国人很少会感觉到无聊，即便偶尔有这样的感觉，那也是他们在英国本土，不得不迎合虚伪的社交时才会这样。而这两位军官兴趣、思想和性格都十分相似，相处得非常融洽。毫无疑问，他们因为失去了战友感觉深深遗憾，自己成了一千八百九十五名驻军中极少数的幸存者，他们也很震惊。但凭借着英国式的勇气和自制力，他们起草了一份报告，记录下花名册上有一千八百八十二个人缺席。

　　他们驻军的地方曾经是一块高出海面一千六百英尺的巨大岩石，而这个岛屿就是它唯一残存的碎片。但其实严格来说，这座岛并不是这一片区域唯一可见的陆地。南面大约十二英里的地方，还有另外一座岛屿，看上去和英国人所在的岛屿很像。即便是再镇定自若的人，也难免会对那座岛感兴趣。毫无疑问，在少有的没下棋的时候，两位军官就已经做了决定，至少要弄清楚那座岛是不是荒无人烟，或者有没有其他人和他们一样，在那场灾难中幸存下来。于是，在一个风和日丽的早上，他们二人登上一艘小船，离开了七八个小时。但哪怕是对皮姆下士，他们也没有透露这次出行的目的，也没有谈起他们发现了什么。士兵们只能从他们的态度中推测出他们对这次出行观察到的情况非常满意。不久之后，奥利芬特少校开始起草一份冗长的文件，文件一完成就正式地签上了字，并盖上了第三十三团的官方印章。信封上写着：

致伦敦的海军大臣
费尔法克斯上将收

奥利芬特少校准备把这封信交给第一艘出现的船。但时间流逝，已经是2月18日了，他们仍然没有任何和英国政府取得联系的机会。

那天，早餐时，墨菲准将对奥利芬特少校说，他很确定自己记得，2月18日是某个英国皇家纪念日。他还补充说，尽管还没有收到正式的命令，但他认为，在当前的特殊情况下，他们不应该忘记用军事礼仪来庆祝这一天。

少校完全同意他的看法。于是他们达成共识，决定喝上一杯波尔图葡萄酒，奏响皇家的礼炮，来纪念这一天。他们叫来了皮姆下士。他很快就出现了，还咂着嘴，他刚刚随便给自己找了个借口，早上喝了双份配给的烈酒。

"皮姆，你知道的，今天是2月18日。"墨菲准将说道，"我们必须要鸣二十一响礼炮。"

"明白。"皮姆言简意赅地回答。

"让你的兄弟们小心点，别把胳膊或者腿给炸飞了。"墨菲又补充了一句。

"是，长官。"下士立正敬礼，随后退下了。

曾经，堡垒中有许多各种各样的火炮和炮弹，但现在，只有一件孤零零的武器留了下来。这是一门笨重的九英寸口径前装炮，由于没有通常用来作为礼炮的小型火炮，士兵们只能用这架炮凑合一下。

下士带领士兵准备好了充足的火药，然后来到炮口。炮筒斜着从炮口伸出来。两名军官头戴三角帽、身穿全套参谋制服，出席了仪式。炮手严格按照《炮兵手册》的规则操作，礼炮鸣响的仪式随即开始。

皮姆下士牢记准将的叮嘱，每次炮弹发射后，都非常小心地操作，确保火药残渣完全熄灭，以防士兵在重新装弹时发生意外爆炸。因此，像那些经常导致公共庆典变成惨剧的事故，在这里都不会发生。

然而，墨菲准将和奥利芬特少校却有些失望，因为礼炮的效果远远不及他们的预期。大气的压力降低了，炮口释放的气体几乎未遇到阻力，因此礼炮没有发出往日重炮发射后通常会产生的轰鸣之声。

二十响礼炮已然鸣放完毕，正当士兵们准备装填最后一发礼炮的火药时，准将伸手按住了拿着通条的士兵的手臂。"等一下！"他说，"这次，我们装填一枚实弹，测试一下射程。"

"好主意！"少校赞同道，"下士，你听到命令了。"

很快，一辆运送炮弹的车子就被推了过来，士兵们合力取出一枚完整的炮弹，这枚炮弹重达两百磅。在正常情况下，这门火炮的射程约为四英里。军官们打算利用望远镜来观察这枚炮弹的入水位置，以大致估算火炮的射程，这样估算出的近似值和真实值不会差距太大。

火药和炮弹都已经填进了炮筒，发射角被调到了四十二度的倾斜角，这样可以确保弹道是合理的抛物线。少校下达发射命令，士兵们点火引燃了火药。

"天啊！""这怎么可能！"两位军官异口同声，瞠目结舌，几乎不敢相信自己的眼睛。"这现实吗？"

由于地球表面的引力衰减得太厉害，那颗炮弹竟然已经飞出了视线。

"难以置信！"准将惊呼。

"难以置信！"少校也说出了同样的话。

"至少有六英里！"准将说出了自己的猜测。

"不，恐怕要更远！"少校回应道。

他们久久望着海面，彼此交换着震惊的目光，一句话都说不出来。就在他们困惑不解的时候，一阵声音让他们又吃了一惊。这是什么声音？是幻觉吗？是不是他们耳中仍然回荡着火炮的回响？还是在遥远的地方，真的传来了一阵炮声，回应着他们发出的炮声？他们专心致志地听着，那声音又响了第二次、第三次。声音很清晰，绝对不会听错。

"我早就说过！"准将兴奋地喊道，语气中带着炫耀，"我就知道，我们的祖国绝对不会抛弃我们，这一定是英国的船。"

半小时后，两根桅杆出现在地平线上。"看！我没说错吧？我们的祖国一定派来救援队了，那就是来接我们的船。"

"是的，"少校回答说，"那艘船在回应我们的炮声。"

"希望我们的炮弹没有打到船上！"皮姆下士小声嘟囔着。

不久后，那艘船的船体已然完全可见。一缕浓烟拖曳在船后，表明这是一艘蒸汽船。很快，透过望远镜可以确认，这是一艘双桅纵帆快艇，正直奔小岛而来。桅杆上飘扬着一面旗帜，两位军官屏息凝视，调整着望远镜的焦距。

几乎在同一时刻，两名军官同时猛然放下了望远镜。二人面面相觑，满脸震惊。"俄国人！"他们倒吸了一口凉气。

没错，飘扬在桅杆上的，正是俄国海军的蓝十字旗。

第十四章

敏感的民族情感

当那艘双桅船驶近岛屿时，英国人看清了船尾上写着的船名："多布里纳"号。海岸有一处不规则的凹陷处，形成了一个天然的小海湾，虽然很窄，仅能容纳几艘小渔船，但如果没有强烈的西风或者南风，这里可以作为游艇的临时停泊之处。"多布里纳"号接到了信号，驶入海湾。等到船稳稳地停好之后，船上就放下了一艘四桨小艇。蒂马塞夫伯爵和塞尔瓦达克上尉立刻登岸。

赫尼奇·芬奇·墨菲准将和约翰·坦普尔·奥利芬特少校严肃地站在岸上，相当正式地等待客人的到来。塞尔瓦达克上尉带着法国人特有的活泼性格，抢先开口道：

"先生们，真是令人高兴！"他大喊道，"能再和其他人类握握手，我们实在是太开心了。不用我说，你们也和我们一样，逃过了同样的大灾难吧！"

但两位英国军官一言不发，也没有做出任何姿势，回应这句亲切的问候。

"你们有没有法国、英国或者俄国的消息？"塞尔瓦达克继续说着，他完全没有察觉到他的主动问候遭遇了冷漠的回应，"你们能告诉我们任何消息吗？我们什么消息都想听听。你们联系上欧洲了吗？你们……"

"请问，我们是在和哪位先生交谈？"墨菲准将终于开了口。他语气冷淡，声音相当刻板，同时还把身子挺得高高的。

"啊，我真是太糊涂了！我忘了，"塞尔瓦达微微耸了耸肩，"我们还没自我介绍呢。"

随后，他朝着他的同伴挥了挥手，但他的同伴表现出的拘谨几乎不亚于英国军官。塞尔瓦达克说：

"请允许我向你介绍瓦西里·蒂马塞夫伯爵。"

"这位是少校，约翰·坦普尔·奥利芬特爵士。"墨菲准将说。

俄国人和英国人互相鞠了一个相当生硬的躬。

"我也很荣幸为你介绍塞尔瓦达克上尉。"轮到蒂马塞夫了。

"这位是赫尼奇·芬奇·墨菲准将，"少校同样用刻板的语气回应道。

双方又互相鞠了躬，这一套仪式总算结束了。自然，对话是用法语进行的——俄国人和英国人大多都懂法语，之所以会这样，可能是因为法国人一直不愿意学习俄语或者英语。

正式的寒暄礼节终于结束了，大家可以自由交流。墨菲准将示意大家跟着他走，带着客人们来到了他和奥利芬特少校的房间。这里虽然只是一个在岩石中挖出来的掩体，但看上去很舒适。奥利芬特少校陪着他们，四个人都落座后，谈话就可以开始了。

刚才那一套冷冰冰的繁文缛节让赫克托尔·塞尔瓦达克恼火又厌烦，于是他决定让蒂马塞夫伯爵来讲话。伯爵很清楚，英国人肯定会装作他们完全不知道在互相介绍之前发生的一切对话，因此，他不得不把所有的事情从头开始再讲一遍。

"先生们，你们肯定知道，"伯爵开始从头讲起，"在今年的1月1日，发生了一场很奇特的灾难。灾难为何发生、影响范围多大，至今我们还不清楚。但你们在这座岛屿上，可以看出，很显然，你们也受到了这场灾难的影响。"

英国军官默默地点了点头。

"我的伙伴塞尔瓦达克上尉，"伯爵继续说，"在这次灾难中也受到了很大的影响。他原本在阿尔及利亚进行一项重要的军事任务——"

"我记得，那里是法国殖民地吧？"奥利芬特少校突然插嘴。他半眯着眼，显得毫不关心。

塞尔瓦达克很生气，似乎要说点什么，但蒂马塞夫伯爵并未理会对方的打断，平静地继续说：

"就是在那个发生灾难的晚上，谢里夫河口附近的一部分非洲大陆被彻底撕裂，成了一座孤岛。而广阔的非洲大陆的剩余部分，则消失得无影无踪。"

这番话似乎并未让冷静的英国准将感到吃惊。

"噢，这样啊！"他只说了这么一句。

"那你当时在哪里？"奥利芬特少校问道。

"我当时在海上。我的游艇正在附近巡航。老实说，我和我的船员能活下来，简直是个奇迹。"

"恭喜。运气不错。"少校冷漠地说。

伯爵继续说道："在这场浩劫发生的一个月里，我的游艇一直在靠着风力航行，因为引擎已经在灾难中受损了。我们沿着阿尔及利亚的海岸线航行，很幸运地遇到了塞尔瓦达克上尉。当时，他正和他的勤务兵本·佐夫一起驻守在岛上。"

"本什么？"少校问。

"佐夫！本·佐夫！"塞尔瓦达克猛地说道，他发泄着自己的不满，声音很大。

伯爵依旧无视了塞尔瓦达克的怒火，继续说道："塞尔瓦达克上尉自然很想获得任何消息，因此，他把他的勤务兵留在了岛上照顾他们的马，自己登上了'多布里纳'号，和我一起出发。我们完全不知道该往哪里去，但最终决定朝着原来的东边航行，希望能找到阿尔及利亚殖民地的踪迹。但阿尔及利亚已经荡然无存。"

墨菲准将的嘴角露出一抹笑意，似乎在说，法国殖民地如此不堪一击，他毫不意外。塞尔瓦达克察觉了他的表情，站了起来，但随后又强压心中的怒火，重新坐下，没有说什么。

"先生们，"伯爵似乎看不到法国人的愤怒一般，继续说了下去，"灾难波及的地方，都被彻底摧毁了。不仅阿尔及利亚消失了，突尼斯也不见了踪影，只剩下了一块孤零零的岩石，上面只有一座古老的坟墓，是一位法国国王——"

"路易九世吧？"墨菲准将说。

"是圣路易！"塞尔瓦达克怒吼道。

墨菲准将只是轻轻一笑。

蒂马塞夫伯爵无视了所有干扰，就像他没听到一样，仍旧不疾不徐地继续讲述。他讲了"多布里纳"号如何一路向南航行，最终到了加贝斯湾，他们确定，撒哈拉海 ① 也已经不存在了。

墨菲准将的嘴角再次浮现不屑的笑容，他毫不掩饰自己的看法：法国人的工程遭到了这样的命运，并不令人意外。

"我们的下一个发现是，"伯爵继续说道，"有一片新的海岸出现在了的黎波里海岸的前方，那里的地质构造相当陌生，而且一直延伸到了马耳他原本所在的位置往北一些的地方。"

"而马耳他，"塞尔瓦达克终于忍不住了，大声说，"马耳他的城镇、要塞、士兵、总督，马耳他的一切东西，都已经和阿尔及利亚一样消失了！"

有那么一会儿，墨菲准将的眉头紧锁，但很快，他的表情就变成了一种不相信的样子。

"你的话听上去实在是不可信。"他说。

"不可信？"塞尔瓦达克说，"为什么你不相信我的话？"

---

① 现实世界中并无撒哈拉海，但在19世纪末期，有许多人曾提出这项工程的构想：用地中海的海水在撒哈拉沙漠中创造出内陆海，这个概念在当时的欧洲被广泛讨论并且出现在虚构文学作品中。

上尉的怒火并没有妨碍准将，他回答道："因为马耳他属于英国。"

"那又怎么样？"塞尔瓦达克尖锐地反驳，"就算属于中国，马耳他也彻底消失了！"

墨菲准将故意转过身去，不再理会塞尔瓦达克，而是问伯爵："伯爵，你会不会在计算游艇位置的时候出了差错？"

"不，准将，我对自己的测算十分有信心。而且，我不仅发现马耳他消失了，我们还发现，地中海的大片海域已经被一块新的大陆填满。经过相当仔细的勘测之后，我们在新大陆的海岸上只发现了一条狭窄的水道，正是沿着这条水道，我们才得以抵达这里。恐怕英国在这次灾难中遭遇了相当严重的损失，不仅马耳他彻底消失了，就连英国保护下的伊奥尼亚群岛①，如今也已经荡然无存。"

"哼，这你可以放心。"塞尔瓦达克不耐烦地插了一句，"你们那位尊贵的驻岛官员，恐怕对科孚岛的情况也不会感到满意。"

英国军官听得一头雾水。

"你刚才说什么，科孚岛？"奥利芬特少校问。

"是的，科孚岛，我说的就是科孚岛。"塞尔瓦达克带着一种恶意的炫耀说道。

英国军官惊讶得说不出话来。

沉默了一会儿，蒂马塞夫伯爵终于开口问军官们，是否曾经收到过任何来自英国的消息，无论是经过的船只，还是发来的电报。

"没有。"准将回答，"没有一艘船经过这里，电缆也已经断了。"

"那么，意大利的电报网呢？也没有什么消息吗？"伯爵继续追问。

"意大利？我不明白你的意思，你一定是说西班牙吧。"②

"为什么是西班牙？"蒂马塞夫伯爵问。

---

① 位于现在的希腊，下文中提到的"科孚岛"是该群岛中的一个较大的岛屿。
② 科孚岛距离意大利较近，下文提到的直布罗陀距离西班牙较近。

"真该死！"塞尔瓦达克着急了，大声说道，"不管是西班牙还是意大利，又有什么关系？告诉我们，你们收没收到来自欧洲的任何信息？有没有什么来自伦敦的消息？"

"迄今为止，一点消息也没有。"准将回答道，并且相当郑重地补充了一句，"但是我们很确定，我们不久后就会收到英国的消息。"

"我看，英国还存不存在，都不好说。"塞尔瓦达克用讽刺的语气说道。

两位英国军官同时站了起来。

"你在质疑英国是不是还存在？"墨菲准将厉声说，"英国当然存在！比法国存在的可能性高出去十倍——"

"法国？"塞尔瓦达克激动地大喊，"法国可不是一座会沉到海里的小岛，法国是坚实的欧洲大陆不可分割的一部分，至少法国肯定是安全的！"

眼看争执一触即发，蒂马塞夫伯爵试图缓和气氛，但没什么用。

"这里是你们的地盘，"塞尔瓦达克尽量克制住怒火，"我认为，这场讨论最好去室外进行。"说完，他就快步走出房间，其他人紧随其后。他来到一块平坦的空地，上尉似乎认为这里可以算作一块中立区域。

"现在，先生们。"他高傲地说，"请允许我提醒你们，尽管法国在这场灾难中失去了阿尔及利亚，但法国仍然随时准备回应任何冒犯国家尊严的挑衅。在这里，我就是法国的代表，就在这片中立的土地上——"

"中立的土地？"墨菲准将打断了他的话，"恕我直言，塞尔瓦达克上尉，这里是英国的领土。难道你们没看到英国的国旗吗？"说着，他自豪地指向了岛屿最高处飘扬着的英国旗帜。

"呸！"塞尔瓦达克带着轻蔑的冷笑说，"你应该很清楚，你们的国旗才挂上去几周时间吧。"

"这面旗帜已经在这里飘扬了很久了。"准将说得斩钉截铁。

"一派胡言！"塞尔瓦达克愤怒地跺了跺脚。

稍微平复了一下情绪后，他继续说道："你们以为我不知道吗？这座岛屿是伊奥尼亚群岛合众国 ① 的一部分，你们英国对这里只有保护权，没有真正的统治权！"

墨菲准将和奥利芬特少校对视了一下，惊讶至极。

虽然蒂马塞夫伯爵在心中支持塞尔瓦达克，但他还是小心翼翼地保持沉默，避免卷入争端。他正想开口说话，但墨菲准将的语气却突然缓和了下来，请求大家允许他先说一句。

"我开始觉得，"他说，"你们一定是弄错了什么。毫无疑问，这片土地属于英国——英国通过征服获得了这块土地，它是通过《乌得勒支和约》割让给英国的。实际上，法国和西班牙曾经在 1727 年、1779 年和 1782 年提出异议，认为英国不享有这里的主权，但都失败了。我可以保证，现在你们站在这里，就像是站在伦敦的特拉法加广场正中间一样，脚下踩着英国的土地。"

现在轮到塞尔瓦达克上尉和蒂马塞夫伯爵吃惊了。"这么说，我们不是在科孚岛？"他们问。

"你们在直布罗陀。"准将回答。

直布罗陀！这个名字如同晴天霹雳一般砸在他们耳中。直布罗陀！地中海的最西端！可是，他们一直在向东航行呀！他们怎么会觉得自己到了伊奥尼亚群岛呢？这又是什么新的谜团？

蒂马塞夫伯爵正准备进行更为详细的询问，突然，一阵喧闹声吸引了所有人的注意力。他们转过身来，看到"多布里纳"号的船员正在和英国士兵激烈争吵。事情的起因是水手帕诺夫卡和皮姆下士的冲突。之前从岛上发射的那枚实弹，不仅击中了双桅船上的一根桅杆，还打坏了帕诺夫卡的烟斗。更过分的是，炮弹甚至擦着他的鼻子飞了过去。俄国人的鼻子总是特别长。水手们和士兵们针对这次事故争论起来，很快就变成了相互指责，直到现在他们几乎要打起来了。

---

① 历史上曾存在的国家，是英国的保护国，后并入希腊。

塞尔瓦达克正要帮帕诺夫卡说话，但奥利芬特少校却说，英国不会为本国的大炮造成的意外伤害负责。如果俄国人的长鼻子正好挡在了炮弹的路线上，那么他应该自认倒霉。

　　这句话彻底激怒了蒂马塞夫伯爵，他愤怒地斥责了英国军官，并且下令船员们立刻上船。

　　"这件事儿没完。"从岸边起航时，塞尔瓦达克说。

　　"随时奉陪。"对方冷冷地回答。

　　这些地理上的谜团萦绕在伯爵和上尉的脑海中，他们觉得，除非彻底弄清楚各自国家的情况，否则他们永远也没办法好好休息。他们很高兴再次登船，这样他们就可以继续他们的调查之旅了。两小时后，直布罗陀仅存的那一小部分就消失在了视野中。

第十五章

来自大海的谜团

　　"多布里纳"号重新开始航行，伯爵和塞尔瓦达克费了好大力气才给留在船上的普罗科普讲清楚刚才发生的事情。他们花了几个小时的时间讨论，试图弄清楚这些谜团背后的奥秘。

　　现在可以确定几件事情。他们无疑从古尔比岛出发，一直向东航行，直到前进的路被一片未知的海岸阻挡，这段距离最多跨越十五个经度。他们穿过那片陆地上的一条狭窄水道，回到公海，那条水道的长度约为三英里半。他们从那里继续航行了大约四个经度，抵达一个岛屿，岛上的人向他们保证那里是直布罗陀，证据确凿，他们也无法怀疑。如果再从直布罗陀继续走上七个经度多一点点，他们就会回到古尔比岛。这些路程加在一起有多远？大概二十九个经度吧？在这个纬度上，每个经度大概相当于四十八英里，那么，总共的航程是多少呢？毫无疑问，还不到一千四百英里。如此短的航程，就足以让"多布里纳"号重新回到出发点，换句话说，等于完成了一次环球航行。情况发生了这么大的变化！以前，从马耳他向东出发一路走到直布罗陀，必须要穿过苏伊士运河、红海、印度洋、太平洋和大西洋，可现在呢？直布罗陀仿佛一下子挪到了科孚岛的旁边，地球的三百三十一个经度竟然完全消失了！

　　即便考虑到误差，也无法否认这一基本事实：普罗科普中尉发现，环绕地球一周只需要走一千四百英里。而由此得出的结论便是，地球的直径缩小到了原来的十六分之一。

"如果是这样,"伯爵说,"这就解释了我们遇到的一些奇怪的现象。如果我们的世界已经变成了这么小的一个小球,那么不仅重力会减小,自转速度也会加快,这足以解释为什么昼夜的长度都变短了这么多。但现在我们到底是在什么样的轨道上公转呢?"

他陷入沉思,然后看向普罗科普,似乎期待着他能继续解答这个难题。中尉犹豫了一下,思考了一小会儿就开口说起了自己的答案。塞尔瓦达克微笑着,他已经预料到了中尉会说出什么回答。

"我的猜测是,"普罗科普说,"一块相当大的碎片已经从地球上分离,它带走了地球的部分大气,在太阳系中独自运行,其轨道和原来的地球轨道完全不同。"

这个假设似乎很合理,但它也带来了很多令人困惑的问题。如果真的有一大块碎片从地球上脱落,它会去向何方?它的公转轨道会有多大的离心率?它绕太阳一圈的公转周期又是多少?它会不会和一颗彗星一样,被甩入茫茫太空?又或者,它会不会被太阳的引力所束缚,最终坠入这颗发光发热的恒星之中?它的轨道在黄道面上吗?在这次突如其来的剧烈分裂之后,它还有没有可能再重新回到地球?

所有人都陷入了沉思,没有人说话。塞尔瓦达克第一个打破了沉寂:"中尉,你的解释确实很有道理,也可以解释很多现象。但我觉得,有一点它解释不了。"

"哦?是哪一点?"普罗科普说,"在我看来,我的理论能解释目前所有现象。"

"我不这么认为。"塞尔瓦达克回答说,"至少有一点,这个理论完全无法解释。"

"到底是什么?"中尉问道。

"别急。"塞尔瓦达克说,"我们先来看看是不是我们真的理解了对方的意思。如果我没有误解,你的理论是说,地球的一部分,包括地中海,还有从直布罗陀到马耳他的地中海海岸，都被撕裂出来，变成了一颗新的小行星，开始沿着独立的轨道在太阳系里运行。你的意思是这样吧？"

"没错。"中尉点点头。

"很好。"塞尔瓦达克继续说，"那么，这个理论最大的问题在于，它完全无法解释我们如今见到的这片环绕海洋的新大陆的地质特征。如果这片新的土地属于原本的地球，那么它为什么没有保持原来的地质构造？花岗岩和石灰岩都去哪儿了？为什么所有的岩石都变成了我们从未见过的矿物？

毫无疑问，这是一个很关键的问题。地球的一部分分裂出来，它的公转轨道的离心率确实有很大可能发生变化，但这完全没有办法解释为什么它的物质构成会发生如此彻底的改变。曾经肥沃富饶、植被丰富的海岸，为什么会变成如今这样贫瘠荒芜、前所未见的石头？没有任何理由可以解释这一点。

中尉也认为这很难解释，他承认自己还没有找到一个令人信服的答案。但即便如此，他仍然坚持自己的理论。他坚称，那些支持这个理论的证据很有说服力。他毫不怀疑，随着时间的推移，所有看上去还很矛盾的情况都可以找到合理的解释，最后事情一定会符合他的观点。当然，他还是谨慎地告诉大家，他也无法解释为何地球会分裂。尽管他知道地底深处的活动可能会导致地壳的膨胀，但他不认为这种力量足以造成如此惊人的灾变。灾难的真正起因依旧是个未解之谜。

"唉，好吧。"塞尔瓦达克叹了口气，"我们这颗新的星球究竟从何而来，是什么构成的，这些似乎都不太重要了。最关键的是，法国的一部分还在上面，对吧。"

"还有俄国。"伯爵加了一句。

"当然，还有俄国。"塞尔瓦达克礼貌地鞠了个躬。

然而，这样乐观的态度其实并没有什么意义，如果一颗新的小行星真的就这么诞生了，那么它一定是一个体积相当有限的球体，它上面曾属于法国或者俄国的面积也肯定微乎其微。至于英国，英国本土和直布罗陀之间的电报通信已经完全中断，这实际上证明了英国本土已经在这颗小行星之外。

那么，这个新生成的小小世界，尺寸到底有多大？在古尔比岛，白天和晚上几乎是等长的，这说明古尔比岛正好在赤道上。因此，南北两极之间的距离应该是"多布里纳"号环绕赤道航行一周经过距离的一半。他们已经估算过，这次航行的距离应该比一千四百英里略微短一点，那么，他们这个新世界的北极大概就在北方三百五十英里，南极则在南方三百五十英里。将这个结果与地图做对比，可以发现北极大概接近原来的法国普罗旺斯海岸，南极则大概在原来的北纬29度，在撒哈拉沙漠的腹地。这些推测是否正确，未来的探索会给出答案，但眼下，普罗科普的假设看上去很合理。即便中尉并没有揭示全部的真相，他也很接近了。

自从风暴把"多布里纳"号吹进海湾之后，天气就一直晴朗宜人。风一直都很顺，游艇在蒸汽机和风帆的双重推动下，迅速向北航行。从直布罗陀到阿利坎特，西班牙的海岸已经彻底消失了，船在前进的方向上畅通无阻。马拉加湾等西班牙沿海地区全部都已不复存在。大海淹没了伊比利亚半岛的南部，"多布里纳"号一直航行到塞维利亚的纬度，才终于看到了陆地。然而，映入眼帘的并不是安达卢西亚的海岸，而是一片陡峭的悬崖，其地质特征与他们在马耳他的原址看到的荒凉陡峭的岩石如出一辙。海水在这里冲刷着海岸，形成了一个锐角三角形一般的海湾，其中一个顶点位于马德里的原址上。之前，都是海水在侵蚀陆地，但如今陆地也反过来占据了大海的位置。地中海的海盆深处出现了一块险峻的陆地，形成了一个岬角，一直延伸到原本是巴利阿里群岛所在的位置之外的地方。众人好奇心大起，很想弄清楚马略卡岛、梅诺卡岛或者这个群岛中的其他岛屿是否还留有一些痕迹。正当他们偏离原本的航线，打算进行更详细的探查时，一名水手突然激动地大喊道："海里有个瓶子！"

终于有来自外界的消息了！现在他们终于能找到一些线索，来解开所有谜团了吧？难道揭晓一切猜测的时刻终于到来了吗？

现在是2月21日的早晨，蒂马塞夫伯爵、塞尔瓦达克上尉、普罗科普中尉以及所有船员都急忙赶到船头。帆船敏捷地掉过头来，所有人都焦急地等待着这个瓶子被打捞到甲板上。

　　但那个东西不是一个瓶子，而是一个圆形的皮革望远镜盒，大概有一英尺长。在检查里面的东西之前，他们首先仔细检查了一下外部。盒子的盖子被蜡封住，密封得十分牢固，就算在海里泡了很长时间，水也很难渗入盒子里面。盒子上没有制造商的名字，但是蜡封上面清晰地印着两个字母：P.R.。
　　检查完盒子外部之后，他们小心翼翼地揭去蜡封，打开盒盖。普罗科普中尉取出了一张横格纸，很明显是从一个普通的笔记本上撕下来的。纸上写着四行文字，尤为引人注目的是，上面有很多感叹号和问号：

加利亚？？？

自太阳计算[①]，2月15日，五千九百万法里！

1月至2月，路程八千二百万法里！！

Va bene！ All right！！ Parfait！！！ [②]

众人不约而同地叹了口气，大家都觉得有些失望。他们把那张纸翻来覆去地看了好几遍，轮流传阅。"这到底是什么意思？"伯爵大喊。

"这里面一定隐藏着什么秘密！"塞尔瓦达克说，但他随即停顿了一下，接着继续说道，"不过，有一点可以肯定，就是在六天之前的2月15日，有人还活着，写下了这张字条。"

"是的，我想应该没有必要怀疑日期的准确性。"伯爵表示同意。

这张字条上的奇怪文字混合了拉丁语、意大利语、英语和法语，下面也没有署名。字条上也没有任何线索表明它是在什么地方被扔到海里的。望远镜盒通常是某个在船上的人的东西，而上面的数字显然是记下了他观测到的一些天文现象。

众人都持有这些看法，但是塞尔瓦达克上尉提出反对。他认为，任何在船上的人都不可能用望远镜盒来传递消息，他们肯定会用更安全的瓶子。因此，他更倾向于这条信息可能来自某个在海岸上孤身一人的学者。

"但比起猜测这张字条是谁写的，"伯爵说，"对我们来说，更重要的事情是弄清楚这些字的意思。"

他再次拿起字条，说道："或许我们可以逐字分析，从每个片段入手，找到线索，然后再把它们结合在一起。"

"加利亚后面跟着这么多问号，这可能代表什么呢？"塞尔瓦达克说。

一直沉默不语的普罗科普中尉终于开口了："各位，我想这份文件进一

① 原文为拉丁语。

② 这三句话分别是意大利语、英语和法语的"很好"。

步印证了我的假设，地球的一块碎片被抛进了太空。"

塞尔瓦达克上尉迟疑了一下，随后说道："即便这是真的，我也没看出来该如何解释这里的地质成分为何会如此不同。"

"但能不能暂时假设我的理论是对的？"普罗科普说，"如果我们脚下的新小行星确实是地球分裂出来的，我猜测，加利亚就是写下这张字条的人给它起的名字。这好几个问号是在说他自己也在犹豫是不是该如此称呼它。"

"你的意思是，写这张字条的人是法国人 ① ？"伯爵问。

"我认为是的。"普罗科普回答。

"这一点毫无疑问。"塞尔瓦达克说，"这张字条基本都是用法语写的，只是零星夹杂了几个英语、拉丁语和意大利语的单词，显然是为了让所有人都读懂才写的。他也不知道这张字条会先落到哪国人手里。"

"这么说来，"蒂马塞夫伯爵说，"我们似乎已经为我们这个新世界找到了一个名字。"

"但我还是想要指出一点。"普罗科普中尉继续说，"这张纸条上提到的'五千九百万法里'，正好是 2 月 15 日那天我们和太阳之间的距离，那天我们正穿过火星轨道。"

"是的，确实如此。"众人赞同道。

"而第三行的内容，"中尉大声读了一遍那一行文字，继续说道，"显然是记录了加利亚在公转轨道上行进的路程。这颗新的行星有自己的公转轨道，根据开普勒定律，它的速度会随着距离太阳的远近而变化。根据当时的温度推算，我估计它在 1 月 15 日到达了近日点，那么它当时的速度应该是地球速度的两倍，而地球的公转速度是五万到六万英里每小时。"

塞尔瓦达克笑着问："既然你确定了我们的新行星的近日点，那么远日点呢？你能算出我们会被带到多远的地方吗？"

---

① 伯爵之所以会这么猜测，是因为加利亚（Gallia）这个词也有法国古代的称呼"高卢"的意思。

"你这要求也太多了。"伯爵表示抗议。

"我承认,"中尉说,"现在我还没办法预测未来,但我确定,只要我们在不同地点进行观测,我们不仅可以确定行星的公转轨道,还能解开地质构造的谜团。"

"我有个问题,"蒂马塞夫伯爵说,"这颗新行星是否也会遵循普通的力学定律?一旦进入轨道,它的轨道是否会保持稳定不变?"

"如果它没有受到其他大质量天体的影响,那么轨道就应该是固定的。但我们必须注意这一点,相比于其他行星,加利亚的质量实在是太小了,随时都可能受到巨大引力的吸引。"

"总而言之,"塞尔瓦达克说,"看来我们已经很满意地接受了这个事实——我们现在是加利亚这个新的小行星上的居民。也许有一天,它能荣幸地进入小行星的名单中。"

"不可能。"普罗科普立刻反驳,"已知的小行星都处在火星和木星的轨道间的一个狭窄的环带内,哪怕在近日点,它们也不可能和我们一样如此接近太阳,我们和它们不会被归为一类。"

"我们缺乏仪器。"伯爵说,"实在是令人遗憾,这会给我们的研究增加不少麻烦。"

"啊,别担心,伯爵,保持信心!"塞尔瓦达克乐观地说。

普罗科普中尉也再次保证,他有信心把所有难题都尽快解决。

"我想,"伯爵又说道,"这最后一句'Va bene! All right!! Parfait!!!'恐怕没有太大的意义吧。"

塞尔瓦达克上尉回答:"至少,这句话表明写下这张字条的人没有任何抱怨,没有任何牢骚,而是对这个新的世界相当满意。"

第十六章

欧洲大陆的遗迹

几乎在不经意间，"多布里纳"号上的航海者们便开始用加利亚作为这片新世界的名字，他们渐渐意识到，自己正在进行一场穿越太空的非凡旅程。但他们并没有偏离他们之前的目标，仍然在沿着地中海沿岸进行探测。

在绕过挡在他们路线北方的巨大海角之后，帆船沿着那个海角的北岸航行。再向前行驶几海里，他们就能抵达原来是法国海岸的地方。是的，法国！

但谁又能描绘出赫克托尔·塞尔瓦达克看到眼前景象时的心情呢？这里原本应该是他美丽的故土，但如今，他只能看到坚固而荒凉的岩壁！谁又能描绘出他看到那堵岩石峭壁时脸上的惊愕之色？峭壁垂直耸立，高达一千英尺，取代了原本明媚温暖的法国南部海岸。谁又能写出他那股渴望看到峭壁后面的焦急心情？

但希望似乎很渺茫。游艇继续向前航行，却依然看不到法国的踪影。先前的经历其实应该已经让塞尔瓦达克做好了心理准备，他早就应该清楚，那场灾变既然毁灭了其他地区，他的祖国恐怕也难以幸免。但他始终不愿意承认这场灾难同样影响到了法国。现在，当他目睹汹涌的海浪吞没了曾经美丽的普罗旺斯海岸时，他几乎绝望得发疯了。

"难道我要相信，辉煌灿烂的法兰西，现在只剩下了那座古尔比岛，只剩下了那一小块阿尔及利亚的残余之地吗？不，不可能！我们还没有抵达我们这个新世界的北极，在那片险峻的峭壁之后，还有其他土地，一定有的！啊，但愿我们能暂时登上那座巍峨的高山，朝着更远的地方眺望！天啊，我恳求你们，让我们下船，登上山顶去看看吧！法国就在后面！"

但登陆是不可能的。"多布里纳"号找不到任何一处可以抛锚的海湾，也没有任何岩石可以落脚。悬崖如同一道垂直的高墙，顶端依然覆盖着那种层状的晶体，和他们一路以来所见的地质特征如出一辙。

游艇开足马力，全速向东航行。天气依然晴好，气温逐渐下降，水汽凝结成云雾的可能性越来越小。天空清澈透亮，仅有零星的卷云像透明的薄纱一般点缀在天宇之上。白日里，太阳的光芒苍白无力，它的体积似乎也变小了许多，投下的影子微弱而模糊。然而，夜幕降临后，群星却璀璨夺目。但人们却似乎能看到行星正在渐渐远去。火星、金星还有那些在小行星带运行的未知星体都仿佛向着更远的深空退去。与此同时，木星却显得更加宏伟，土星的光辉也格外耀眼。天王星在过去只有借助望远镜才能看到，但如今，普罗科普中尉却直接用肉眼清楚地找到了它。所有这些迹象都无可辩驳地表明，加利亚正在远离太阳，穿过行星区域，向着更远方进发。

2月24日，他们沿着曲折的海岸线航行。那里在大灾变之前曾经是瓦尔省，但耶尔群岛、圣特罗佩半岛等地理标志均已经无处可寻。"多布里纳"号最终抵达了曾经是昂蒂布角的地方。

在这里，探险者们意外发现，那道巨大的峭壁竟然被一道裂缝从顶到底撕裂开来，犹如一道干涸的山涧。在裂缝底部，与海平面齐平的地方，有一处狭小的沙滩，勉强能让他们的船停靠。

"太好了！太好了！"塞尔瓦达克欣喜若狂地大喊，"我们终于能上岸了！"

塞尔瓦达克一直在催促："快点！快点！别浪费时间！"但是蒂马塞夫伯爵和普罗科普中尉同样迫不及待想登陆看看，所以根本没有催促的必要。

当他们踏上这片陌生的土地时，正是早上七点半。这片沙滩面积只有几

个平方码 ①，形状狭长，上面散落着一些黄色石灰岩的碎片——这种岩石正是普罗旺斯海岸的典型特征。但探险队员们无心停下来仔细研究这些古老海岸的遗迹，他们急不可耐地朝着高处攀登。

这条狭窄的裂谷不仅相当干燥，而且显然在过去也未曾有溪流流过。裂谷底部和侧面的岩石与整个海岸一样，都呈现出层状的纹理，迄今为止还没有因为时间推移而发生风化的迹象。一位经验丰富的地质学家或许能对它们进行准确分类，但塞尔瓦达克、蒂马塞夫和普罗科普都对地质学一无所知。

尽管峡谷底部从未成为溪流的河道，但有迹象表明，将来它会成为山中积水的天然出口。因为在很多地方，已经能看到薄薄的雪层，在碎裂的岩石表面闪耀着反光。而随着他们攀登得越来越高，这些积雪的覆盖范围和厚度也都在逐渐增加。

"这里有淡水的痕迹，应该是加利亚史上第一次发现淡水。"伯爵对同伴们说道，他们正在陡峭的小径上艰难攀爬。

"或许，"中尉回答道，"随着高度上升，我们不仅会发现积雪，还会遇到冰层。假设我们的加利亚是一个球体，那么我们现在可能已经接近它的极地。虽然它的自转轴倾角没有那么大，不会和地球一样，在极地时昼夜会被延长。但太阳光在极地的入射角度也是倾斜的，因此气温可能相当寒冷。"

"你觉得会冷到把生物都灭绝的程度吗？"塞尔瓦达克问。

"我认为不会，上尉。"普罗科普回答说，"无论我们的小星球距离太阳多远，我觉得它的温度也没有任何理由会比太阳系之外那些没有天空、没有大气的宇宙空间要低。"

"那里的温度大概是多少呢？"上尉打了个寒战，追问道。

"傅立叶曾经推算，即便在广袤无垠的太空之中，温度也不会降到零下六十度以下。"普罗科普回答。

"零下六十度！"伯爵惊呼，"天啊，就连俄国人都受不了！"

---

① 1 码为 91.44 厘米。

"恕我直言，伯爵。英国人在北极探险时曾在这样的严寒或者类似的条件下幸存。当帕里船长在梅尔维尔岛时，也曾记录过零下五十六度的低温。"普罗科普说。

探险者们继续前进，时不时停下来喘口气。他们很高兴能偶尔休息一下，因为空气变得越来越稀薄，呼吸开始困难，使得攀登格外艰辛。还没到六百英尺的高度时，他们就已经注意到气温开始显著下降。但无论是寒冷还是疲惫都无法阻止他们，他们决定坚持下去。幸运的是，峡谷底部的岩石表面有着深深的条纹，在一定程度上方便了他们继续攀爬，但他们又艰难地跋涉了约两个小时，才终于成功抵达峭壁的顶端。

他们带着着急而焦虑的心情环顾四周，向南望去，除了他们刚刚穿越的大海之外，什么都没有。向北望去，只有一片荒凉的土地，并不适合居住。

塞尔瓦达克忍不住发出了一声惊呼。他心爱的法国到底在哪里？他历经艰险爬上这座高高的悬崖，难道只是为了看到覆盖着冰雪、朝着远方一直延伸到地平线的岩石吗？他的心沉了下去。

整个地区似乎都由某一种奇特的矿物组成，这些矿物呈现为规则的六棱柱晶体。无论这种矿物是什么成分，有一点已经十分明显——它完全取代了原本的土地，昔日欧洲大陆的痕迹已经完全消失不见。普罗旺斯曾经风景秀丽，地势起伏，错落有致，深红色的土壤上，是一座座柠檬园和橙子园，但现在它们已经全部消失了。这里完全没有任何植物，哪怕是北极苔原上不起眼的苔藓，都没办法在这片石质荒野上生存。也没有任何动物的痕迹，唯有矿石独自占据这片土地。

塞尔瓦达克上尉显得非常沮丧，和他平日的乐观开朗形成了鲜明对比。他静静地站在一块冰雪覆盖的岩石上，泪流满面，凝望着这片神秘而无垠的土地。"这不可能！"他喊道，"我们一定是弄错了方向，没错，我们是遇到了这个屏障，但是法国在那边！是的，法国就在那边！来吧，伯爵，来吧！看在上天的分上，我求求你，我们必须去探索一下那片冰封的大地的尽头！"

他在崎岖的岩石上向前走去，但没走多远，便猛然停住了脚步。他的脚踢到了雪下面的某个坚硬的东西。他弯下腰，从雪中捡起一块石质物体。只需要看一眼，他便认出那块石头的地质特性和周围的岩石完全不同。那是一块褪了颜色的大理石碎片，上面刻着几个字母，能辨认出来的部分只有三个字母：Vil。

"Vil—— Villa[①]！"塞尔瓦达克大喊道。他太激动了，不小心把大理石掉在了地上，大理石摔成了碎片。

这块石头肯定是昔日某座豪华庄园的残片，不然还能是什么呢？它是否曾经矗立在绿树成荫的昂蒂布海角上，俯瞰着尼斯？也许从哪里还能俯瞰环绕滨海阿尔卑斯山的华丽全景，远眺摩纳哥和芒托，一直能望见意大利的博尔迪盖拉。这个悲伤而确凿的证据，是不是证明了昂蒂布也遭遇了那场巨大的灾难？塞尔瓦达克凝视着破碎的大理石，神色黯然，心情沉痛。

蒂马塞夫伯爵亲切地把手放在上尉的肩膀上，说道："我的朋友，你不记得古老的霍普家族[②]的格言了吗？"

塞尔瓦达克悲伤地摇了摇头。

伯爵继续说道："即便世界崩碎，希望依然不灭。"

塞尔瓦达克挤出一丝淡淡的微笑，回答说，自己此时此刻更想引用但丁[③]绝望的呐喊："凡入此地者，须绝一切希望。"

"不，不是这样的。"伯爵说，"至少现在，我们的格言就是，永不绝望！"

---

① 法语"带花园的住宅、别墅"的意思。

② 起源于苏格兰的著名家族，从事商业、银行业。

③ 但丁，意大利中世纪时期的诗人、作家。代表作《神曲》。后文中提到的但丁的话出自《神曲·地狱篇》。

第十七章

又见谜团

重新登船后，困惑的探险者们开始讨论起一个问题：是否应该返回古尔比岛？毕竟，在这个新世界中，那里显然是唯一可以提供未来生存所需资源的地方。塞尔瓦达克上尉试图安慰自己，毕竟古尔比岛是法国殖民地的一部分，因此也可以算作是他深爱的法国的一部分。当他们正要制订返程计划的时候，普罗科普中尉提醒大家注意，他们还没有绕着这片新发现的海岸走完一周。

普罗科普说："这里的北岸从昂蒂布角出发，通往直布罗陀的海峡，我们还没有调查过这条海岸。从那条海峡到加贝斯湾的南岸我们也没有调查过。到目前为止，我们一直沿着过去的海岸线前进，而不是新的海岸线。目前，我们还不能确定南方是不是真的没有出口，也没有办法断言非洲沙漠中的一些绿洲是不是可能幸免于难。又或许，在北方，我们会发现，意大利、西西里岛和地中海的一些较大的岛屿仍然在那里。"

"我完全同意你的观点。"蒂马塞夫伯爵说，"我认为，我们在离开这里之前，应该对这片新海域的边界进行尽可能完整的勘察。"

尽管塞尔瓦达克承认这些观察是有必要的，但他依然请求大家，先回一趟古尔比岛，再去进行海上勘察。

"相信我，上尉，你这么想就错了。"普罗科普中尉回应道，"我们应该在'多布里纳'号还能航行的时候尽量充分利用它。"

"'还能航行'？你指的是什么？"伯爵有些惊讶地问。

"我的意思是，"普罗科普说，"随着我们的加利亚越来越远离太阳，气温也会持续下降。我认为，不久之后大海就很可能会冰封，到那个时候就不可能乘船航行了。你们已经体会过在冰原上行走有多么困难了，因此，我相信，你们一定会同意，在海面还没有结冰的时候应该多探索一下。"

"中尉，毫无疑问，你说得对。"伯爵说，"我们现在还能去探索欧洲有没有余下的部分，我们应该在这个时候继续探索。谁知道呢？也许在我们不得不在寒冬中进入避难所之前，还能遇到更多在灾难中幸存的人，并且有机会帮助他们。"

这番话实在是慷慨无私，同时，对于所有在这颗星球上，被抛入无边的宇宙中，共享着同样奇特命运的幸存者而言，找到对方并建立友好关系，是符合所有人的共同利益的。一切种族和国籍的差异此时已经不再重要，这些差异已经在一种新的思想中消弭：尽管他们人数稀少，但他们是旧世界的最后代表，而且他们似乎已经永远无法回到那个旧世界。理智告诉他们，他们必须竭尽全力团结在一起，确保这颗小行星上的居民能够共同生存下去。

2月25日，"多布里纳"号离开了它躲避风雨的小海湾，开足马力向东航行，沿着北岸继续前进。一股强劲的风让本就寒冷的气温显得更加刺骨，现在的平均温度降到了零下两度左右。由于盐水的凝固点低于淡水，海面还没有结冰，船只的航行尚未受到阻碍。但不可否认的是，他们必须尽可能保持快速航行。

夜晚依旧美丽。寒冷的空气抑制了云层的形成，群星璀璨，闪耀天穹。加利亚失去了月球，尽管普罗科普中尉出于航海的便利性考虑，对此颇为遗憾，但他也不得不承认，加利亚的夜空如此美丽，一定会激起天文学家的热情。似乎是为了弥补月光的缺失，一场绚烂的流星雨照亮了夜空，流星的数量和亮度都远远超过了昔日地球上八月和十一月的流星雨。实际上，加利亚正穿过一个在地球轨道外部、几乎和地球公转轨道呈同心圆的太空碎石带。岩石海岸的金属表面反射着耀眼的光辉，似乎有无数光点镶嵌其上，海面上则如同被无数燃烧的冰雹击中一般，闪烁着绚丽的粼光。然而，由于加利亚远离太阳的速度太快了，这场流星雨持续了不到二十四小时便结束了。

第二天，"多布里纳"号的行程被一片长长的陆地所阻挡，船只不得不朝南转向，直到抵达原本是科西嘉岛南端的地方。然而，博尼法乔海峡已经消失，取而代之的是一片广阔的海域。起初看去，那片海域上什么也没有，但第二天早上，探险者们意外发现了一座小岛。这座小岛很可能是最近形成的，如果不是的话，根据其位置推测，它应该是撒丁岛最北部地区的残余部分。

"多布里纳"号小心翼翼地靠近陆地，降下小艇。几分钟后，蒂马塞夫伯爵和塞尔瓦达克上尉就登上了这座小岛。岛上有一片大约两英亩的草地，零星生长着一些桃金娘和乳香黄连木丛，还有几棵古老的橄榄树。他们确定这座岛如他们之前预想的那样，没有任何生物，随后就打算返回小艇，但这时他们突然听到了一声微弱的"咩咩"叫。紧接着，一只孤零零的母山羊就跳向了岸边。这只山羊浑身覆盖着深到发黑的羊毛，头顶上长着弯曲的小角，这是一种适合家养的山羊，又被恰如其分地称作"穷人的奶牛"。山羊非但没有因为陌生人的出现而惊慌，反而敏捷地向他们跑来，然后通过动作和哀怨的叫声引导众人跟着它走。

"走吧。"塞尔瓦达克说，"我们看看它想把我们带到哪里去，也许那里还有别的生物。"

伯爵表示赞同，山羊仿佛听懂了他们的话，轻快地小跑了大概一百步左右，最终停在了一个被乳香黄连木丛半掩的洞穴前面。那儿，一个大约七八岁的女孩正害羞地透过树枝向外张望。她有着浓密的棕色长发和明亮的黑色眼睛，如同牟利罗[①]画中的天使一般美丽。小女孩显然发现这些陌生人看上去并无恶意，于是鼓起勇气，向前跑去，伸出手来，用柔和悦耳的意大利语说道："我喜欢你们，你们不会伤害我的，是吧？"

---

① 牟利罗，西班牙画家，擅长绘制宗教题材和反映下层人民生活的作品。

"怎么会伤害你呢，我的孩子？"塞尔瓦达克说，"当然不会，我们是你的朋友，我们会照顾你的。"

稍微打量了一下这个漂亮的小姑娘后，他又继续说："小家伙，告诉我们你叫什么吧？"

"我叫尼娜！"小女孩说。

"很好，尼娜，能告诉我们，这里是哪儿吗？"

"我想，是马达莱娜。"小女孩说，"至少，我记得那场可怕的震动发生的时候，我在马达莱娜，之后一切都变了。"

蒂马塞夫伯爵知道，马达莱娜在卡普雷拉旁边，在撒丁岛北方，而整个撒丁岛都已经在那场灾难中彻底消失了。他又问了一系列问题，从那个聪慧的小女孩口中了解到了她的经历。尼娜告诉伯爵，她是个孤儿，通过照看一位地主的山羊群谋生。有一天，突然之间，周围的一切都被吞噬，只有这一小块陆地幸存下来，她和她心爱的小山羊玛奇被留在了这里。起初，她相当害怕，当她发现大地已经不再震动时，便转而感谢伟大的上帝，并很快就习惯了和玛奇一起快乐地生活。她说，自己有足够的食物，只是一直在等待有船能接走她。现在，船终于来了，她已经准备好，可以随时离开，唯一的请求就是她的小山羊也必须跟着她一起走，她们都很渴望回到过去的农场。

"至少，加利亚还有这样一位可爱的小居民。"塞尔瓦达克摸了摸孩子的脑袋，牵着她走向小艇。

半小时后，尼娜和玛奇都安全地登上了"多布里纳"号。不必说，她们自然受到了热烈欢迎。俄国水手们一向很迷信，他们似乎把这个孩子的到来视作天使现身。尽管听上去难以置信，但确实有不止一个人想知道她是不是有翅膀。他们常常称呼尼娜为"小圣母"。

马达莱娜很快消失在了视野之外，"多布里纳"号沿着新形成的海岸线朝着东南方向航行了几小时。相比于意大利之前的海岸线，这条新的海岸线长五十法里，这说明一个新的大陆已经形成，取代了那个已经找不到任何痕迹的意大利半岛。在曾经是罗马的纬度上，海面上出现了一个巨大的海湾，一直延伸到昔日的"永恒之城"①之外很远的地方。海岸线绕着曾经是卡拉布里亚的地方形成了一个巨大的弧形，甚至远远地超出了意大利原来如同一只靴子一样的轮廓。墨西拿的灯塔已经无迹可寻，整个西西里岛都没有留下任何痕迹。连那曾经高达一万一千英尺的埃特纳火山也彻底不复存在。

他们继续朝南方航行了六十法里，"多布里纳"号抵达了一个狭窄水道的入口，正是这条水道曾经在暴风雨中为他们提供庇护，并最终引领他们航行到了直布罗陀的残存部分。从这里到加贝斯湾的区域已被探查过，大家一致认为没有必要再次搜索，中尉开始改变航向，朝着一个他们还没有探索过的地方驶去。

3月3日，他们抵达了那里，并沿着海岸线继续航行，途经曾是突尼斯的地方，穿越了过去的君士坦丁省，一直航行到济班绿洲。在这里，海岸线突然转向，触碰到南纬32度线之后又折返回来，形成了一个形状不规则的海湾，这个海湾被坚固的矿石地表包围。这条巨大的界线一直向南延伸了大概一百五十法里，穿越了撒哈拉沙漠，抵达古尔比岛南部。如果摩洛哥还在，这条海岸线可以成为它的自然边界。

"多布里纳"号随着海岸线的起伏变化调整航向，现在驶向北边。刚刚驶出海湾边缘，船上所有人的注意力就都被眼前的火山所吸引了。那座火山至少有三千英尺高，火山口喷涌着滚滚浓烟，时而还喷出一股股火舌。

"一座燃烧的山！"有人惊呼道。

"那么，加利亚内部还有热量。"塞尔瓦达克说。

"那也不奇怪，上尉。"普罗科普接过话头，"我们的行星带走了一部分地球的大气，为什么它不能同样带走一些地核的热量呢？"

"唉，好吧！"塞尔瓦达克耸了耸肩，"我敢说，我们这颗小行星上的热量应该能满足所有人口的需求。"

蒂马塞夫伯爵打破了谈话之后的沉默，说道："现在，先生们，我们的

---

① 罗马的别称。

航向恰好指向直布罗陀。我们要不要去看看那帮英国人？他们一定对我们的发现很感兴趣。"

"我可没兴趣去找他们。"塞尔瓦达克说，"他们知道古尔比岛在哪里，如果想找我们的话，他们随时可以去。他们的食物很充足，即便海水结了冰，一百二十法里的路也不是很长。上次他们的招待可不是很热情，我们也没必要自讨没趣。"

"你说得没错。"伯爵说，"希望他们有朝一日来拜访我们的时候，我们能展现出更好的风度。"

"是啊，"塞尔瓦达克说，"我们必须提醒自己，如今我们都属于人类这个族群，没有什么俄国人、法国人或者英国人了，民族已经没有意义了。"

"但悲哀的是，恐怕英国人还是老样子。"蒂马塞夫伯爵说。

"没错，"塞尔瓦达克说，"他们永远改不了这个毛病。"

就这样，众人打消了再度拜访直布罗陀的念头。

然而，即使他们出于礼貌，愿意再去拜访那些英国驻军，也有两个原因让他们没办法这么做。首先，普罗科普中尉确信，海洋很快就会完全结冰。其次，由于长时间保持高速航行，船上的煤炭消耗十分惊人，已经有相当充分的理由担心船上燃料短缺。无论如何，节约燃料已经是当务之急，因此他们决定尽快结束航程。更何况，火山另外一侧的海面似乎无边无际，游艇的补给如此短缺，被冻住可能是一件很危险的事情。综合考虑之后，大家一致认为应该将进一步的调查推迟到更有利的时机，现在"多布里纳"号应该立刻返回古尔比岛。

这个决定让赫克托尔·塞尔瓦达克非常高兴。在过去的五个星期，他一直牵挂着留在岛上的忠实勤务兵。

从火山到古尔比岛的航程并不长，其间只发生了一件值得注意的事件。他们发现了第二张神秘的字条，它的笔迹和之前那张一模一样。这些字条的作者显然一直在计算加利亚星的运行轨迹，并将计算结果扔进海中，希望能用波涛作为通信的方式。

这次，字条不是装在望远镜的盒子里，而是装在一个密封的肉罐头盒中。盒子被封得严严实实，封蜡上依然盖着相同的缩写印记。大家小心翼翼地打开它，发现里面的纸上写着这样的话：

3月1日，加利亚距离太阳，七千八百万法里！

2月至3月行程：五千九百万法里！

Va bene! All right! Nil desperandum![1]

Enchanté![2]

"又是一个谜团！"塞尔瓦达克惊呼道，"还是没有署名、没有地址，什么线索都没有！"

"在我看来，"伯爵说，"我毫不怀疑这只是许多字条中的一张而已，我猜测，发出消息的人往海里扔出去了很多字条。"

"我真想知道，写下这些字条的那位疯疯癫癫的学者到底在哪里？"塞尔瓦达克说。

"没准他和伊索寓言里的那个心不在焉的天文学家一样，掉进了一口深井里。"

"可是，那口井又在哪里呢？"塞尔瓦达克又问道。

伯爵当然无法回答这个问题，他们只能猜测这些谜语一般的字条的作者是居住在某个孤岛上，还是像他们一样，正在新的地中海上航行。但他们找不到任何线索，得不出确切的结论。

对字条上的内容思考了一阵子后，普罗科普中尉认为，这些字条应该不是开玩笑，上面的内容也应该是可靠的。他得出了两个重要结论，首先，在1月，这颗被命名为加利亚的行星行进了八千二百万法里，而2月只行进了

---

[1] 这一行的三句话，前两句分别是意大利语和英语的"一切顺利"，第三句是拉丁语的"永不绝望"。

[2] 法语的"欣喜万分"。

五千九百万法里，一个月内，路程相差足有两千三百万法里。其次，2月15日时加利亚距离太阳五千九百万法里，而3月1日则增加到了七千八百万法里，半个月内就增加了一千九百万法里。因此，加利亚距离太阳越远，其公转速度就越慢，这完全符合已知的天体力学规律。

"那么，你的结论是什么？"伯爵问。

"我的结论是，"中尉回答说，"这再次证明了我的推测：加利亚确实是沿着一个明显呈椭圆形的轨道运行的，虽然我们目前还没有足够的数据来计算出它的离心率。"

"既然这些字条的作者坚持使用加利亚这个名字，"伯爵问，"那么你们觉得，我们是不是可以把这片新出现的海域叫作'加利亚海'？"

"对于这一点我没有反对意见，伯爵。"中尉说，"我会把这个名字标注在我的新海图上。"

"我们的这位朋友，"塞尔瓦达克说，"似乎对现状越来越满意了。他不仅用了我们的格言'永不绝望'，你们看，他还在最后兴奋地写上了'欣喜万分'。"

这场聊天到此就结束了。

几个小时后，值班水手报告说，古尔比岛已经出现在了视野之中。

第十八章

一位意料之外的居民

　　"多布里纳"号又回到了古尔比岛。这次航行从 1 月 31 日持续到 3 月 5 日，整整三十五天（这一年是闰年）。但在这个新的星球上，相当于过去了七十天。

　　在离开古尔比岛的日子里，赫克托尔·塞尔瓦达克无数次地思考，想知道自己目前经历的变故最后会如何收场。即将踏上这个小岛，见到自己忠诚的勤务兵，他的心中也隐隐有一丝不安。当他重新驶向阿尔及利亚的最后一片残存之地时，心中不禁泛起涟漪。但他的担忧是多余的，古尔比岛一如既往，没有任何异样，唯一值得注意的一点是有一片奇特的云层悬浮在岛的上空一百英尺左右的高度。

　　当游艇逐渐靠近海岸时，那团云似乎在上下飘动，仿佛受到了某种不可见的力量的影响。上尉仔细观察了一番，发现那根本不是云，而是一大群鸟，密集地挤在一起，就像一大团沙丁鱼群一般。鸟群发出震耳欲聋、杂乱无章的叫声，其中还时不时能听到枪声。

　　"多布里纳"号鸣响船上的炮，示意自己已经归来，并在谢里夫港口投下船锚。不到一分钟，手持猎枪的本·佐夫就狂奔着冲向海岸。他纵身一跃，跳过海岸边的最后一块岩石，然后便猛然停住了。有几秒钟，他一动不动地站着，眼睛盯着大约十五码之外的某个地方，仿佛在听从某个正在训练他的军士的指示，整个人的姿态都透露出顺从和尊重的意味。然而，当他看见塞尔瓦达克上尉正踏上海岸时，他再也按捺不住心中的激动，飞奔上前，一把抓住塞尔瓦达克的手，激动地亲吻起来。然后，本·佐夫并没有立刻对上尉的归来表示欢迎或高兴，而是愤怒地咆哮了起来。

"有强盗！上尉，可恶的强盗！海盗！魔鬼！"

"本·佐夫，怎么啦？"塞尔瓦达克安慰道。

"小偷！该死的强盗！那些可恶的鸟，它们就是罪魁祸首！你们回来了，真是太好了，整整一个月，我把火药和子弹都用在它们身上了，我杀得越多，它们反而越来越凶了！但如果我不管它们的话，岛上就连一粒玉米都剩不下了！"

塞尔瓦达克很快就意识到，本·佐夫的话绝对没有夸张。1月，加利亚运行到了近日点，温度升高，岛上的农作物迅速成熟。现在，成千上万的鸟正在对农作物进行疯狂掠夺。尽管本·佐夫在"多布里纳"号航行期间辛勤劳作，成功收割并储存了一批粮食，但尚未收割的部分却面临着被彻底吞噬的危险。也许，这群鸟儿代表了加利亚所有的飞禽，它们聚集在古尔比岛也是很自然的事情，因为这里的田地似乎是它们唯一可以获得食物的地方。但这些鸟儿的觅食可能对人类的生存造成严重威胁，因此，必须采取措施，抵抗鸟儿的破坏。

本·佐夫现在确信塞尔瓦达克和他的伙伴们会帮自己对付那些贼鸟，情绪平静了下来，并开始询问他们的情况。他说："我们在非洲的战友们怎么样了？"

"就我所知，"塞尔瓦达克回答，"他们应该还在非洲，但是非洲不在我们以为的那个地方了。"

"那法国呢？蒙马特尔呢？"本·佐夫焦急地问道。这是这个可怜的家伙发自肺腑的问题。

塞尔瓦达克尽可能简明地向他介绍了一下当前的情况。他试图让本·佐夫理解，巴黎、法国、欧洲，甚至整个地球，现在已经远在八千万法里之外。他用尽可能委婉的方式表达了自己的担忧——它们或许再也无法回到欧洲，回到法国、巴黎和蒙马特尔了。

"不！不！长官！"本·佐夫坚决抗议，"这完全是胡说八道，我们怎么可能再也回不到蒙马特尔？"勤务兵坚决地摇了摇头，一副不管别人怎么争论，都要坚持自己意见的坚定态度。

"非常好，我勇敢的朋友。"塞尔瓦达克说，"那就继续抱有希望吧，只要还有一丝希望，就不要放弃。毕竟，海上漂来的信息也告诉我们，'永不绝望'。但有一件事情是肯定的，我们必须立刻开始工作，把这个岛屿改造成我们的长期居住地。"

随后，塞尔瓦达克就带着大家来到了"古尔比"小屋。在本·佐夫的努力下，这座建筑已经彻底重建。他在这里热情地接待了两位尊贵的客人——蒂马塞夫伯爵和普罗科普中尉。他们也向陪着二人一起上岸的小女孩尼娜表示了欢迎。本·佐夫和尼娜已经成了很好的朋友。

邻近的石头建筑依然保存完好，塞尔瓦达克也很高兴地看到，他们的两匹马——西风和煎饼，都得到了妥善的饲养，状态良好。

享用了一些茶点后，众人召开了一次会议，商讨他们该做些什么来保障未来的生存。摆在他们面前最紧迫的问题是，要采取什么手段来让加利亚的居民能度过可怕的严寒。由于他们并不知道加利亚公转轨道的离心率，所以他们也没办法判断寒冷会持续多久。燃料并不充足，他们无法找到煤炭，树木和灌木也很稀少。他们也并不觉得应该为了抵御寒冷而把这些仅存的植被砍掉。但毫无疑问，必须得采取一些权宜之计，以防发生灭顶之灾，而且必须立即采取行动。

至于这个小殖民地的食物供给，目前暂时没有问题。水源很充足，平原上蜿蜒曲折的众多溪流会不断给蓄水池补水。另外，加利亚海不久就会结冰，但水中的盐分不会冻结在冰里面，因此把冰融化就可以得到取之不尽的水。田里的作物已经成熟，这些作物还有岛上的家畜们都是充足的食物来源。但毫无疑问，整个冬天，土壤都无法耕种，家畜也没办法获得新鲜的饲料。如果他们能计算出加利亚一年的确切长度，就可以根据冬天的长度来计算出他们应该保有的家畜存量。

接下来要做的就是对人口数量进行真实的统计。塞尔瓦达克目前不太关心那十三名在直布罗陀的英国人，因此他没有把他们算进去。他记下了八名俄国人、两名法国人、一名意大利小女孩，一共十一个人，这便是目前古尔比岛上的全部人口。

"噢，我插一句。"本·佐夫说，"你们误解了目前的情况，你们一定会很惊讶，因为岛上的总人数是你们估计的两倍，一共有二十二人。"

"二十二人！"塞尔瓦达克大喊道，"你说什么，岛上有二十二个人？"

"之前一直没找到机会说。"本·佐夫说，"但我这里来了一些客人。"

"本·佐夫，说清楚些。"塞尔瓦达克说，"什么客人？"

"难道你以为，"他的勤务兵回答，"我一个人就能完成所有的收割工作吗？"

"我得承认，"普罗科普中尉说，"我们之前确实没注意到这一点。"

"那么，"本·佐夫说，"如果你们愿意跟着我走一英里左右，我就能让你们看看他们。但我们得把枪带上。"

"要带枪？"塞尔瓦达克问道，"我希望我们不用去打仗。"

"不，不是和人打仗。"本·佐夫说，"但既然有机会，我们就要教训一下那些该死的贼鸟。"

他们把小尼娜和她的山羊留在营地里，塞尔瓦达克、蒂马塞夫、普罗科普满腹狐疑地拿着枪，跟着本·佐夫出发了。一路上，他们毫不留情地射杀那些盘旋在他们头顶和四周的鸟。几乎每一种鸟类都能在这片有生命的云层中找到，这里有成千上万只野鸭，还有鹬鸟、云雀、秃鼻乌鸦和燕子。这里还有海鸥等无数种海鸟，以及大量适合作为猎物的鸟类，比如鹌鹑和松鸡。猎人们竭尽全力，每一枪都能打中目标，成群的鸟儿坠落在他们的身边。

本·佐夫并没有沿着岛的北岸前行，而是斜着穿过平原。塞尔瓦达克和他的同伴们前进的速度非常快，这是因为重力减小让他们步履轻盈。很快，他们就发现已经来到了一座小山脚下，那里长满了各色树木，风景如画。他们在这里停了下来。

"啊！这些流浪汉！这些恶棍！这些贼！"本·佐夫突然愤怒地跺脚大喊。

"怎么了？你的那些鸟类朋友又在偷东西？"上尉问道。

"不，我不是说鸟，我是说那些偷懒的家伙。看看这里，看看那里！"本·佐夫一边说，一边指着地上散落的镰刀等农具。

"你到底在说什么呢？"塞尔瓦达克有点不耐烦了。

"嘘！听！"本·佐夫只回答了这一句，他竖起手指，示意大家安静。

仔细倾听后，塞尔瓦达克和同伴们清楚地听到了一阵人声，还伴随着吉他的旋律和响亮的响板敲击声。

"西班牙人！"塞尔瓦达克上尉说。

"没错，先生。"本·佐夫说，"就算面对炮口，西班牙人也会敲起他们的响板。"

"可这到底是怎么回事？"上尉问道。他越来越弄不清楚了。

"听！"本·佐夫说，"该轮到那个老家伙了。"

紧接着，一个粗哑的声音愤怒地喊道："我的钱！我的钱！你们什么时候还我的钱？把欠的钱还给我，你们这些可恶的家伙！"

与此同时，歌声继续：

> 欢歌笑语伴烟斗，
> 再斟一杯醇香酒。
> 骏马相伴短铳握，
> 人生快意复何求！①

塞尔瓦达克对加斯科涅地区有一定了解，勉强理解了这首喧闹歌曲中洋溢的西班牙爱国情绪，但他的注意力再次被那个老人的怒吼吸引了："你们

---

① 原文为西班牙语。

必须付钱给我，是的，以先知亚伯拉罕之名，你们必须给我钱！"

"犹太人？"塞尔瓦达克大喊。

"没错，长官，一个德国犹太人。"本·佐夫说。

正当他们准备进入灌木丛时，一幅奇异的景象使他们停下了脚步。一群西班牙人刚刚开始跳起他们传统的弗拉门戈舞，在这个新星球上，物体受到的重力比较小，舞者们每次都能轻易地跳到三十英尺甚至更高的空中，比树梢还高许多。接下来的场面更是滑稽极了——四个壮汉拖着一个毫无抵抗能力的老人，不管他愿不愿意，都强迫他加入舞蹈。他们在树叶间时隐时现，姿势很滑稽，再加上无助的老人可怜的样子，让人不禁联想到桑丘·潘沙被塞哥维亚的织布匠用毯子抛向空中的幽默故事①。

塞尔瓦达克、伯爵、普罗科普和本·佐夫穿过灌木丛，来到了一小块空地上。只见两名男子悠闲地躺在草地上，一个弹着吉他，一个打着响板，正在放声大笑，不断鼓动舞者们跳得更卖力一些。看到陌生人，他们停下了演奏，与此同时，舞者们带着老人轻盈地落回了地上。

那位老犹太人气喘吁吁，几乎筋疲力尽，但他还是竭尽全力冲向塞尔瓦达克，用带着浓重德国口音的法语喊道："噢，总督大人，救救我，救救我！这些恶棍骗了我，抢了我！但是，凭借上帝的名义，我请求你们伸张正义！"

上尉疑惑地看向本·佐夫，他的勤务兵意味深长地点了点头，示意上尉可以继续扮演总督的角色。塞尔瓦达克立刻明白了，他严厉地命令那位犹太人闭嘴。于是犹太人立刻低下了头，双手交叉放在胸前，露出一副卑微顺从的模样。

塞尔瓦达克开始仔细打量眼前的人。他大概五十岁，但乍一看至少比实际年龄要老十岁。他身材瘦小，眼神透露出精明狡猾，长着鹰钩鼻、短短的黄色胡须、蓬乱的头发。他的脚掌很大，一双长长的手骨节分明，完美地展

---

① 这个典故出自西班牙作家塞万提斯的小说《堂·吉诃德》。

现了德国犹太人的典型特征——冷酷无情、狡猾的高利贷者、铁石心肠的守财奴和吝啬鬼。就如磁铁吸引铁一样，夏洛克[1]看到黄金就会被吸引，为了确保自己的债务得到偿还，他会毫不犹豫地放干债务人的血液。

他的名字是伊萨克·哈卡布特，来自德国科隆。但根据他自己向塞尔瓦达克上尉的介绍，他的大部分时间都是在海上度过的。他的职业是商人，在地中海沿岸各港口从事贸易。他有一艘载重二百吨的小帆船，名为"汉萨"号，上面装载着他的所有商品。实话说，这艘船就像是一个可以移动的商场一般，里面几乎有所有能想到的商品——从火柴到法兰克福和埃皮纳勒的华丽布料，应有尽有。他没有妻子和孩子，也没有固定的住所，几乎一直生活在"汉萨"号上。他雇了一名大副和三位船员，操纵一艘轻型船只，这些人就够了。他穿梭在阿尔及利亚、突尼斯、埃及、土耳其和希腊的海岸，甚至还去过黎凡特的大部分海港。他仔细地挑选了大众最需要的产品——咖啡、糖、大米、烟草、棉布等，并且随时保持商品供应。他也接受以货易货，并且进行二手商品买卖，积累了可观的财富。

在1月1日那个不平凡的夜晚，"汉萨"号停泊在休达。这个地方位于摩洛哥的海岸，正对着直布罗陀。大副和三名船员都已上岸，他们和许多人一样，都彻底消失得无影无踪。然而，休达最突出的一块岩石却在大灾难中幸存下来，碰巧在上面的十个西班牙人因此幸免于难。这些人都来自安达卢西亚，从事农业，自然也如同他们这个阶层的大多数人一般，漫不经心，缺乏忧患意识。当他们发现自己被孤零零地困在一块与世隔绝的岩石上时，他们尽可能地商量对策，结果却是越讨论越迷惘。其中一人名叫内格雷特，他比其他人见识稍广一些，便自然而然地被大家默认为领袖。但即便他是众人中最聪明的，也完全无法理解到底发生了什么事情。不过，有一点他们无法忽视，他们根本就没有获得补给的希望。因此，他们的首要任务就是想办

---

[1] 英国作家莎士比亚的作品《威尼斯商人》中的角色，犹太人，放高利贷者，性格贪婪刻薄。

法离开这块岩石。"汉萨"号正停泊在岸边不远处，西班牙人完全没有犹豫，立即占领了这艘船。但由于他们对航海一无所知，只能无奈地承认，最明智的做法还是和船主达成协议。

接下来发生的事情就更有趣了。在此期间，内格雷特和他的同伴们接待了两名来自直布罗陀的英国军官。他们之间到底谈了些什么，犹太人并不清楚。他只知道，在这次会面结束后，内格雷特就找到他，下令让他立即起航，前往最近的摩洛哥港口。哈卡布特虽不敢违抗命令，但他又盯住了这个机会，提出条件说西班牙人应该在抵达目的地后支付船费。对于这一要求，西班牙人毫不犹豫地答应了，就像他们答应其他条件一样。反正他们根本没打算给哈卡布特一分钱。

"汉萨"号于2月3日起航，风从西边吹来，这艘帆船的航行因此变得十分轻松。这些毫无航海经验的人只要扬起风帆，就能顺风而行。微风把他们带到了这个小世界中唯一可以避难的地方，虽然他们自己都不清楚这回事。

于是，某天清晨，在古尔比岛上守望的本·佐夫发现海平面上出现了一艘船，但那不是"多布里纳"号。这艘陌生的船正缓缓朝着昔日是谢里夫河右岸的地方驶来。

这就是本·佐夫的叙述，他也是从那些新来的人口中拼凑出这些事情的。最后，他补充道，"汉萨"号上的货物对他们来说至关重要。他预料到伊萨克·哈卡布特会很难对付，但他认为，反正如今也没什么机会把货物卖出去，所以直接征用货物，用于大家的共同福祉，也无可厚非。

本·佐夫又加了一句："至于那位犹太人和他的乘客之间的纠纷，我告诉他，总督正在外出巡查，等他回来，一切都会得到公正处理。"

勤务兵的策略让塞尔瓦达克忍不住笑了出来。他随即转向哈卡布特，向他保证，他会妥善调查他的索赔，合理的款项一定会支付。哈卡布特听了这些话，看上去很满意，至少现在不再抱怨了。

犹太人离开后，蒂马塞夫伯爵问道："但你要怎么让这些家伙付钱呢？"

"他们有很多钱。"本·佐夫说。

"看上去不像。"伯爵说,"你什么时候见过这样的西班牙人有钱?"

"可我亲眼看到了。"本·佐夫说,"而且还是英镑。"

"英镑?"塞尔瓦达克喊道,他瞬间想到了直布罗陀的那两位英国军官曾经进行的出海航行,他们对此一直讳莫如深。"这件事儿得好好查查。"他说。

随后,他又转向蒂马塞夫伯爵,说道:"总之,欧洲各国人似乎都有代表在加利亚。"

"上尉,确实如此。"伯爵说,"我们仅仅拥有地球的一小部分,但这里却会集了法国、俄国、意大利、西班牙和英国的代表。甚至可以说,德国也有个代表,就是这个可怜的犹太人。"

"确实,必须把他也考虑在内,"塞尔瓦达克说,"也许我们会发现,这位犹太人不像我们想象的这样无关紧要。"

第十九章

加利亚的总督

　　登上"汉萨"号的西班牙人一共包括九名成年人和一个十二岁的男孩，男孩名叫巴勃罗。本·佐夫向他们介绍了塞尔瓦达克"总督"，他们带着非常尊重的态度和塞尔瓦达克见了面，随后就迅速回到了各自的工作岗位上。塞尔瓦达克上尉和他的朋友们离开了林间空地，朝着"汉萨"号停泊的海岸走去，那个一心巴结的犹太人跟在他们身后。

　　一路上，他们讨论着当前的处境。根据目前掌握的情况，除了古尔比岛之外，过去的地球还剩下四个小岛幸存：被英国人占据的直布罗陀的一部分、西班牙人刚刚离开的休达、他们遇到那个意大利小女孩的马达莱娜以及突尼斯海岸边圣路易的墓。这些岛屿周围是加利亚海，其范围大概覆盖了原来地中海的一半。加利亚海四周被陡峭的悬崖围成一道封闭的屏障，这悬崖从何而来、又是由什么组成，还不得而知。

　　在这些残存的土地上，目前只有两个地方有人居住：在直布罗陀有十三名英国人，他们的物资足以支撑数年，此外就是他们的古尔比岛。这里居住着二十二个人，他们必须依赖岛上的自然资源维生。当然，也不能忘了，在某个偏远未知的岛屿上，很可能还住着一位神秘的学者，他写下了那些字条。如果算上他的话，这颗新的小行星的总人口就达到了三十六人。

　　即便假设在未来的某一天，所有人都不得不聚集在古尔比岛上生活，那也没有必要担心。岛上有八百英亩的肥沃土地，只要精心耕作，就足以维持所有人的生计。现在最关键的问题是，寒冷的季节会持续多久？他们的一切希望都在于土地何时重新适合耕种。看上去他们现在还没办法确定这个时间点。即便加利亚的轨道确实是个椭圆形，它什么时候能抵达远日点，依旧是个未解之谜。因此，现阶段，加利亚的居民只能依赖自己手头现有的资源。

这些资源首先包括"多布里纳"号的储备，其中有肉罐头、糖、酒、白兰地和一些其他的食品，大概足够支撑两个月。此外还有"汉萨"号上的货物，不管船主愿意与否，这些货物迟早要被征用，以供所有人一起生存下去。另外就是岛上的动植物资源，只要合理管理，这些资源也足够他们支撑相当一段时间。

在大家商议的过程中，蒂马塞夫伯爵趁机提议说，既然那些西班牙人已经觉得塞尔瓦达克是这个岛的总督，那么他认为，塞尔瓦达克确实应该正式担任这个职务。

"任何一个团体都需要有一个领导者。"伯爵说，"而且，作为法国人，我认为你确实应该统领这片法国殖民地。我可以保证，我的船员们都会全力支持你的领导。"

"我会毫不迟疑地接受这项使命。"塞尔瓦达克说道，"我们彼此十分了解，我想大家都愿意为了我们的共同利益而奋斗。即便我们再也没有办法回到旧世界，我也有信心，我们绝对可以应对面前的任何困难。"

说完，他伸出手，伯爵握住了他的手，同时微微鞠躬致意。这是两个人相识以来的第一次握手。他们之前曾有过恩恩怨怨，但没有人会再次提起，这些恩怨早已烟消云散。

短暂的沉默后，塞尔瓦达克说："你们觉得，我们是不是应该和那些西班牙人解释一下现状？"

"不不不，长官！"本·佐夫立刻大声反对，"这些家伙本来就胆小如鼠，如果让他们知道发生了什么事，他们肯定就吓得什么工作都做不了了！"

"另外，"普罗科普中尉也赞同勤务兵的意见，"他们太无知了，恐怕根本理解不了你的话。"

"理解不理解都不重要。"塞尔瓦达克说，"他们根本不会在意这些事情，他们都是些宿命论者，只要给他们一把吉他、几个响板，他们很快就会把所有的担忧和焦虑都抛在脑后。我始终觉得，我们有必要让他们知道一切。伯爵，你怎么看？"

"上尉，我完全赞同你的看法。我已经把一切都向'多布里纳'号的船员解释过了，没有任何不良影响。"

"那就这么决定了。"上尉说，"西班牙人肯定也已经察觉到了昼夜长度的变化，也一定注意到了这个星球上的物理规律有所不同。所以他们有权知道，我们已经被抛向了未知的宇宙空间，这座岛屿几乎是过去的世界仅存的一部分。"

"哈哈！"本·佐夫突然放声大笑，"那个犹太老头马上就要知道他已经离开自己的债务人几百万法里，而且还在以极高的速度越跑越远。他得知这些消息的时候的表情，肯定相当精彩！"

哈卡布特落在他们大概五十码之后，没办法听清他们的对话。他步履蹒跚，发出一阵阵低声哀叹，还不时地对上帝祈祷。但他的眼中却偶尔会闪过一丝狡黠的光，嘴角紧闭，显然在心中打着自己的算盘。

其实，他也早就察觉到了这些异常现象，曾几次试图套本·佐夫的话，打探情况。但勤务兵从来不掩饰他对哈卡布特的厌烦，不是冷嘲热讽，就是故意敷衍。他和哈卡布特说，他应该对这个新的昼夜节律感到庆幸，因为一般的犹太人最多能活一个世纪，而他可以活两个世纪。本·佐夫还和哈卡布特说，他应该感到庆幸，因为现在一切都显得这么轻盈，他就不会觉得自己年老体衰。还有一次，本·佐夫讽刺哈卡布特说，月亮消失这种事情对于他这样的老放贷人又有什么影响呢？他总不可能把钱借给了月亮吧。即便面对这些嘲讽，伊萨克·哈卡布特依然不死心，继续向本·佐夫追问各种问题。为了让他闭嘴，勤务兵干脆说："等总督回来再说吧，总督是个很英明的人，会告诉你一切的。"

"但他会保护我的财产吗？"可怜的伊萨克焦急地问道。

"当然啦！他宁可把你的财产全部充公，也不可能允许别人抢走的。"

听到这番话，犹太人也只能忍气吞声，耐心等待着总督的裁决。

塞尔瓦达克一行人抵达海岸时，他们发现"汉萨"号停泊在一个几乎毫无遮挡的海湾中，仅有几块突出的礁石可以为它遮蔽风浪。倘若西风大作，船一定会被冲上海岸，撞成碎片。继续让船停在原地无异于坐视它被毁。毫无疑问，他们必须立刻行动，把"汉萨"号开到谢里夫河口，停在那艘俄国游艇旁边。

犹太人显然意识到他们正在讨论自己的船，急得大声叫喊起来。塞尔瓦达克见状，不耐烦地命令他闭上嘴。随后，他让蒂马塞夫伯爵和本·佐夫看管着哈卡布特，自己和普罗科普中尉登上一艘小艇，驶向那艘浮在海面上的

"商场"。

他们稍作检查，便确认了这艘商船和上面的货物都完好无损。船舱里堆满了上百箱方糖、一箱一箱的茶叶、大包咖啡、大桶烟草、桶装的葡萄酒和白兰地、成桶的干鲱鱼；成包的棉花、各种衣物、各种尺码的鞋子、不同款式的帽子；工具、家用器皿、瓷器和陶器；大捆的纸张、瓶装墨水、整箱的火柴；成块的盐、成袋的胡椒和香料、一块块硕大的荷兰奶酪，以及一些年鉴和各类书籍。粗略估算，这些货物的价值不会低于五千英镑。就在灾难发生的几天前，哈卡布特刚刚装载了这批新货，原计划从休达出发，前往的黎波里，只要途中的任何地方有市场，他就会停靠在那里，出售商品。

"真是一笔丰厚的收获，中尉。"塞尔瓦达克说。

"确实如此。"普罗科普回应道，"如果货主拒绝出让怎么办？"

"放心，"上尉回答，"只要这老家伙意识到，再也没有阿拉伯人和阿尔及利亚人能让他剥削，他自然就会愿意和我们做点生意。我们可以用旧世界的钞票来支付给他。"

"可是他凭什么和我们要钱啊？"中尉说，"在这种情况下，他必须清楚，你完全有权征用他的货物。"

"那可不行。"塞尔瓦达克立刻提出反对，"我们不能这么做，虽然他是个德国人，我们也不能用德国的方式来对待他。我们要按照正规的商业流程来办事。只要他真正意识到自己已经身处一个陌生星球，再也不可能回到过去的世界，自然会愿意和我们达成协议。"

"或许你是对的，"中尉说，"希望如此。但无论如何，我们不能让商船继续停在这里。这里不仅可能会遭遇风暴，如果海水封冻，商船停在这里，能不能承受冰层的挤压也是个未知数。"

"说得对，普罗科普。因此，我委派你带领你的船员，把商船开到谢里夫河口，尽快出发。"

"明天一早就动手。"中尉立刻答应道。

回到岸上后，他们召集了这块小殖民地上的所有人到"古尔比"小屋集合。西班牙人也被叫了过来，伊萨克虽然满心不舍地盯着他的商船，但他不得不服从总督的命令，跟着一起过来了。

一个小时后，全体二十二名成员都聚集在了"古尔比"旁边的石头房子里。小巴勃罗第一次见到了小女孩尼娜，尼娜也发现自己终于有了一个年龄相仿的玩伴，非常开心。孩子们自顾自地玩耍起来，塞尔瓦达克上尉则开始讲话。

在仔细解释整件事之前，他首先说，希望大家能够齐心协力，共同维护所有人的利益。

内格雷特打断他说，除非他们得知何时能够被送回西班牙，否则他们无法做出任何承诺。

"你们说回西班牙？"塞尔瓦达克问道。

"他们要回西班牙！"哈卡布特突然大叫起来，他的脸都扭曲了。"偿还我的债务之前，他们还想回到西班牙？总督大人，他们每个人还欠我二十雷亚尔①的船费，一共两百雷亚尔。你能允许他们——"

"闭嘴，莫迪凯，你这个蠢货！"本·佐夫大喝道。他总是随便找一个能想起来的希伯来名字来称呼这个犹太人。"安静！"

塞尔瓦达克本来想安慰一下这个老头，向他保证自己一定会公正地处理此事，但哈卡布特陷入了疯狂之中，他恳求塞尔瓦达克，想要借几名水手，帮他把船开到阿尔及尔去。

"我会如数支付工钱，我会好好付钱给你们的！"他嚷道。但出于天生的讨价还价习惯，他又加了一句："但你们也别想要太贵的价。"

本·佐夫很生气，又想骂他几句，但塞尔瓦达克制止了他，用西班牙语向众人说道："听我说，朋友们，发生了一些很奇异的事情。这场突如其来的灾难把我们和西班牙、法国、意大利以及整个欧洲都隔绝了。实际上，我们已经彻底离开了过去的世界。整个地球只剩下了你们脚下的这个岛屿。过

---

① 西班牙在 14 到 19 世纪使用的货币。

去的世界离我们已经很远很远，我们现在的世界只是那里的一块微不足道的碎片。我没有办法保证你们还能回到自己的祖国和家园。"

他停顿了一下，西班牙人显然无法完全理解他的意思。

内格雷特请求他再解释一遍。他又重复了一遍自己的话，并利用日常生活中的常见物品做了一些生动的比喻，总算让他们对发生的变故有了一点模糊的认知。然而，正如他所预料的那样，西班牙人对此表现得极为漠然。

哈卡布特一言不发，他专注地聆听着，嘴角时不时抽动一下，仿佛在努力抑制笑意。塞尔瓦达克转向他，问他是不是还打算出海去阿尔及尔。

犹太人露出了一个夸张的笑容，但他小心翼翼地掩饰着，不让西班牙人看到他的笑容。"总督阁下一定在开玩笑。"他用法语说道。紧接着，他马上转向蒂马塞夫伯爵，用俄语说："总督编造了一个奇异的故事。"

伯爵满脸厌恶地转过身去，而犹太人则凑到小尼娜身边，用意大利语低声说道："这些都是谎话，漂亮的小姑娘，都是谎话！"

"这个混蛋！"本·佐夫大喊道，"他会说天底下所有的语言！"

"是的。"塞尔瓦达克说，"但无论他是说法语、俄语、西班牙语、德语还是意大利语，他永远都是个犹太人。"

第二十章

地平线上的光

第二天，塞尔瓦达克上尉没有理会犹太人的疑虑，直接下令让"汉萨"号驶向谢里夫港。哈卡布特没有提出异议，一方面是因为他知道这样才能确保自己商船的安全，另外一方面，他心里在暗自打着算盘，希望能诱骗"多布里纳"号上的两三个船员，找机会逃到阿尔及尔或者其他港口。

与此同时，他们开始为过冬做准备。西班牙人和俄国人都积极投身于这项工作，大气压强降低，引力减弱，这让他们的肌肉力量似乎得到了极大提升，从而大大提高了工作效率。

首先，他们着手改造了"古尔比"小屋旁边的建筑，使它能适应这个小殖民地的需求。目前，西班牙人被安置在这里，而俄国人则继续留在游艇上，犹太人被允许继续住在"汉萨"号上。然而，这样的安排只是暂时的。因为船体和普通的墙壁显然不足以抵御即将到来的严寒。他们的燃料储备非常有限，无法长期提供足够的热量，因此，他们必须另寻庇护所，确保那里能有足以生存的温度。

最可行的计划，似乎是在地上挖出一些坑洞，类似于存放粮食的地窖，可以作为藏身之处。他们推测，一旦加利亚的地表开始被厚厚的冰层覆盖，这样的地洞内部或许仍能保持一定的热量，足以维持生命，因为冰的导热性很差。经过长时间的商议，他们还是没能想出更好的办法，只能接受这种穴居的生活方式。

在某种程度上，他们还可以庆幸一下，毕竟他们的处境比极地捕鲸人要好一些。那些人不可能在冰冻的海洋上挖掘庇护所，只能在船上用木头和雪来搭建小屋，这些小屋只能在极端的寒冷中起到微不足道的保护作用。但在加利亚，他们脚下是坚实的土地，他们希望能往下挖掘一百英尺，为自己挖出一个庇护所，以抵御最为恶劣的气候。

于是，动工的命令立刻下达，众人开始挖洞。他们从"古尔比"里面拿出铁锹、鹤嘴锄、十字镐等工具，在本·佐夫的监督下，西班牙人和俄国水手们热火朝天地干了起来。

然而，不久后他们就遇到了一个始料未及的障碍，工作被迫停了下来。选定的挖掘地点位于"古尔比"右侧一处稍高的地方，最初，一切进展顺利，但在工人们挖到地表之下八英尺的地方时，却挖到了一层坚硬的物质，无论用什么工具来挖掘都毫无作用。塞尔瓦达克和伯爵立刻赶来查看，他们很快就辨认出，这种坚硬的物质和构成加利亚的海岸与海底的物质是同一种东西。这种岩石很显然是这个新天体的核心结构，想要挖掘肯定是不可能的，它比花岗岩还要坚硬，普通的黑火药都没办法炸掉它，或许需要动用黄火药才能摧毁它。

这次失败让大家深感失望，如果不能迅速找到合适的避寒场所，他们的生存将岌岌可危。那些神秘的字条中的数据是准确的吗？如果数据无误，那么加利亚此时已经离开太阳一亿法里，这个距离是地球远日点距离太阳的三倍。太阳发出的光和热都在急剧减弱，尽管古尔比岛位于赤道，而加利亚的自转轴始终垂直于公转平面，让这颗星球永远处在夏季，但这远远无法弥补距离太阳过远产生的影响。温度在持续下降，让习惯在阳光下生活的意大利小女孩感到很不适。岩石缝隙中已经开始结冰，显然，海洋也即将冻结。

在温度降到零下六十度之前，他们必须得找到庇护所，否则必死无疑。最近几天，温度计的示数已经降到了零下六度左右，而事实证明，即便是把现有的木柴都投入炉灶，也无法有效地缓解寒冷。但是燃料迟早会耗尽，甚至温度计里面的水银和酒精也都会被冻住。很明显，他们必须尽快找到新的避难所，否则将难逃一劫。

寄希望于"多布里纳"号和"汉萨"号是不现实的，这两艘船不仅无法提供足够的御寒条件，而且在承受冰层的挤压时，船体能不能保持稳固都要画个问号。

塞尔瓦达克上尉、蒂马塞夫伯爵和普罗科普中尉都不是轻易会气馁的人，但他们不得不承认，目前的处境让他们焦虑不安。他们商议后，发现唯一的办法就是到地下避难，但由于那层坚不可摧的岩石，他们的计划化为泡影。与此同时，太阳的直径正在逐渐缩小，尽管正午时还能看到一丝微弱的光芒，但夜晚的寒冷已变得越来越难以忍受。

塞尔瓦达克和伯爵骑着西风和煎饼，在岛上四处寻找可以避寒的地方。两匹马跨越了每个障碍，仿佛它们是长着翅膀的天马一般，载着上尉和伯爵走遍了岛上的每一处土地，但一切都是徒劳。他们一次又一次探测了地下的结构，结果始终都是一样的。在距离地面几英尺深的地方，总是会遇到那种坚不可摧的岩石。

既然无法挖掘地下避难所，他们也只能退而求其次，尽量让"古尔比"旁边的石头建筑能抵御严寒。为了解决燃料问题，他们开始收集岛上的所有木材，无论木材是不是干燥的。于是，他们不得不开始砍伐岛上各处生长的树木。可尽管他们夜以继日地囤积木柴，塞尔瓦达克上尉和他的同伴们还是无法摆脱一个可怕的事实：燃料用不了多久就会消耗殆尽。到了那个时候，他们该怎么办？

塞尔瓦达克尽可能地掩饰自己心中的焦躁，他担心其他人会因为自己的不安而受到影响。因此他会经常独自在岛上漫步，冥思苦想着能摆脱严重困境的办法。但一切仍是徒劳。

一天，他偶然遇到了本·佐夫，便询问他有没有什么主意。勤务兵摇了摇头，但他沉思片刻后，突然说道："啊，长官！如果我们还在蒙马特尔就好了，我们可以躲进那些漂亮的采石场里面。"

"笨蛋！"上尉愤怒地回应，"如果我们能去蒙马特尔，还有什么必要躲在采石场里？"

然而，穷尽人类智慧也没有找到的生存方法，大自然却提供给了他们。3月10日，塞尔瓦达克上尉和普罗科普中尉再次出发，前往岛屿西南角探查。他们一路上自然都在热烈讨论即将面临的严峻考验。两人展开了一场激烈的辩论，因为他们对采取什么措施才能尽量避免致命的后果有着不同的意见。上尉坚持认为必须寻找一个全新的居所，而中尉则执意要设法改造现有住所，使其能够抵御寒冷。就在争论最激烈的时候，普罗科普突然停了下来。他抬起手擦了擦眼睛，仿佛想要驱散某种幻觉，随后凝视着南方的某个地方。"那是什么？"他有些迟疑地说，"不，我没看错，地平线上有一道光。"他补充道。

"光？"塞尔瓦达克惊呼，"指给我看。"

"看那边！"中尉伸出手，指着一个方向，直到塞尔瓦达克也清晰地看到了远方的那个光点。

夜色渐浓，光点变得愈发清晰。"会是一艘船吗？"上尉问道。

"如果是的话，那它肯定着火了，否则我们不可能在这么远的地方看到它。"普罗科普回答。

"它没有动。"塞尔瓦达克说，"而且，除非我听错了，我好像还能听到空气中传来某种轰鸣。"

两个人屏息凝神，睁大眼睛，竖起耳朵聆听着。突然，塞尔瓦达克脑中灵光一闪。"火山！"他大喊道，"难道这就是我们在'多布里纳'号上看到的那座火山吗？"

中尉也表示，很有可能是这样。

"谢天谢地！"塞尔瓦达克高声说，他的声音越来越激动，"大自然为我们提供了过冬的庇护所，那喷涌而出的岩浆，就是上天赐给我们的恩惠，它会给我们带来急需的热量！不能再耽搁了，亲爱的普罗科普，明天我们就去那里探查一番。毫无疑问，我们赖以生存的热源，就隐藏在我们自己的加利亚之中！"

当上尉沉浸在兴奋之中时，普罗科普正在努力整理思绪。他清楚地记得，当"多布里纳"号沿着大海南岸的海岸线航行时，有一处凸出的海角挡住了去路，迫使他们一路向北，直至奥兰之前所在的纬度。他还记得，在海角的尽头，有一片烟雾缭绕的岩石山，而现在，他确信自己对位置的判断是对的，而且他觉得，那片烟雾已经变成了喷出的火焰。

等到塞尔瓦达克平静下来，普罗科普能插话时，他说："上尉，我越想越觉得你的猜测是正确的。毫无疑问，我们看到的就是那座火山，明天我们一定要去看看。"

回到"古尔比"之后，他们告知了蒂马塞夫伯爵今天的发现，并且认为把这一发现告诉所有人还为时过早。伯爵立即表示愿意提供自己的游艇，并决定亲自同行。

"我认为游艇最好还是停在原地。"普罗科普说，"天气很好，乘坐蒸汽小艇更合适，而且相比于游艇，那艘小艇能让我们离海岸更近。"

伯爵赞同中尉的判断，于是他们回去休息，为次日的探险做准备。

和许多现代化的游艇一样，"多布里纳"号不仅配备了一艘四桨小艇，还配了一艘蒸汽驱动的快速小艇，采用奥里奥尔驱动系统来驱动螺旋桨。尽管锅炉体积不大，但动力十分强劲。"多布里纳"号上还剩下大概十吨煤炭，第二天一早，这艘实用的小艇就装载了充足的煤炭，塞尔瓦达克上尉、蒂马塞夫伯爵和普罗科普中尉三人驾驶游艇，驶离了谢里夫港。他们没有向本·佐夫透露此行的目的地，勤务兵不禁有些困惑，但他很快就找到了安慰自己的方法：他被授予了临时总督的权利，这个头衔让他非常自豪。

从古尔比岛到那处岬角的航程大概有十八英里，一行人用了不到三小时就轻松抵达。火山喷发显然十分惊人，整个山顶都被熊熊火焰吞噬。要产生如此剧烈的燃烧现象，只有两种可能：要么是加利亚大气中的氧气与地下的可燃气体发生了剧烈反应，要么，再有可能的是，这座火山本身就像月球上的火山一样，拥有自己的氧气来源。

他们花了半个多小时寻找合适的登陆地点，最终，他们在岩石之间发现了一处小小的半圆形海湾，地势十分有利。如果有需要，这里完全可以成为"多布里纳"号和"汉萨"号的避风港。

在海角的一侧，有一股燃烧的熔岩洪流正在流入大海。三人停泊好蒸汽小艇，从海角的另外一侧上了岸。他们欣喜地发现，随着他们向山上攀登，周围的气温明显回升，令他们的精神也为之一振。这增强了他们的信心，让他们相信已经找到了生存下去的希望。

他们奋力向上攀登，爬上陡峭的斜坡，跨过崎岖的岩石，如同敏捷的羚羊般从一个地方跳到另一个地方。然而，他们脚下依旧只有那种熟悉的六棱柱状岩石。

他们的努力没有白费。在一块巨大的金字塔形岩石后方，他们发现了山体上的一个洞口，就像是一条巨大隧道的入口一般。他们爬到洞口附近，这里距离海平面足有六十英尺高。探查一番后，他们发现隧道通往一条幽深的长廊。他们谨慎地沿着墙壁摸索前行。随着他们不断深入，耳边的轰鸣声越来越强烈，显然，他们正在逐步接近火山的中心。他们唯一担心的，就是前方是否会突然出现一道不可逾越的岩壁，彻底阻断去路。

塞尔瓦达克走在最前方。

"快来！"他愉快地喊道，声音在黑暗中回响，"快来！我们的火炉在燃烧！燃料管够！大自然都替我们准备好了，赶紧来暖和一下！"

伯爵和中尉也被他的信心所感染，鼓起勇气，沿着崎岖不平的隧道继续前行。温度已上升到零上十五度，隧道内的岩壁摸起来也很温热。这说明，这种岩石具有良好的导热性，很可能含有金属成分。

"跟上！"塞尔瓦达克再次喊道，"我们很快就能找到一个天然的大火炉！"

他们奋力前行，终于在一个急转弯处突然看到了一片耀眼的光芒。隧道尽头竟是一座宽阔无比的洞穴，黑暗瞬间被完全驱散，被炫目的光明所取代。尽管洞内温度很高，但还不至于让人难以忍受。

只需一眼，三人便明白，这个庞大洞穴内的温暖和光亮，正是源于那条朝着大海滚滚流淌的熔岩之河。熔岩的洪流盖住了洞口，这个场景与尼亚加拉瀑布后方著名的风之洞窟很像，只不过在这里，洞口悬挂的不是汹涌奔腾的水幕，而是一道熊熊燃烧的火墙。

"谢天谢地！"塞尔瓦达克激动地大喊道，"这里不仅有我们期望的一切，甚至比我们期待的还要好！"

第二十一章

冬季营地

　　他们眼前的场所光线充足，温暖宜人，实在是令人赞叹。这里不仅可以提供充裕的居住空间，容纳赫克托尔·塞尔瓦达克和他的"子民"（这是本·佐夫的称呼方式），还可以容纳两匹马以及相当数量的家畜。

　　这个巨大的洞穴其实是大概二十条隧道的汇合点，这些隧道和探险者们刚刚穿过的隧道都很类似，它们穿过坚固的岩石，形成了错综复杂的分支，仿佛是山体内部的毛孔，让热量从山的深处渗透出来。只要火山活动还保持活跃，这颗新行星上的所有生物就能在这里抵御最寒冷的气候。蒂马塞夫伯爵指出，由于他们迄今为止只发现了这一座活火山，因此它很可能是加利亚内部热能的唯一出口，换句话说，这场喷发极有可能会持续很久很久。

　　但现在，一天、一小时都不能浪费。蒸汽小艇迅速返回古尔比岛，随即就展开了人畜、粮食和饲料的转移工作，大家准备搬家到火山岛。塞尔瓦达克宣布他们已经找到了新的住处，整个小殖民地的人都欢欣鼓舞，那些西班牙人更是欢呼不已，尼娜也如释重负。于是，大家纷纷投入紧张的打包工作中，迫不及待想要尽快搬到温暖的新家。

　　连续三天，"多布里纳"号满载着物资，在两地之间往返搬运，船舷几乎都贴到了水面。本·佐夫留在古尔比岛，负责装载货物，塞尔瓦达克则在山洞里，安置卸下的货物。首先，他们把最近收获的大量粮食和饲料搬了过去，存放在一处宽敞的地下洞穴中。接着，在 15 日，约五十头牲畜——包括公牛、奶牛、绵羊和猪——被带到一处岩石畜棚。这些牲畜是作为留种之用，特别挑选出来的，而岛上剩下的牲畜大多被屠宰，因为极寒的天气可以确保肉类长期保持新鲜，几乎不会腐败。他们预计这个冬天会极为漫长，可能比北极探险者曾经经历的六个月寒冬还要长。然而，加利亚的居民们完全不必为食物供给担忧，他们的储备非常充足。而至于饮用水，如果他们喝白水就可以的话，结冰的海洋便是取之不尽的水源。

时间越来越紧迫，必须尽快完成迁移，因为海面已经开始结冰，正午的阳光都无法融化冰层，很快，大海就会变得无法航行。搬运工作不仅需要迅速，还必须小心，要合理规划，以确保一切空间都得到充分利用，同时让物资的储备井然有序，以便日后取用。

随着进一步的勘察，他们发现山体内部还有更多隧道，这里仿佛是一个庞大的蜂巢，布满了无数小蜂房。众人一致决定，用意大利小女孩的名字来命名这个新家，他们称其为"尼娜蜂巢"。

塞尔瓦达克的首要任务就是充分利用大自然如此及时、如此慷慨地赐予的热量。由于热量的作用，岩石变得脆了一些，他们在岩石上开凿了新的通道，成功将炽热的熔岩引导到了几条新通道中，可以提供日常需要的热量。因此，"多布里纳"号的厨师莫歇尔拥有了一个令人羡慕的厨房，里面有一个永久的天然炉灶，他把所有的厨具都安置在这里，在这里开始烹饪工作。

"要是每个家庭都能有个私人火山，"本·佐夫大喊道，"那能省下多少钱啊！"

所有通道汇集的大厅被布置成了一间会客厅，里面摆满了从"古尔比"小屋和"多布里纳"号的船舱里搬来的最好的家具。船上的图书馆也被搬了过来，包括许多法文和俄文的书籍。桌子上都配好了灯具，墙壁则用船帆覆盖，并用船上的旗帜作为装饰。洞口外那道滚滚燃烧的火幕，不仅提供了充足的光亮，也带来了源源不断的温暖。

熔岩的洪流最终汇入一个被岩石包围的小盆地，这个盆地似乎并没有和大海直接连通，显然是一个深渊的入口。这里的水被喷出的熔岩不断加热，毫无疑问，在加利亚海封冻之后的很长一段时间内，这里仍将保持液态。

　　至于居住安排，中央大厅左侧的一处小洞穴被划为塞尔瓦达克和伯爵的私人房间，右侧的一间则属于普罗科普中尉和本·佐夫，最里面的一处小洞穴则是尼娜的卧室。西班牙人和俄国水手们在周围的隧道中找到了各自睡觉的地方，温度足以让他们住得舒适。

　　这就是尼娜蜂巢的内部布置。整个小殖民地的人都在这个避难所中，充满希望，他们将会勇敢地面对即将来临的严酷冬季。在这个冬天，加利亚可能会被抛向遥远的木星轨道，相比于地球正常的冬季温度，那里可要冷得多了。

　　唯一不满的人是伊萨克·哈卡布特。正当其他人都忙着搬家，即便是西班牙人也在努力工作时，这位固执的犹太人依然拒绝相信现实，对一切实话都充耳不闻，坚持留在古尔比岛的海湾中，没有任何事情能让他离开他的商船。他像个守财奴一样看护着自己的货物，不停地抱怨、咆哮，但他却始终紧盯着海面，希望能看到某一艘经过船只的帆影。必须承认，他一直坚持不肯走，大家并不感觉遗憾，毕竟，那副难看的身形和丑陋的面容实在是令人心生厌恶。哈卡布特公开表示，除非有人支付现金，否则他绝对不会出售任何商品。而塞尔瓦达克也同样坚决，他严令任何人从犹太人那里购买商品，希望能磨灭这个吝啬鬼的耐性。

　　哈卡布特始终拒绝相信他们所处的真实境况。他确实无法否认，地球的一部分肯定发生了某种改变，但他仍然固执地相信，自己迟早能回到过去的地中海航线上，继续做生意。他一向不信任任何人，因此每次有人试图向他解释，他都认为那不过是企图欺骗他的伎俩，目的是夺取他的财产。他坚决拒绝接受"加利亚是地球分裂出的一个碎片"的理论，一直用一架旧望远镜观察着海平面，一看就是几小时。那架望远镜的外壳修修补补，就像一个生了锈的烟囱。他希望能发现某一艘路过的商船，能让他做一笔合适的买卖。

　　一开始，他还非要说上尉等人想要迁移到冬季营地是别有所图，目的就是欺骗他。但是"多布里纳"号一次又一次向着南方航行，把一批一批的玉米和牲畜运走，他很快意识到，塞尔瓦达克上尉和他的同伴们确实想要离开古尔比岛。

这让他陷入了沉思，他开始自问，如果他们所说的一切都是真的呢？如果这片海洋确实已经不再是地中海了呢？如果他真的没有办法再回到他的故乡该怎么办？如果他的生意市场真的永远消失了呢？一种模糊的恐惧开始占据他的脑海，他不得不屈从于现实，想办法自救。于是，他开始偶尔离开他的商船，到海岸上来打探情况。最后，他试图混入忙碌的人群，想要参与到他们的工作之中。但他的主动只招来了嘲笑和蔑视，在被所有人讥讽之后，他只能转向本·佐夫，向他递上了几撮烟草。

"不行，老泽布伦。"本·佐夫毫不犹豫地拒绝了他的礼物，"有命令，我们不能从你手里接收任何东西，你把货物自己留着吧，全吃了、全喝了也可以，我们不会碰的。"

看到他如此廉洁奉公，伊萨克只能决定直接去找众人的领袖。他向塞尔瓦达克行了个礼，恳求他告诉自己全部的真相，并且可怜巴巴地补充说，一位法国军官肯定没什么理由去欺骗一个可怜巴巴的老人。

"告诉你真相？"塞尔瓦达克怒道，"该死的，我已经告诉过你二十次了！我最后说一遍，你已经没有多少时间可以逃到那座山上了！"

"上帝啊，先知穆罕默德啊，请保佑我吧！"犹太人喃喃地说。他的信仰实在是显得有点混乱[1]。

"这样吧，"上尉继续说，"如果你愿意的话，我可以派几个人把'汉萨'号也开过去。"

"但我想去阿尔及尔。"哈卡布特咕哝着。

"我都和你说过多少次了？阿尔及尔已经不存在了！我问你，你到底跟不跟我们去冬季营地？你只需要回答'是'或者'不是'！"

---

[1] 穆罕默德是伊斯兰教的先知，上帝一般是基督教和犹太教的称呼，此处哈卡布特把不同信仰的祈祷词混在了一起。

"天啊！那我的货物怎么办？"

"你听好了。"上尉没有在意他的插话，继续说道，"如果你不愿意和我们一起去，我就会下命令，把'汉萨'号直接开到安全的地方去。我可不会让你那愚蠢的固执毁了整船货物！"

"仁慈的上帝啊！我要完了！"犹太人绝望地悲叹道。

"你这是自己找死！我本来应该让你自生自灭的。走吧！我也懒得和你继续废话了。"塞尔瓦达克不耐烦地说完，转身离开，任由那老头在那里大声抱怨，双手朝着天空举起，抗议着"异教徒的贪婪"。

到了 20 日，所有的准备工作都已经完成，撤离岛屿的一切事宜也都已经安排妥当。温度计显示，平均气温已经降到了零下八度，蓄水池里面的水已经彻底冻上了。因此，大家决定第二天出发，前往尼娜蜂巢居住。

"汉萨"号是去是留，众人商量了最后一次。普罗科普中尉坚持认为，这艘船不可能抵挡住谢里夫港的冰层产生的压力，靠近火山的地方会安全许多。众人一致认为应该把船开走。一声令下，四名俄国水手登上了"汉萨"号的甲板，"多布里纳"号起锚之后几分钟，"汉萨"号的船帆就迅速扬起，这艘本·佐夫称之为"商店船"的船只，也朝着南方驶去。

哈卡布特大声哀号，不停叫喊，说他没有下达任何命令，他的船是被强行开走的。他没有要求任何帮助，也不需要任何帮助。但即便观察力不太敏锐的人也能轻松发现，他那双灰色的小眼睛里，始终闪烁着一丝掩饰不住的窃喜。几个小时后，当他发现自己的货船安全停泊，货物也安然无恙时，他竟然咧开嘴笑了。

"天啊！"他低声嘀咕着，"他们居然没收我的钱！这些蠢货，免费帮我把船开过来了！"

免费！当他意识到这些人并不打算收钱的时候，整个人都兴奋不已。

古尔比岛现在已经没人居住了，那里只剩下在前不久的大屠杀中逃过一劫的鸟兽。其实，许多飞鸟已经在严寒降临之际离开古尔比岛，去寻找更温暖的海岸，但现在它们又回到了古尔比岛。这证明，这块法国的殖民地的残余土地，可能是它们唯一能找到食物的地方。但它们的生命必定很短暂，因为它们根本不可能在即将来临的严寒中生存下来。

他们很容易就在尼娜蜂巢里面住了下来，所有人都对这里的内部安排表示认可，并且很满意自己能住在如此舒适的环境中。唯一不满意的人就是哈卡布特，他不仅没有共享大家的热情，而且还拒绝踏入任何一处洞穴，坚持要留在自己的商船上。

"他是在害怕我们和他要住宿费。"本·佐夫说，"等着瞧吧，看看他能在外面撑多久。霜冻肯定会把老狐狸给逼出他的洞穴的。"

傍晚，锅里的水已经烧开了，一顿丰盛的晚餐摆上了大厅的桌子，所有人都受邀来共享美食。"多布里纳"号的酒窖里面藏着上等美酒，这些酒特意被取出来，庆祝乔迁之喜。他们首先举杯祝福总督，接着又高呼"祝福总督的团队取得成功"，本·佐夫被叫起来向大家致谢。宴会热闹非凡，西班牙人兴高采烈，一个人弹着吉他，一个人打着响板，其他的人都一起齐声合唱欢快的曲调。本·佐夫带来了著名的《祖瓦夫之歌》，这首歌在法国军队中广为流传，但很少有人能像他一样唱得如此精彩。

> 叮叮咚咚琴声响，歌儿欢快乐无疆！
>
> 嘻嘻哈哈笑声扬，嘟嘟哒哒乐四方！
>
> 咯咯笑来转圈跳，快活无比心逍遥！
>
> 若你学会这小调，天下数你名气高！

演唱结束后，众人又跳起了舞。毫无疑问，这是加利亚有史以来的第一场舞会。俄国水手们表演了民族舞蹈，赢得了阵阵掌声，西班牙人也跳了精彩的弗拉门戈舞。本·佐夫也不甘示弱，表演了一段经常在蒙马特尔爱丽舍音乐厅上演的个人独舞。他的舞姿优雅又充满活力，赢得了内格雷特的由衷称赞。

晚上九点，庆典才接近尾声。由于大厅里太热了，人们又一直在狂欢，大家都想呼吸一些新鲜空气。因此，大部分人在本·佐夫的带领下进入了一条隧道，那里通往海岸。塞尔瓦达克、蒂马塞夫和普罗科普没有立刻出发，但不久之后，他们也想去加入其他人。还没走多远，他们就听到前面传来一声响亮的叫喊声，吓了一跳。

起初，他们还以为这是痛苦的喊声。但当他们意识到那其实是快乐的欢呼之时，便大大松了口气。干燥纯净的空气让欢呼声像枪声一样在空中回荡。

来到洞穴出口时，他们发现所有人都激动地指着天空。

"啊，本·佐夫，"上尉问道，"怎么了？"

"噢，长官！"勤务兵兴奋地大叫，"看那里！看那里！月亮！月亮回来了！"

果然，一轮满月正从傍晚的薄雾中升起。

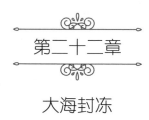

第二十二章

大海封冻

月亮！它已经消失了好几周了，如今它是要回来了吗？它是不是背叛了地球，现在要成为这颗新的小行星的卫星？

"这不可能！"普罗科普中尉说，"地球已经在几百万法里之外了，月亮现在应该还在围绕着地球公转。"

"为什么不可能？"塞尔瓦达克反驳道，"相比我们最近目睹的奇异现象，这也算不得离奇。有可能月球已经落入了加利亚的引力范围，成了它的卫星。"

"如果真是这样的话，"蒂马塞夫伯爵插话道，"我认为，我们应该不至于三个月都没见到月球。"

"这完全不可能。"普罗科普继续说，"而且还有一点，可以推翻上尉的假设：加利亚的质量并不足以吸引月球作为它的卫星。"

"可是，"塞尔瓦达克仍然在坚持，"当初把我们从地球中撕裂出来的巨变，可能也把月球也一起带走了呀！或许，月球曾经在太阳系中飘荡，如今又回到我们身边成为加利亚的卫星，这有什么不可能的？"

中尉再次坚定地表示这不太可能。

"可是为什么呢？"塞尔瓦达克有些激动地问。

"因为我和你说过的原因，加利亚的质量比月球小得多，就算真的成了卫星，也是加利亚成为月球的卫星，而不可能是月球成为加利亚的卫星。"

"但是，"塞尔瓦达克仍在坚持，"假设——"

"我恐怕，在目前的情况下根本没什么可假设的。"中尉打断了他。

塞尔瓦达克笑了笑："我承认，你的论点似乎更具有说服力。如果加利亚真的成了月球的卫星，我们不可能等到三个月才看到月球。我想你是对的。"

众人正在讨论时，那颗卫星——或者其他什么天体——已经逐渐从地平线上升起，现在正是适合观测它的时候。众人取出望远镜，很快就得到了公认的结论：这颗新出现的天体并不是在地球的夜空中发出皎洁光芒的月球。它的外观和月球毫无相似之处，尽管它和加利亚之间的距离显然要小于地球和月球之间的距离，但是它看上去的大小甚至还不到月球的十分之一。此外，它对遥远太阳光的反射极其微弱，甚至不足以遮蔽八等星的微光。和太阳一样，它也从西方升起，目前正处于满月的状态。众人绝对不会把它给错认成月球——哪怕是塞尔瓦达克，也没有办法在这颗天体上找到月球地图上清晰标示出的月海、深渊、火山和山脉。这也意味着，他们曾经怀抱的希望彻底破灭了，他们终究没办法再次沐浴在皎洁柔和的月光之下。

最终，蒂马塞夫伯爵提出了一些不是很坚实的假设：加利亚在小行星带穿行时，可能会把某一颗小行星捕获为自己的卫星。但这颗天体到底是已知的一百六十九颗小行星之一，还是某个尚未发现的新天体，他也不敢断言。这一假设在某种程度上颇有道理，因为已有观测表明，许多小行星尺寸很小，一个擅长徒步的旅行者足以在二十四小时之内绕着小行星走一周。因此，加利亚的体积比它们大，确实有可能对这些微型天体施加足够的引力。

在尼娜蜂巢度过的第一个夜晚很平静，没有发生什么事情。第二天，大家制定了一套日常的生活规划。塞尔瓦达克深知懒散的危害，要求每一位成员都承担特定的职责。尽管塞尔瓦达克严令禁止，本·佐夫还是喜欢戏称他为"总督大人"。要做的事情有很多：牲畜们需要悉心照料，食物需要仔细储存，趁着海况允许，还要进行捕鱼。另外，洞穴的很多个区域都需要进一步开凿，以扩大可用空间。因此，大家始终有事要做，一切都秩序井然地进行着。

小小的殖民地中，气氛很是融洽。俄国人和西班牙人相处得非常好，他们都在努力学习一些法语短句，因为法语被确定为这里的官方语言。塞尔瓦达克亲自教授巴勃罗和尼娜文化知识，本·佐夫则是这两个孩子玩耍时的好伙伴，他会用地道的法语给他们讲述神奇的故事，故事中，他总是提起一座"矗立在山脚下的美丽城市"，他还经常承诺总有一天要带他们去那里。

3月底，尽管气温很冷，但还不至于让大家无法出门。他们进行了多次沿岸探险，在方圆三四英里的范围内对周围区域进行了仔细勘察。然而，无论他们朝着哪个方向前进，看到的景象却都基本相同，都是一样荒凉、多石、毫无生机。没有任何植被。只有零星积雪或由大气冷凝而成的薄冰，显示出这里有一点点水分。但要让这点水分汇聚成溪流，沿着那些阶梯一样的石头流到海里，还需要长到无法估计的时间。目前，他们仍然无法确定自己度过幸福生活的这片土地到底是一个孤岛，还是一片大陆。但在寒冷的天气过去之前，他们也不敢进行长途探险，去测定这片奇异的金属结晶世界的真正范围。

一天，塞尔瓦达克上尉和蒂马塞夫伯爵登上了火山的山顶，大致观察了这片土地的地貌。整座山峰就如同一座对称的巨大岩块，呈现出一个没有顶的圆锥形，海拔接近三千英尺。山顶有一个狭窄的火山口，一缕缕烟雾从那里持续不断地喷涌而出。

在地球原本的自然环境下，攀登这样陡峭的山坡会极为艰难，但如今引力发生了变化，登山者们步履轻盈、身姿灵活，在短短一个多小时内便抵达了火山口边缘，感觉比走上几英里的平路还要轻松。加利亚虽然有种种缺点，但也有一些意想不到的便利。

他们手持望远镜，站在山顶眺望四周。眼前的景象完全符合他们的预期，在北面、东面和西面，加利亚海光滑无波，如同一面镜子。寒冷仿佛已经把大气都冻结了，就连一丝风都没有。而在南方，大地似乎无穷无尽地蔓延开去，火山如同这片三角形地区的顶点，但它的底边却已经延伸到了视线之外。在这个高度上，距离让一切事物的轮廓都变得模糊柔和，但仍然可以看出地表铺满了无数六边形的片状物，地势险峻，普通人根本没有办法在这里穿行。

"要是能有一双翅膀，或者一只热气球就好了！"塞尔瓦达克环顾四周，感叹道。随后，他又低头看着脚下的岩石，加了一句："我们似乎被带到一片奇怪的地表上，它的化学成分连那些在博物馆工作的学者都会感到困惑。"

"上尉，你有没有注意到，"蒂马塞夫伯爵说，"我们的世界这么小，地表的弧度限制了我们的视野。你看看那道短短的地平线！"

塞尔瓦达克表示认同，他在古尔比岛的悬崖上就注意到了这一点。

"是的，"伯爵说，"这一点越来越明显了，我们这个世界很小，古尔比岛恐怕是它上面唯一可以出产作物的地方。我们经历了一个短暂的夏天，但谁知道我们这里的冬天有多长？也许我们正要迎来一个持续数年甚至数百年的寒冬。"

"但我们不能因此沮丧，伯爵。"塞尔瓦达克微笑着说，"我们都已经一致同意，无论发生什么，我们都要和哲学家一样生活。"

"确实如此，我的朋友。"伯爵说，"我们必须带着哲学家的态度来生活，更要心存感激，上帝一直庇佑我们，我们应该继续信任上帝的仁慈。"

两人沉默了片刻，凝望着海洋与大地。随后，他们环顾了一下四周的荒凉景象，准备下山。然而，在动身之前，他们决定仔细观察一下火山口。让他们最惊讶的是，这座火山喷发时竟然出奇的平静，和之前在地球上的火山喷发不同，这里既没有狂暴的爆发，也没有震耳欲聋的轰鸣，只见炽热的熔岩缓缓上升，从火山口溢出，如同一池平静的湖水悄然漫过堤坝。整个火山并不像那种被烈焰灼烧的巨大锅炉，更像是一个溢满的盆地，岩浆安安静静地从里面流出来。另外，火山顶部喷出的烟雾中也没有炽热的火山石或燃烧的灰烬，这与之前火山喷发时四处散落着浮石、黑曜石及其他火山矿物的情景截然不同。

塞尔瓦达克上尉认为，这种稳定的喷发预示着火山活动可能会长期持续。无论是自然界还是人类社会，极端的暴力行为都不会持久。最猛烈的风暴就如同最激烈的情绪爆发，往往都是短暂的。这里流淌的炽热岩浆似乎来自一个永远也不会耗竭的岩浆源，如同尼亚加拉瀑布的流水一般源源不断，就算人力再强，也无法阻止它的流动。

当天，夜幕降临之时，由于人类的一次干预，加利亚海发生了相当巨大的变化。尽管气温持续下降，但由于海面没有丝毫风浪，水依然保持着液态。科学实验表明，在完全静止的状态下，水即便降至零度以下也不会结冰。但如果在这时给它一个微小的震动，水就会瞬间结冰。塞尔瓦达克想到，如果能去古尔比岛，他们就可以出发去那里打猎。这一想法促使他召集了所有同伴，来到岬角的突出处。然后，他把尼娜和巴勃罗叫了过来，说道："来吧，尼娜，你觉得自己能把东西扔到海里去吗？"

"我想我可以。"尼娜回答，"但我确定，巴勃罗能比我扔得更远。"

"没关系，你先试试。"

他把一块小小的冰块塞进尼娜手中，然后转头对巴勃罗说：

"看好喽，巴勃罗，你马上就能见到小仙女尼娜的魔法了！来吧，尼娜，用尽全力投出去！"

尼娜把冰块在手里掂量了几下，然后用尽全身力气把它投向大海。

刹那，一阵轻微的震颤仿佛沿着水面迅速传播到远方的地平线，加利亚海一瞬间就凝结成了一整片坚固的冰原！

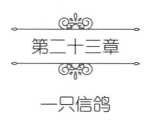

第二十三章

一只信鸽

3 月 23 日，日落后三个小时，加利亚的月亮就在西方地平线上升了起来。人们看到，月相已经是下弦月了。从满月到下弦月只用了四天，由此可以推断出，它的半个月相只有一周多一点，而整个月相周期大概只有十六天。也就是说，加利亚上的一个月，就像一天一样，被缩短了一半。三天后，月亮在天空中就会运行到太阳附近的位置，人们就会完全看不到它。本·佐夫是第一个观测到这颗卫星的人，他对这个新月球的运动很感兴趣，想知道这颗卫星会不会再次出现。

3 月 26 日，天空晴朗，空气干燥，气温降到了零下十二摄氏度[①]。加利亚现在距离太阳有多远？自从上次收到那封神秘的信之后，加利亚又在太空中走了多远？众人没有任何方法进行测算。仅仅凭借观察太阳直径缩小了多少，哪怕是进行不准确的估算都不太现实。塞尔瓦达克上尉对此深感遗憾，他一直期待能再收到那位匿名通信者的消息，并始终坚信，对方一定是他的同胞。

坚固的冰面非常完美，当海水最终冻结时，空气极度平静，因此冰面光洁无瑕，仿佛一个巨大的溜冰场，一直延伸到视野的尽头，看不到任何裂缝

---

① 此处原文为"气温降到了十二摄氏度"，考虑到前后文，这个时候的气温应该更为寒冷，故进行一定修改。

或瑕疵。

这一景象和地球上的极地海洋形成了鲜明对比。在地球的两极，冰原由无数的冰丘和冰山堆积而成，错综复杂，甚至会比最大的捕鲸船的桅杆还要高。此外，由于这些冰山的底部不够稳定，它们随时可能失去平衡，一阵风，或者气温稍有变化，就可能引发一系列连锁反应，最后产生惊人的变动，哪怕是舞台剧里最复杂的场景变换都无法超越。然而，在这里，这片广袤的白色平原却如撒哈拉沙漠或俄国的大草原一般平坦无垠。加利亚海的海水完全被封锁在这层坚固的冰壳之下，而随着寒冷加剧，冰层仍在不断增厚。

俄国人习惯了他们家乡那些崎岖不平的封冻海面，这片光滑如镜的冰面让他们赞叹不已，这里的冰面正好可以让他们在上面愉快地进行他们最喜欢的滑冰运动。他们立刻从"多布里纳"号上找到了一些滑冰鞋，并且迫不及待地投入使用。俄国人也在热情地教西班牙人学习滑冰，过了几天冰冷刺骨但没有一丝风的日子，所有加利亚人就都可以熟练地滑冰了，甚至有不少人掌握了复杂的花样动作。尼娜和巴勃罗的快速进步赢得了阵阵掌声，塞尔瓦达克很有体育天赋，他甚至快要超过了他的老师——蒂马塞夫伯爵。至于本·佐夫，虽然他之前只在蒙马特尔的湖泊上（在他的眼里那里当然算得上是大海）滑过几次冰，但他同样展示出了娴熟的滑冰技艺。

这种运动不仅有益健康，而且众人一致认为，在必要的时候滑冰可以成为极为实用的交通方式。正如塞尔瓦达克上尉所说，滑冰几乎可以替代铁轨。为了证明这一点，滑冰技术最好的普罗科普中尉仅仅用了不到两小时，就在十英里外的古尔比岛往返了一次。

与此同时，气温仍在下降，气温已经降到了零下十六度左右。光照也在逐渐减少，万物都笼罩在一片模糊的阴影中，仿佛太阳被永远掩盖在一次持久的日食之下。考虑到他们如今远离地球这个家园，进入未知的深空，似乎正要被抛向另一个恒星体系，这种长期笼罩的昏暗无疑更会让这个小团体中的人们感到压抑。或许在整个殖民地中，只有蒂马塞夫伯爵、塞尔瓦达克上尉和普罗科普中尉能从科学的角度来理解他们面前的命运是多么缥缈不定，但情况如此异常，所有人的心头其实都笼罩着一层阴霾。在这样的环境下，为了防止消极情绪蔓延，必须通过各种娱乐活动来保持心理上的平衡，而滑冰正好成为振奋士气、提供刺激的最佳方式。

但伊萨克·哈卡布特依然相当固执，拒绝参加任何劳动和娱乐活动。尽管天气相当寒冷，但自从他离开古尔比岛来到这里以来，他还从来没有露过面。塞尔瓦达克上尉早已下令不许与他进行任何接触。唯一表明这位商人仍然活着的迹象，便是从"汉萨"号烟囱里升起的缕缕炊烟。虽然如果他想的话，他完全可以像其他人一样，免费享受火山提供的光与热，没有人会阻止他。但为了亲自看守珍贵的货物，他宁愿耗尽那点可怜的燃料储备。

两艘船都已经被妥善地停泊好，以便最大程度抵御即将到来的严冬。普罗科普中尉曾经目睹过冰冻海湾中的船确保安全的手段，他遵循许多北极探险家的做法，让人把冰面与船底接触的部分凿开，这样可以防止船体因为冰层的压力被挤碎。他希望，如果冰层向上浮起，船也能随着升起来，在春天到来，冰层解冻之后，船也能安全地重新回到水面上。

最后一次前往古尔比岛时，中尉确认，在北面、东面和西面，广阔的加利亚海已经完全被冻结，唯独一处仍然保持液态的水域就是位于洞窟中央的下方、熔岩流入的水潭。这个水潭四周被岩石包围，即便寒冷的天气偶尔在水面上冻出几根小冰柱，它们也很快会被炽热的熔岩融化。滚滚热流不断涌入，使得水潭始终咕嘟咕嘟冒着泡，其中丰富的鱼类根本没办法去捕捞。正如本·佐夫的笑话："那些鱼都煮熟了，怎么可能咬钩？"

4月初，天气发生了变化。天空开始变得阴沉，但气温并未回升。地球的极地气温往往会受到大气的影响，风向变化时，可能会有短暂的回暖。但加利亚的寒冬与地球极地的冬天不同，它是由于加利亚远离太阳而造成的。因此，寒冷仍将持续加剧，直到温度降至傅里叶计算出的宇宙空间最低温度。

天空被乌云笼罩，一场猛烈的风暴骤然来袭。尽管狂风咆哮，其烈度不可思议，但它却没有带来雨雪。风暴对中央大厅洞口那层燃烧的火幕产生了极其显著的影响。狂风不仅没有扑灭火焰，而且像通风机一样助长了火势，使火焰燃烧得更加旺盛。人们不得不格外小心，以免被吹进洞内的熔岩碎片灼伤。火幕多次被狂风撕裂，但每次裂开后都很快重新合拢，仅在短暂的瞬间让一股冷风灌入大厅。这阵冷风不仅令人神清气爽，甚至在某种程度上还有一定好处。

4月4日，缺席了四天之后，新卫星终于再次出现，呈现出新月一般的形状，这让本·佐夫欣喜不已，也更加坚定了人们的猜测——这颗卫星会呈现出月相变化，周期大概是两周。

冰雪太厚了，最强壮的鸟也没有办法啄穿。因此，大量鸟群离开了古尔比岛，跟随人类迁徙到了火山半岛。尽管这里的海岸贫瘠荒芜，没有任何食物，但出于本能，它们还是选择栖息在人类的居所附近，尽管过去它们对人类居住的地方向来避之不及。人们从洞穴的通道中把一些食物残渣投掷给它们，鸟儿就会迅速吃下去，但食物残渣的量远远无法满足鸟类的需求。最终，在饥饿的驱使下，数百只鸟竟然胆大包天地穿过隧道，直接进入了尼娜蜂巢。这些快要饿死的鸟聚集在大厅内，立刻开始抢夺面包、肉类，或者任何人们放在桌子上的食物。这些鸟很快就变成了令人无法忍受的麻烦，把它们赶走甚至成了人们的每日消遣活动。尽管人们用石块、木棍，甚至偶尔用子弹来驱赶它们，但想要有效地减少鸟的数量仍然相当困难。

人们组织了一场清剿行动，大部分的鸟都被赶走了，只剩下大概一百只鸟留了下来，它们在岩石的缝隙中筑巢。人们决定不再驱逐这群剩下的鸟，这不仅是因为有必要保留一些物种多样性，还因为它们充当了一种类似于"警察"的角色。它们毫不留情地驱赶甚至杀死那些试图进入它们领地的外来同类，似乎把这里当成了自己的特权领域。

15 日，主通道的入口处突然传来一声尖叫。

"救命！救命！我要被杀了！"

巴勃罗立刻认出这是尼娜的声音，他冲过去救助他的小玩伴，甚至比本·佐夫还要快一步。他发现有六只巨大的海鸥正在攻击尼娜，巴勃罗挥舞着手中粗大的棍子，还是受了几下狠啄，最终才把它们赶跑。

"尼娜，怎么回事？"混乱一平息，巴勃罗就焦急地问。

小女孩指了指她温柔地抱在怀里的一只鸟。

"鸽子！"本·佐夫惊讶地大喊道，"一只信鸽！蒙马特尔的诸位圣人啊，它脖子上还绑着一个小袋子！"

他带着鸽子冲进了大厅，把它放在了塞尔瓦达克的手里。

"肯定又是一条新消息！"上尉大喊，"肯定是我们那个神秘的朋友写的！希望这次他能告诉我们他的姓名和地址。"

所有人都围拢过来，迫不及待地想要知道信件的内容。在和海鸥的搏斗中，鸽子脖子上的袋子已经被撕裂了一点，但它里面还是带着这样的一张字条：

加利亚！
3 月 1 日至 4 月 1 日期间航行距离：三千九百七十万法里！
距离太阳：一亿一千万法里！
途中捕获了奈丽娜。
食物即将耗尽……

信件的后半部分已经被海鸥的利喙撕碎，无法辨认。塞尔瓦达克上尉很是失望。他越来越相信这些字条的作者是法国人，而最后一句话似乎表明他正在遭受食物短缺的威胁。想到一位同胞正处于饥饿之中，而自己却无法施以援手，这令他几乎发疯。众人开始四处寻找，希望能找到信件残缺的部分，也许那上面会有发信人的姓名或地址，然而却一无所获。

就在这时，小尼娜再次将鸽子抱入怀中，她突然惊喜地喊道：

"本·佐夫，快看！"

她指着鸽子的左翼。翅膀上依稀可以看到一个邮戳印记，以及一个单词：福门特拉岛。

第二十四章

雪橇之旅

塞尔瓦达克和蒂马塞夫立刻认出了福门特拉岛这个名字，它是巴利阿里群岛中的一个很小的岛屿。这位人们还不清楚是谁的作者，很可能就是在那里写下了这些神秘的字条。而从这只信鸽刚刚带来的信息来看，可以肯定的是，在4月初，也就是半个月前，他仍然在那里。与之前的信件相比，这次的信有一个重要的不同之处：它完全用法语书写，没有了前两封信中出现的那些狂热的、用很多种语言书写的感叹。而信件的最后一句话表明食物即将耗尽，这几乎可以算是在求救。塞尔瓦达克上尉简单地指出了这些要点，然后总结道："朋友们，我们必须立刻行动，去救援这位不幸的人！"

"我随时都做好准备，可以和你一起出发。"伯爵说，"很可能，身处险境的并不只有他一个。"

普罗科普中尉则显得有些惊讶："我们探查巴利阿里群岛遗址时，应该已经很接近福门特拉岛了。岛屿残存的部分一定非常小，恐怕比直布罗陀或者休达残余的部分还要小，否则我们不可能没发现它。"

"无论它有多小，"塞尔瓦达克说，"我们都必须找到它。你认为它距离我们有多远？"

"大概有一百二十法里吧。"中尉一边思考一边说，"但我不太清楚，你打算怎么去那里？"

"当然是滑冰过去了，应该不会有什么问题吧？"塞尔瓦达克回答道，他又转向伯爵，想要寻求伯爵的支持。

伯爵表示同意，但是普罗科普却显得有些犹豫不定。

"你的计划当然是出于善意。"中尉说，"我也不想为执行计划制造不必要的困难，但请允许我提出几点意见，我觉得它们很重要。首先，温度现在已经降到了零下二十二度，南风带来的寒气让环境几乎无法忍受。其次，即便你们每天可以滑行二十法里，至少也需要六天才能到达。更何况，除非你们能够携带足够的补给，否则你们的旅程将毫无意义，因为你们不仅要保障自己的生存，还需要带上足够的食物给你们想要救助的人。"

"我们可以背着背包，带上足够的口粮。"塞尔瓦达克迅速插话，他不想承认这个计划会遇到任何障碍。

"就算如此，"中尉平静地说，"但在这片冰原上，你们又能在哪里找到庇护所来休息呢？你们会被冻死的。你们甚至没有机会像因纽特人那样挖掘冰屋。"

"至于休息的问题，"塞尔瓦达克说，"我们不需要休息，我们会不停前进。如果我们日夜兼程，不超过三天就能到达福门特拉岛。"

"相信我，"中尉依旧冷静地劝说道，"你的热情让你产生了不切实际的想法。你设想的旅程是不可能完成的。就算你侥幸抵达目的地，那一定也已经饥寒交迫，你们又怎么可能去帮助那些同样缺乏食物、濒临死亡的人？就算你们把他们带走，那也只是带着他们去送死。"

中尉的分析冷静而又理智，引发了在场人们的深思。大家越想越觉得这个计划实在是不可行。毫无保留地穿行于阴沉的天地之间，旅行者们的确随时可能被肆虐的风雪吞噬。然而，在赫克托尔·塞尔瓦达克心中，拯救同胞的愿望如此强烈，他几乎无法理智地思考问题。他明知此行艰难，却仍然执意前往。本·佐夫也表示，如果蒂马塞夫伯爵因为旅程的艰难而犹豫不决，他愿意陪伴他的长官一起出发。但伯爵也并不完全认为他们应该在困难面前退缩，他的想法和上尉类似，认为这次救援是一项神圣的责任。于是，他转向普罗科普中尉，告诉他，除非他有更好的想法，否则自己已经做好准备，可以立刻出发，尝试滑冰穿越冰原，前往福门特拉岛。中尉陷入了沉思，一时间没有回应。

"要是我们有一辆雪橇就好了。"本·佐夫说。

"或许我们可以制作一辆出来。"伯爵说，"但我们没有狗，也没有驯鹿，没有动物来拉雪橇。"

"给那两匹马装上防滑马蹄铁不就好了吗？"

"它们没办法忍受这种低温。"伯爵反对。

"先不管这些。"塞尔瓦达克说，"我们先把雪橇做出来，然后再试试能不能用马拉。总比什么都不做强！"

普罗科普中尉终于打破了沉默："我想，我们已经有了一辆现成的雪橇，它要比马更可靠，速度也更快。"

"你说的是什么？"人们急切地问道。

"我说的是'多布里纳'号上的那艘小艇。"中尉回答，"我确信，风力可以推动它在冰面上快速滑行。"

这个主意听起来很不错，普罗科普知道，美国人已经将风力雪橇的技术发展到惊人的水平。在广阔的美洲大草原上，风力雪橇的速度甚至超过了高速列车，有时能达到一百英里每小时以上。而现在，南风正强劲，如果能利用这股风力，小艇的速度应该至少能达到十二法里每小时。那么只需要十二小时，也就是从日出到下一次日出之间的时间，他们就能抵达福门特拉岛。

这艘小艇长约十二英尺，可以容纳五六个人。只需要在底部加上两条铁质滑轨，就能将其改造成一辆优秀的风力雪橇。如果再竖起一张风帆，它一定能在光滑的冰面上迅速前进。为了保护乘员的安全，他们还计划在艇上搭建一个用坚固帆布加固的木制顶棚，顶棚下面可以储存足够的食物、温暖的毛皮衣物、提神的饮品和一个可用酒精加热的小型取暖炉。

风向虽然对目前的行程很有利，但如果一直不变，等到回程时，大风可能会是个麻烦。海上风向不利时，帆船可以通过走"之"字形路线来逆风前进，他们也可以这么做，虽然在冰面上，效果肯定远不及海面好。但塞尔瓦达克上尉现在根本不打算考虑这些困难，他认为，车到山前必有路。

工程师和几名水手干劲十足地投入了工作。到了傍晚时分，小艇上已经装好了两条坚固的铁滑轨，前端微微上翘，还配了一个金属舵，用来保持航向稳定。顶棚也已搭建完成，船舱内储备了食物、御寒衣物和炊具。

普罗科普中尉强烈要求替代蒂马塞夫伯爵，随着塞尔瓦达克一起出发。由于空间有限，如果需要救援的人数较多，他们三个人是不能一起去的。普罗科普提出，自己是经验最丰富的水手，因此也最适合操控雪橇、管理风帆。然而，塞尔瓦达克坚持要亲自解救自己的同胞，普罗科普就向伯爵提出了自己的请求。蒂马塞夫伯爵本人也非常希望参与这次人道主义行动，因此对这一提议犹豫不决。但最终，他还是接受了塞尔瓦达克的劝说——如果探险失败，小型殖民地仍然需要他作为领袖来保卫大家。伯爵不能参加这趟充满危机的冒险，心虽有不甘，但他还是答应留守尼娜蜂巢，以确保整个群体的利益。

第二天是 4 月 16 日，清晨时分，塞尔瓦达克上尉和普罗科普中尉登上小艇。气温已经低于零下二十五度，他们的伙伴满怀不舍地目送他们在广袤的白色冰原上登上小船。本·佐夫太激动了，一句话都说不出来，蒂马塞夫伯爵紧紧地拥抱了两位勇敢的朋友，西班牙人和俄国水手也纷纷上前，和二人握手道别。小尼娜的大眼睛里闪烁着泪花，仰起头来，索要临别一吻。为了避免过度伤感，告别仪式并未拖延太久。风帆迅速升起，小艇宛如展开了一双洁白的羽翼，很快消失在天际。

小艇轻盈无阻，以惊人的速度前行。船上的两张风帆被调整到最佳角度，以充分利用风力。两位旅行者估算，他们的行进速度接近十二法里每小时。雪橇的滑行异常平稳，颠簸甚至比普通火车车厢还要小，而重力的减弱更是大大提升了它的速度。金属滑轨激起冰尘，显示出他们其实并未离开冰面。若不是这样，塞尔瓦达克和普罗科普甚至会产生错觉，以为自己是乘坐热气球在空中飞行。

为了防止冻伤，普罗科普中尉将头裹得严严实实，但他仍不时透过车顶特意留出的观察口窥探外界，并借助指南针，确保航向精准无误地指向福门特拉岛。这片冻结的海洋萧瑟荒凉，连一丝生命的迹象都没有。两位旅行者各自沉浸在不同的思绪中。普罗科普以科学家的视角审视这片冰原，而塞尔瓦达克以美学的视角看待这一切，感受着这里的庄重肃穆。夕阳投下斜晖，风帆在冰原上留下长长的影子，白昼让位于夜幕，这片影子又渐渐消失。他们不约而同地握紧彼此的手，默然无语。

前一晚刚好是新月，月光全无，但群星的光辉却格外璀璨。新的北极星几乎贴着地平线，耀眼夺目。即便没有指南针，普罗科普仅凭这颗星也能导航。尽管加利亚距离太阳已经很远，但相较于附近其他的恒星，加利亚和太阳之间的距离就显得微不足道了。

塞尔瓦达克沉浸在自己的思绪之中，普罗科普利用这段时间思考现在面临的一些复杂的难题，并推测加利亚在宇宙中的真实位置。最后一封神秘的信件显示，加利亚在3月沿轨道运行的距离比2月少了两千万法里，这符合开普勒第二定律，在这段时间里，它和太阳之间的距离增加了三千两百万法里。换句话说，它此刻正处于火星与木星轨道之间的小行星带中心，并且捕获了一颗被称为"奈丽娜"的新卫星——那是最新被确认的小行星之一。如果这位神秘的作者能够如此精确地计算出加利亚现在的具体位置，那他是否也已推算出加利亚何时会再次接近太阳？甚至，他是否已经足够精确地算出了加利亚上一年的天数？

两人各自陷入思索之中，以至于曙光初现时，他们竟毫无察觉。查看仪器后，他们发现自己已行进了接近一百法里，于是决定稍稍减速。他们收起部分风帆，尽管寒气刺骨，二人仍然冒险来到舱外，以便观察四周。然而，冰原仍旧一望无际，景色荒凉单调，哪怕是一块凸起的岩石都没有。

"我们是不是走到福门特拉岛的西边了？"塞尔瓦达克看了看地图，说道。

"很有可能，"普罗科普说，"我一直按照海上航行的方式前进，特意让路线保持在岛屿的上风方向，我们可以随时调整航向，直接驶向岛屿。"

"那就立刻转向，尽快去岛上！"

小艇随即把船头转向东北方，塞尔瓦达克上尉不顾刺骨的寒风，站在船头，紧紧盯着远方的地平线。

忽然，他的眼睛亮了起来。

"快看！快看！"他大喊着，指向远方，那里有些模糊的东西，打破了地平线上单调的景象。

普罗科普立刻举起了望远镜。

"我看到了，"他说，"那里有一些杆子，是用来做地理测量的。"

下一刻，风帆鼓满，小艇以难以想象的速度直冲那个目标而去。塞尔瓦达克上尉和普罗科普中尉都激动得说不出话来。一英里又一英里的冰原被他们甩在身后，他们离那座测量标杆越来越近，看到它立在一块低矮的岩石上，那里是这片一望无际的冰原上唯一的凸起。没有任何炊烟从这个小岛上升起，他们不禁想到，在这严寒中，人类几乎不可能存活下来，一个悲伤的预感浮现在他们心头——或许，他们急匆匆赶到之后，却发现那里只有一座坟墓。

十分钟后，他们已抵达岩石前，普罗科普中尉收起风帆，他确信小艇的惯性足以将他们送上陆地。就在这时，塞尔瓦达克心头猛地一紧，他看到测量标杆顶端有一片蓝色帆布在风中微微飘动——那是法国国旗仅存的残片！在标杆的基座旁，矗立着一间破旧的小屋，窗户紧闭，岛上再无其他建筑。整个岛屿的周长不到四分之一英里。显然，这里曾经属于巴利阿里群岛，是福门特拉岛唯一的残骸。

两人迅速跳下小艇，踩着光滑的岩石攀登上岸，几步便冲到小屋前。小屋的门被虫蛀得破旧不堪，从内部闩住了。塞尔瓦达克用力敲门，却无人回应。无论是敲门还是喊叫，都得不到任何回答。

"普罗科普，我们把门撞开！"他说。

两人一起用肩膀顶着门，在他们的努力下，门很快就开了。他们冲进屋内，屋里几乎一片漆黑。他们打开一扇窗，让些许光线透入。第一眼看去，这间简陋的小屋看起来像是早已被遗弃一般，小小的壁炉里只剩下一堆熄灭已久的灰烬，一切看上去都焦黑荒凉。然而，下一刻，他们在屋角发现了一张床，而床上，竟然躺着一个人！

"他死了！"塞尔瓦达克叹息道，"要么是冻死的，要么是饿死的。"

普罗科普中尉弯下腰，焦急地检查着那个人的情况。

"不，他还活着！"中尉低声喊道。他立刻从口袋里取出一个小酒瓶，小心翼翼地往这位昏迷者的嘴里滴了几滴白兰地。

那人微微呼出一口气，随即用极其微弱的声音吐出了一个词："加利亚？"

"是的，是的！加利亚！"塞尔瓦达克激动地回应道。

"我的彗星，我的彗星！"这声音微弱得几乎听不见，随后，这个不幸的人又陷入了昏迷。

"我肯定在哪里见过他，是哪里呢？"塞尔瓦达克心中疑惑，"这个人看起来太面熟了。"

但现在不是考虑这件事的时候，他们没有片刻耽误，立即将这位昏迷的天文学家抬出破旧的小屋，并迅速将他的书籍、仅存的几件衣物、文件、仪器，以及那块用来做计算的黑板一同收拾好。幸运的是，风向突然转变为顺风，他们立刻升起风帆，以最快的速度离开了福门特拉岛，踏上归途。

三十六小时后，勇敢的探险者们终于收到了伙伴们的热烈欢呼，众人一直在焦急地等待着探险者的归来。而那位在旅途中始终陷入昏迷，未曾睁眼也未曾说话的学者，则被小心翼翼地安置在尼娜蜂巢温暖安全的大厅中。

下卷

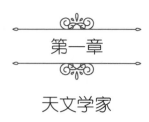

第一章

天文学家

随着探险队带着福门特拉岛的新成员归来，加利亚的总人口数已经增加到了三十六人。

听完朋友们叙述过探险的详细经历后，蒂马塞夫伯爵毫不怀疑，眼前这位已经油尽灯枯的男子正是那些字条的作者：之前他们在海上捡到了两张字条，最近信鸽又带来了第三张。他显然已经掌握了加利亚是如何运动的，测算出了加利亚和太阳之间的距离，还计算出加利亚在轨道上的切向速度已经减小。但最关键的问题还没有答案：他是不是已经算出了加利亚轨道的参数？他是否已得出了数据，计算出加利亚何时再接近地球？

天文学家苏醒后唯一能说出的话就是："我的彗星！"

这句话究竟是什么意思？这是否意味着加利亚是由于某颗彗星的撞击而从地球上剥离的？还是说，加利亚本身就是那颗彗星的名字，而他们之前一直误以为这是学者给这个突然被发射到太空中的地球碎片起的名字？众人反复讨论这些问题，却始终无法得出确切答案。而唯一能解答他们疑问的人，此刻正躺在他们面前，昏迷不醒，生命垂危。

即便不考虑人道主义方面的因素，仅仅从自身利益出发，他们也必须尽一切努力，让这位昏迷的学者恢复意识。本·佐夫乐观地表示，科学家和猫一样，有九条命。随后，在内格雷特的帮助下，他开始用力地为这位虚弱的天文学家进行按摩，力度之大，若是普通人恐怕早就受伤了。同时，他们还从"多布里纳"号的医疗储备中取出了强效兴奋剂和补剂，旁人看来，这些药足以让死者复活。

与此同时，塞尔瓦达克上尉则在努力回忆，想要忆起他究竟在何时何地见过眼前这位法国人。他越来越确定，自己之前肯定认识这个人。其实，他把眼前的人忘记了也并不奇怪，毕竟他度过了年轻的时光之后就再也没有见过他了，而人们常常会公正地把年轻时代称为"忘恩负义的年龄"。实际上，这位天文学家是帕米兰·罗塞特教授——塞尔瓦达克在查理曼中学时的科学老师。

完成基础教育后，塞尔瓦达克便进入了圣西尔军校，自那以后，二人便再未谋面，自然也就渐渐淡忘了彼此。然而，他们之间确实存在难以磨灭的共同记忆——当年，作为一名不甚勤奋的学生，年轻的塞尔瓦达克是班里一帮调皮捣蛋的学生的头目，整日破坏秩序，使得可怜的罗塞特教授苦不堪言。每次捉到他们在搞恶作剧，教授都会气得暴跳如雷，而他发火的样子则让学生们乐得更厉害了。

在塞尔瓦达克离开中学两年后，罗塞特教授辞去了教学工作，全身心投入天文学研究。他曾试图进入天文台工作，但由于他古怪暴躁的性格在学术界已是尽人皆知，因此他的申请遭到了拒绝。不过，他决定凭借自己微薄的私人财产独立开展研究。作为一名天文学家，他的确才华横溢，不仅用望远镜发现了三颗新的小行星，还计算出了星表上第二百三十五颗彗星的轨道参数。然而，他最大的兴趣却在于给其他天文学家的研究成果挑错，尤其热衷于找出他们计算中的漏洞，因此他在学术圈内并不受欢迎。

此刻，本·佐夫和内格雷特终于解开了塞尔瓦达克和普罗科普为罗塞特裹上的厚重毛皮，眼前出现的是一个瘦小干枯的老人。他的身高不过五英尺两英寸，脑袋光秃秃的，圆润而光滑，宛如一颗鸵鸟蛋。他的脸上几乎没有胡须，最多只长了一些因为几天没有刮胡子而积蓄的胡茬。长长的鹰钩鼻上架着一副硕大的眼镜，仿佛已成为他身体的一部分。他的神经系统异常敏感，整个人就像是一个鲁姆科夫线圈，仿佛有几百码长的导线缠绕其中，不停地传导着电流。但无论如何，众人必须尽力挽救他的生命。当他们脱去他的部分衣物做检查时，发现他的心脏仍在微弱地跳动。本·佐夫相信，只要他还活着，就一定有希望，于是更加卖力地给老人做着按摩。

众人抢救了半个小时，一刻都没有停歇。天文学家终于发出了一声微弱的喘息声，随后又是一声、两声……他半睁开眼睛，随即又闭上，然后终于完全睁开双眼。然而，他目光茫然，似乎没有意识到自己正身处何方。他嘴里咕哝了几句，但话语含糊不清，无法辨认。他缓缓抬起右手，摸向额头，仿佛在寻找什么东西。突然，他的脸色一变，露出焦躁的神情，愤愤地喊道："我的眼镜！我的眼镜在哪儿？"

原来，为了方便抢救，本·佐夫取下了那副似乎已经牢牢地粘在这位老教授的太阳穴上的眼镜。本·佐夫赶忙把眼镜重新给老教授戴上，并尽可能调整到他鼻梁上的最佳位置，似乎这副眼镜天然地长在那里一样。教授长长地舒了口气，似乎恢复了一丝安心，再次闭上了眼睛。

片刻之后，他又清醒了一些，环顾四周，似乎在努力辨认自己身处何地。然而，他很快又陷入半昏迷状态。

在教授又一次睁开眼睛时，塞尔瓦达克正好在低头凝视着他的面容，端详着。老教授透过眼镜对他怒目而视，语气尖刻地说道："塞尔瓦达克，抄五百遍，明天交上来！"

这句话堪称往昔岁月的回响。寥寥数语，却足以唤醒塞尔达克的记忆，他想起了这个他试图辨认出的人。

"这太难以置信了！"他惊呼，"这不是我的老师吗？罗塞特先生居然就活生生地在我面前！"

"现在他可称不上'活生生'。"本·佐夫嘟囔道。

老人再次陷入沉睡。本·佐夫说道："他的睡眠越来越安稳了，不用管他，他会醒过来的。我可是听说过，有些老家伙，比他还要干瘪，还能被人从埃及运回来，装在画满图案的盒子里面。"

"你这个蠢货！那是木乃伊，都死了几千年了。"

本·佐夫没有多说什么，他去准备了一张温暖的床，把老人安置在那里，不久后，老人就陷入了平静而安详的睡眠。

他们太着急了，很难等到天文学家醒了再去听他的解释，于是塞尔瓦达克、伯爵和普罗科普三个人组成了这个小殖民地的"科学院"，这一天余下的时间里，这三个人一直在针对他们目前的处境展开最狂野的猜测。他们一直以来的假设——地球表面的一块撕裂开，形成了一颗小行星——现在看上去不太站得住脚了，因为帕米兰·罗塞特教授并没有把加利亚这个名字和他们目前的行星联系在一起，而是一直念叨着"我的彗星"。既然这一理论无法成立，他们不得不提出更加离奇的推测来替代它。

谈及罗塞特，塞尔瓦达克特意向同伴们说明，尽管这位教授一向脾气古怪，有时还相当暴躁，但实际上他的本性是非常善良的。他的怒火往往只是表面现象，如果在他发脾气的时候不要去在意他，那么他的坏脾气很快就会自行平息。

"我们一定要尽量和他融洽相处。"伯爵说，"毫无疑问，他就是那些字条的作者，我们必须指望他去提供一些有价值的信息。"

"无疑，这些字条就是他写的。"普罗科普赞同道，"每一份文件的第一行都是加利亚，而他在我们面前说出来的第一个词也是加利亚。"

天文学家依然沉睡不醒，三个人正在急着翻阅他的文件，仔细研究他临时写在黑板上的数字和符号。文件上的笔迹与他们先前收到的字条完全一致，黑板上则布满了用粉笔画出的数学符号，他们小心翼翼，避免擦掉任何标记。那些文件大多是一些零散的笔记，上面画满了几何图形，尤其是各种不同类型的圆锥曲线，密密麻麻地挤在一起。

普罗科普中尉指出，这些曲线显然代表彗星的轨道，而彗星轨道可能呈抛物线、双曲线或椭圆。倘若是前两者，那么这颗彗星在进入地球可视范围后便会永远消失在宇宙深处；但如果是椭圆轨道，那么它迟早会在某个公转周期之后再次回归。

初步看来，这些文件似乎可以表明，这位天文学家在福门特拉岛逗留期间，一直致力于研究彗星的轨道。这类计算通常先要假设彗星轨道为抛物线，他很可能是在尝试追踪某颗特定彗星的运行。

"我想知道这些计算是在 1 月 1 日之前还是之后完成的，这一点很重要。"普罗科普中尉说。

"我们只能耐心等他醒来说清楚了。"伯爵说。

塞尔瓦达克焦虑不安地来回踱步。"我愿意少活一个月，让这个老头少睡一小时。"他急躁地大喊道。

"那你可就吃亏了。"普罗科普笑道，"也许我们最后会发现，彗星和我们经历的灾难一点关系都没有。"

"这不可能！"上尉高声说，"我很了解这件事，你其实也一样。难道这不是显而易见的吗？地球和这颗彗星发生了碰撞，导致我们这个小世界从地球上被撞飞，飞向了宇宙的深处！"

蒂马塞夫伯爵和普罗科普中尉对视了一眼，陷入沉默。

"我不否认你的理论，"过了一会儿，普罗科普说，"如果你的推测是对的，那么我们在发生灾难的那个夜晚看到的巨大圆盘应该就是那颗彗星。它的速度一定很快，快到不会被地球的引力束缚。"

"听起来很合理。"蒂马塞夫伯爵说，"而我们这位科学家朋友，给这颗彗星起了个名字，叫加利亚。"

然而，他们仍然无法理解，相比于他们所处的这个奇怪的小世界，为什么天文学家似乎对彗星更感兴趣。

"你能解释这一点吗？"伯爵问。

"学者们的思路总是没办法用常理解释的，"塞尔瓦达克说，"而且，我不是早就告诉你们了吗？这位学者可是世界上最古怪的人之一了。"

"另外，"普罗科普中尉补充道，"很有可能，他在发生灾变之前很久就已经在研究这颗彗星了。"

最终，"加利亚科学院"得到了如下结论：在 12 月 31 日夜间，一颗横穿黄道面的彗星与地球发生了碰撞。撞击的剧烈冲击力使地球的一块巨大碎片被剥离，从那一刻起，那片碎片就开始在遥远的星际空间中航行。而帕米兰·罗塞特无疑会在醒来之后证实他们的这一推断。

第二章

揭示真相

　　殖民地的其他居民对这位陌生人的到来并不是很关心。西班牙人天生散漫，对和自己关系不大的事情并不太在意，而俄国人只忠于他们的主人，只要能跟随他，他们根本不在乎自己身处何地或如何度日。对他们而言，一切如常，日出而作，日落而息，仿佛什么异常事件都没有发生过。

　　整个晚上，本·佐夫都没有离开罗塞特教授的床边。他自封为护理员，并认为如果不能让病人康复，自己的声誉就会受到影响。他留意着教授的每一个动作，倾听着每一次呼吸，只要发现一点点异样，便毫不犹豫地给他灌下强效兴奋剂。即使在睡梦中，罗塞特那急躁易怒的性格仍然显露无遗。他时不时地喃喃自语，有时语气焦虑，有时甚至带着愤怒，加利亚这个词不断从他的嘴里蹦出来，仿佛在梦中，他也在为了争夺自己这颗彗星的发现权而争论。然而，尽管本·佐夫全神贯注地聆听，他依然无法从教授那些含糊不清的梦话中捕捉到任何有用的信息，去解决他们目前关心的问题。

　　太阳再次出现在西方的地平线上时，教授依然沉睡未醒。本·佐夫很担心教授这场对身体有益的休息被打扰，因此当他听到一阵沉重的敲门声时，不免心生不满。显然，有人正用钝器砸着那扇洞穴入口的门。这扇门是为了保持洞穴内的温暖而设，并非为了防止外部入侵。

　　"见鬼！"本·佐夫低声咒骂，"我得去阻止一下。"他朝着门口走去。

　　"是谁啊？"他用不太友善的语气喊道。

"是我。"一个颤抖的声音回答。

"你是谁啊？"

"伊萨克·哈卡布特。让我进去吧，求你了，让我进去吧。"

"噢，原来是你啊，老亚斯他录，是吧？你想要干什么？是不是又找不到人来买你的破烂了？"

"没有人愿意出合适的价钱。"

"嗯，老示每，这里没有人会买你的东西，你最好赶紧走。"

"不，不，求求你——求求你，让我进去吧。"犹太商人哀求道，"我想见总督阁下。"

"总督在床上睡觉呢。"

"我可以等他起床。"

"那你就在外面等着吧。"

本·佐夫毫不客气地拒绝了他的请求，准备回去继续照顾他的病人。这时，塞尔瓦达克被这场对话吵醒了，问道："本·佐夫，怎么回事？"

"噢，没事，长官。只是那个可恶的哈卡布特说他想见你。"

"那就让他进来吧。"

本·佐夫犹豫了一下。

"我说了，让他进来。"塞尔瓦达克用不容反驳的语气重复道。

尽管满心不情愿，本·佐夫还是服从了命令。门开了，伊萨克·哈卡布特裹着一件破旧的大衣，拖着步子走进了洞穴。不一会儿，塞尔瓦达克就走上前去，犹太人开始用一大堆谄媚的词语奉承他。塞尔达克没有理睬这些恭维，而是示意他跟着自己，带着他来到中央大厅，停下脚步，直视着他，冷冷地说道："好了，这是你的机会，说吧，你想干什么？"

"噢，总督阁下，总督阁下。"伊萨克哀叹道，"你一定有消息要告诉我。"

"消息？你在说什么？"

"我从我的小商船上看到，你们的小艇从岩石那里出发，又返了回来，还带回来了一位陌生人，我想，我想，我想……"

"噢，你想了半天，到底在想什么？"

"我想，这个陌生人也许是从地中海北岸来的，也许我可以问问他……"

他又一次停顿了一下，看了一眼塞尔瓦达克。

"问他什么？快点说！"

"问他是不是有欧洲的消息。"哈卡布特终于说了出来。

塞尔瓦达克耸了耸肩，不屑地转身离开。已经在加利亚生活了三个月，目睹了所有异象，然而他竟仍然妄想着自己还能跟欧洲商人做买卖。上尉心想，这个老家伙恐怕永远无法相信现实了，他厌恶地走开了。然而，一旁听着的本·佐夫却忍不住想笑，他并不想这么快就结束对话，于是问道："怎么样，老以西结，你满意了吗？"

"不是这样的吗？我说错了吗？昨晚你们没有带一个陌生人过来？"犹太人问。

"没错，确实有人来。"

"从哪里来的？"

"巴利阿里群岛。"

"巴利阿里群岛？"艾萨克重复了一遍。

"是的。"

"做生意的好地方！离西班牙不到二十法里！他一定带来了欧洲的消息！"

"好吧，老梅纳西，就算是，你又能怎么样？"

"我想见见他。"

"不行。"

犹太人悄悄凑近本·佐夫，抓住他的胳膊，低下声音，讨好地说道："你知道的，我很穷，不过，如果你能让我见到那个人，我可以给你几枚银币。"

但他似乎又觉得这个条件太慷慨，又补充道："但必须马上见他。"

"他太累了，筋疲力尽，睡得正香。"本·佐夫回答。

"你去叫醒他，我可以付钱给你。"

塞尔瓦达克听到了他们的对话，严厉地打断道："哈卡布特！如果你胆敢吵醒我们的客人，我就立刻把你赶出门去！"

"总督阁下，请您别生气。"犹太人结结巴巴地辩解道。"我只是想——"

"闭嘴！"塞尔瓦达克大喊道。老头子顿时不安地低下了头。

"这样吧，"塞尔瓦达克沉默了一小会儿之后说，"等到这个陌生人醒过来，并且愿意告诉我们一点什么东西的时候，我会让你也在场，听听他说了些什么。到目前为止，我们还没听到他说过一个字。"

犹太人看上去很困惑。

"是的，"塞尔瓦达克说，"我们听他讲自己的事情的时候，你也可以听。"

"希望他讲的东西会合你的心意，老以西结！"本·佐夫带着讽刺的口吻补充道。

他们没有等太久，几分钟后，他们就听到了罗塞特教授那带着烦躁情绪的声音："约瑟夫！约瑟夫！"

教授并没有睁开眼睛，看上去似乎还在睡着。但很快，他又喊道："约瑟夫！该死的家伙，去哪里了？"显然，他此刻正半梦半醒，呼唤着那个远在千里之外的地球上的仆人。"约瑟夫，我的黑板呢？"

"黑板完好无损，先生。"本·佐夫立刻回答道。

罗塞特睁开了眼睛，直勾勾地盯着勤务兵的脸，问道："你是约瑟夫？"

"随时为你效劳，先生。"本·佐夫一本正经地回答道。

"那就快给我端杯咖啡来。"

本·佐夫转身去了厨房，塞尔瓦达克则走到教授身边，扶他坐了起来。

"教授，你认出你的学生了吗？"他问。

"啊，是的，是的，你是塞尔瓦达克。"罗塞特说，"距离我上次见到你，至少已经过去十二年了。希望你有所长进。"

"先生，我向你保证，我已经彻底改过自新。"塞尔瓦达克微笑着说。

"嗯，那就好，这才对嘛。"天文学家一本正经地说，"但先给我咖啡。"

他又不耐烦地补充道，"没有咖啡，我就没办法思考。"

幸运的是，本·佐夫此时回来了，还端着一杯热腾腾的浓咖啡。教授一口气喝光咖啡，显然十分享受，他下了床，走到客厅，环视一圈，神情显得心不在焉。随后，他在"多布里纳"号船舱里最舒适的扶手椅上坐下，随后说道："那么，先生们，你们觉得加利亚怎么样？"他的声音里充满了满足感，甚至不自觉地流露出先前那两份神秘文件结尾时的欣喜之情。

众人还没来得及回答，伊萨克·哈卡布特就猛地冲上前来。

"以上帝的——"

"他是谁？"教授猛然一惊，皱起眉头，做了一个手势表示厌恶。

尽管众人试图阻止，这位犹太人仍不顾一切地说道："以上帝的名义，我求你，告诉我欧洲的消息！"

"欧洲？"教授猛地从座位上弹起，仿佛触电了一般，"这个人要欧洲的消息干什么？"

"我要回去！"犹太人尖声叫道。尽管教授试图摆脱他的纠缠，但他还是拼命抓住教授的椅子，一遍又一遍地哀求他告诉自己欧洲的消息。

罗塞特没有立刻回答。他沉思片刻，然后转向塞尔瓦达克，问起现在是不是 4 月中旬。

"今天是 20 号。"上尉回答道。

"那么，今天，"天文学家以极为审慎的语气说道，"我们距离欧洲整整一亿两千三百万法里。"

犹太人似乎彻底泄了气。

"看来，"教授继续说，"你们对现状几乎一无所知。"

"我们是不是一无所知，我也不好说，"塞尔瓦达克说，"但是我可以告诉你我们知道的一切，以及我们猜测的一切。"接着，他尽可能简短地讲述了自从 12 月 31 日那个不寻常的夜晚以来所发生的一切：他们如何经历了那场震动，"多布里纳"号如何航行，他们在突尼斯、撒丁岛、直布罗陀和福门特拉岛如何发现旧地球的残片，他们如何收到了三张没有署名的字条，最后又讲了他们为什么放弃了古尔比岛的住所，迁居到现在所在的尼娜蜂巢。

几乎等不及听完，天文学家就迫不及待地问道："那你们对现状有什么推测？"

"我们推测，"上尉回答，"我们所在的地方，是地球在与某颗天体相撞时，被撞离的一块较大的碎片。而你似乎称这颗新的小行星为加利亚。"

"比你们想的更妙！"罗塞特兴奋地跳了起来。

"什么？怎么回事？什么叫'更妙'？"众人惊讶地问道。

"你们的推测在某种程度上是正确的。"教授继续说道，"确实，在1月1日凌晨2点47分35.6秒，我的彗星擦过地球，仅仅带走了你刚刚提到的那几小块碎片。"

所有人都目瞪口呆。

"那么，"塞尔瓦达克急切地问道，"我们现在究竟在哪儿？"

"你们现在就在我的彗星上，在加利亚上！"

教授带着获胜一般的神色环顾四周。

第三章

教授的经历

"是的，我的彗星！"教授又说了一遍。他时不时皱起眉头，环顾四周，带着一种挑衅一般的神态，仿佛他总是觉得有人在无理地声称这颗彗星是自己的，或者他觉得面前的人是一些闯入者，擅自闯进了属于他的地盘。

但是塞尔瓦达克上尉、蒂马塞夫伯爵和普罗科普中尉沉默了好一阵，他们陷入了沉思。他们终于摆脱了长久以来的困惑，解开了一直没有解开的谜团。他们之前的假设都不得不让位给眼前的真相。他们的第一个假设认为地球的自转轴发生了某种意外的变化，随后的第二个假设认为地球的某一部分被撞击后再被带入了太空，但他们现在必须承认，地球被一颗未知的彗星擦过，彗星从地球表面带走了一些碎片，并将它们带到遥远的宇宙空间。他们已经知道了过去发生了什么、现在正在发生什么，但这些都让他们对未来的兴趣更加强烈。教授能不能知道未来将会发生的事情？他们很想好好问问，却又不太敢向教授提出问题。

此时，罗塞特教授却摆出了一副专业人士常有的自负态度，似乎在等所有人向自己做正式介绍。塞尔瓦达克上尉也不想让这个古怪的小老头失望，便开始按照正式的社交礼仪向他介绍。

"请允许我向你介绍我的好朋友，蒂马塞夫伯爵。"他说。

"非常欢迎你。"罗塞特教授向伯爵鞠了一躬，带着一丝傲慢的微笑。

"教授先生，我来到你的彗星，虽然并非出于自愿，但我还是要感谢你的热情款待。"蒂马塞夫伯爵庄重地回应道。

伯爵充满讽刺意味的话让塞尔瓦达克忍不住想笑，但他还是继续说："这是普罗科普中尉，'多布里纳'号的指挥官。"

教授又带着一种冷冰冰的傲慢鞠了一躬。

"他的游艇带着我们绕着加利亚做了环球航行。"上尉补充了一句。

"绕着加利亚？"教授急着问了一句。

"是的，做了环球航行。"塞尔瓦达克说，他没有给教授任何反应时间，继续介绍："这是我的勤务兵本·佐夫。"

"加利亚总督阁下的副官。"本·佐夫插了一句，显然想要维护自己上司的尊严，同时也维护自己的荣耀。

但罗塞特甚至连低头的动作都没做。

接下来，尼娜蜂巢的其他人员都被一一介绍给教授：俄国水手、西班牙人、年轻的巴勃罗和小尼娜。教授显然不喜欢孩子，他透过那副厚重的眼镜，狠狠地瞪了尼娜一眼。伊萨克·哈卡布特被介绍给教授之后，他请求教授，想问一个问题。

"我们什么时候能回去？"哈卡布特问。

"回去？"罗塞特厉声回答，"谁说要回去了？我们才刚开始旅行呢！"

看到教授有些生气了，塞尔瓦达克上尉巧妙地转变了话题，问他是否愿意和大家分享一下自己的个人经历。天文学家看上去对这个提议很满意，马上就开始了一段冗长而且绕来绕去的演讲，下文就是其演讲的主要内容。

法国政府希望能对巴黎子午线的测量结果进行验证，因此委托了一个科学委员会。因为个性不受欢迎，帕米兰·罗塞特被委员会开除了。教授因受此侮辱愤怒至极，决定独立开展工作，并声称之前的测量存在不准确之处，因此决心重新审视上次三角测量的结果，这次三角测量用福门特拉岛和西班牙海岸组成了一个三角形，其中一条边长超过一百英里——这正是阿拉戈和比奥成功完成的工作。

于是，罗塞特离开巴黎，前往巴利阿里群岛，将自己的观测站设在福门特拉岛的最高点，他身边仅带着仆人约瑟夫，过上了隐居的生活。他聘请了一名助手，并派他前往西班牙海岸的一座高峰，去那里监管一个反射镜，在福门特拉岛，他可以通过望远镜看到那台反射镜。除了几本书、一些仪器和两个月的食物，他随身的行李几乎只有一架出色的天文望远镜，实际上，那架望远镜几乎成了他自己的一部分。他用望远镜不断观察天空，希望能发现某个新天体，从而让自己的名字永载史册。

这项任务需要极大的耐心。每晚，为了确定三角形的顶点，他都要坚守观测站，等待助手发出的信号，但他并没有忘记，他的前辈阿拉戈和比奥当年为了相同的目的，曾等了整整六十一天。工作进展缓慢的原因是浓雾，正如前面所提到的，当时浓雾不仅笼罩了欧洲地区，甚至几乎笼罩了整个世界。

雾气稍微散开时，罗塞特总是抓住一切机会，用天文望远镜仔细观察天空，因为他对修订双子座附近天区的星图极感兴趣。

肉眼看，双子座只有六颗恒星，但通过十英寸口径的望远镜，可以看到多达六千颗星星。然而，罗塞特并没有这样大口径的反射望远镜，只能用他那台虽然性能良好但相对较小的望远镜。

在一次观测中，教授仔细观察着双子座，突然发现了一颗亮点，这颗亮点在星图上并没有记录。起初他以为那是星图上遗漏的星星。但经过几天的观察，教授逐渐发现这颗星相对于其他恒星的位置在快速变化，这让他相当激动，因为他意识到，自己或许马上就能获得发现一颗新行星的荣誉。

他加倍集中注意力，很快就确认，自己看到的并不是一颗行星，那颗星的运动速度太快了，他不得不做出假设，认为那是一颗彗星。随后，他观测到了彗发①，猜测得到了进一步验证。当那颗天体接近太阳时，彗尾②的出现更是证实了那颗天体就是彗星。

---

① 彗星核心部分周围模糊的、如同毛发的区域。

② 在太阳附近，彗星核心部分气化，释放的物质受到太阳影响形成的明亮尾巴。

一颗彗星！这个发现让三角测量的工作无法继续进行了。尽管西班牙海岸的助手尽职尽责地照料着信号灯，罗塞特也无暇去看那个方向了。他的眼睛只注视着一个目标，他的思绪也完全集中在那一小片天区。

　　一颗彗星！必须立即计算它的轨道参数。

　　为了计算一颗彗星的轨道参数，最稳妥的方法就是首先假设它的轨道是一个抛物线。通常，彗星在近日点最为明亮，因为它们在那里离太阳最近。太阳位于抛物线的焦点处。由于抛物线可以被视为长轴无限长的椭圆，所以考虑轨道的一小段的话，认为轨道是抛物线还是椭圆区别不大。在计算这颗彗星参数的时候，教授假设轨道为抛物线也是正确的。

就像确定一个圆周需要三个点一样，要确定彗星的轨道参数，也必须在彗星处于三个不同位置的时候做出观测，然后天文学家才能算出彗星的星历①。

但罗塞特教授并没有满足于只观测三个位置。他充分利用了大雾的每一次间隙，做了十次、二十次、三十次观测。他精确记录下了彗星所在的赤经和赤纬，成功地以极为精确的方式算出了这颗彗星的五个参数，这颗彗星显然正以惊人的速度向地球逼近。

这五个参数是：

一、彗星轨道平面和黄道平面之间的夹角。这个角度通常很大，但对于这颗彗星来说，这两个平面是重合的。

二、升交点的位置，即彗星穿过地球轨道的点的位置。

得到了这两个参数之后，彗星轨道在宇宙空间中的位置就可以确定了。

三、轨道长轴的方向。这个参数可以通过计算彗星近日点的经度来得到。

四、近日点到太阳的距离。这个参数决定了彗星抛物线的具体形状。

五、彗星运行的方向。和太阳系的大行星不同，这颗彗星是逆行的，它从东向西运动。

于是，罗塞特能够计算出彗星何时到达近日点。他因此十分兴奋，甚至没有考虑将这颗彗星按照自己的名字命名为"帕米兰"或"罗塞特"，他决定将它命名为加利亚。

接下来的任务是撰写一篇正式的论文。他不仅立即意识到彗星可能会和地球相撞，而且很快预见到相撞不可避免，一定会发生在12月31日的晚上。此外，由于地球和彗星的运动方向相反，可以预料到，碰撞一定很猛烈。

如果说教授对此感到兴奋，那实在是不符合事实了，因为教授的情绪可以用狂喜来形容。如果换作其他人，可能会因为恐慌而匆忙离开福门特拉岛，

---

① 天文学术语，记载某天体在不同时刻的位置。

但教授没有向任何人透露自己震撼的发现，而是坚持留在自己的岗位上。从偶尔收到的报纸中，他得知大雾仍然笼罩着整个地球，这让他确信，外界完全不知道这颗彗星的存在。世界对即将到来的灾难一无所知，这也避免了这些事实被公开后可能会产生的恐慌，福门特拉岛的学者现在独占这一伟大的秘密。通过计算，他得出结论：这颗彗星将会撞击阿尔及利亚南部的某个地方，而且由于它的核心很硬，罗塞特确信这场冲击会"空前绝后"（这是他的原话），他很满意自己就在事发地点附近。

碰撞发生了，随之而来的结果也符合教授的预测。帕米兰·罗塞特教授和他的仆人约瑟夫被突然分开，当教授在昏迷很久后恢复意识时，他发现自己已经是巴利阿里群岛唯一幸存的碎片上仅剩的居民。

教授讲述的经历中还有许多重复和离题的内容，上述文字就是他的演讲的要点。在讲述的过程中，他经常停下来，皱起眉头，似乎对听众展现出的耐心和良好态度感到有些恼火。

"但现在，先生们。"教授补充道，"我还必须告诉你们更多信息。碰撞导致了一些重要的变化，东南西北的方位都发生了偏移，重力减小了，但我从来没有和你们一样，以为自己还在地球上，没有！地球和它的卫星仍然在沿着它们原来的轨道旋转。但是先生们，我们没什么可抱怨的。我们的命运本来可能要糟糕许多，我们本来可能会死于撞击，或者彗星可能就会留在地球上，在这两种情况下，我们都没办法享受到这次旅行，这次在我们从未涉足的星际空间中的奇妙旅行！不，先生们，我再说一次，我们没有什么可遗憾的。"

教授说出这些话时，似乎带着极大的满足感，以至于没有人忍心否认他的看法。只有本·佐夫不合时宜地发表了一句评论，他认为，如果彗星碰巧击中蒙马特尔，而不是非洲的一块地方，它就会遇到一些阻力。

"呸！"罗塞特轻蔑地说，"像蒙马特尔这样的小土丘很快就会被碾成粉末。"

"小土丘？"本·佐夫怒不可遏，大声喊道，"我可以和你说，蒙马特尔会把你的小彗星吸引过来，戴在上面，就像帽子上的羽毛装饰一样。"

教授看起来很生气，塞尔瓦达克迅速让他的勤务兵保持沉默，并解释了蒙马特尔在本·佐夫心目中的价值。一直服从上级的本·佐夫闭上了嘴，但他心里知道，他永远无法原谅有人轻视自己心爱的家园。

现在，最重要的是弄清楚这位天文学家是否会继续进行他的观测，是否已经掌握了关于加利亚在太空中运动路径的足够信息，能让他至少大致确定绕行太阳的公转周期。普罗科普中尉带着尽量小心谨慎的态度，表达了大家希望得到这方面信息的愿望。

"先生，碰撞发生之前。"教授回答说，"我已经彻底确定了彗星的轨道，但由于这次碰撞影响了彗星的轨道，我现在不得不重新开始我的计算。"

中尉看上去很失望。

"尽管地球轨道没有发生改变。"教授继续说，"但碰撞的结果是，彗星到了一条新的轨道上。"

"我冒昧问一句，"普罗科普谦恭地问，"你是否已经算出新轨道的参数了？"

"是的。"

"那么，你或许知道——"

"我知道，先生。在去年 1 月 1 日凌晨 2 点 47 分 35.6 秒，加利亚在经过升交点时与地球发生了碰撞。1 月 10 日，它穿过了金星的轨道。1 月 15 日，到达了近日点，随即又再次穿过了金星轨道。2 月 1 日，穿过了降交点。2 月 13 日，它穿过了火星轨道。3 月 10 日，它进入了小行星带，并且吸引了奈丽娜，让它成了自己的卫星。"

塞尔瓦达克插话道：

"这些惊人的事实我们都已经知道了，其中的许多内容都是我们从捡到的字条中得知的。尽管这些字条都没有署名，但毫无疑问，我们认为一定出自你之手。"

罗塞特教授挺起胸膛，骄傲地说："当然，这些字条是我写的。我发出了成百上千份，还有谁能写下这些呢？"

"当然，只有你可以。"伯爵带着庄重的礼貌态度回应。

迄今为止，谈话还没有涉及加利亚未来运行的轨迹，罗塞特显然倾向于回避这个话题，至少想要晚一些讨论。因此，当普罗科普希望能用更明确的方式来提出这个问题时，塞尔瓦达克认为最好不要把这位学者逼得太急，于是他插话问教授，他会怎么解释地球在遭受如此剧烈的撞击后竟然几乎没有受损。

"我这样解释。"罗塞特回答说，"地球以两万八千八百法里每小时的速度在运行，加利亚以五万七千法里每小时的速度运行，因此，结果就像是一列大约时速八万六千法里的火车突然撞上了某个障碍物一样。彗星的彗核非常坚硬，就如同一颗以那么快的速度射向一块玻璃窗的子弹，彗星穿过了地球，却没有把地球撞碎。"

"你可能是对的。"塞尔瓦达克若有所思地说。

"可能？我当然是对的！"暴躁的教授回答。然而，他很快又恢复了冷静，继续说道："幸运的是，彗星斜着撞上了地球。如果彗星是垂直撞击的，它肯定会深深地穿透地表，造成的灾难无法估量。也许，"他带着一丝笑意补充道，"就连蒙马特尔也可能无法从灾难中幸存。"

"先生！"本·佐夫大声喊道，他无法忍受这种无端的攻击。

"安静，本·佐夫！"塞尔瓦达克严厉地说。

幸运的是，伊萨克·哈卡布特终于开始意识到事情的真实情况，他打断了争吵，走上前来，用颤抖而急切的声音恳求教授告诉他，他们什么时候才能回到地球上。

"你急吗？"教授冷冷地问。

犹太人刚刚准备开口回答，塞尔瓦达克就插了进来："请允许我加一句，我刚刚准备问你同样的问题，只不过可能会用稍微科学一点的方式。我不知道我是不是误解了你的话，你说碰撞的结果是彗星的轨道发生了变化吗？"

"你说得对，先生。"

"那么，你是说它的轨道不再是抛物线了？"

"正是如此。"

"那它是双曲线吗？我们是不是将被带到遥远的地方，再也无法返回？"

"我并没有说它是双曲线。"

"那它不是双曲线？"

"它不是。"

"那么，它一定是椭圆轨道了？"

"是的。"

"它的轨道平面与地球的轨道平面重合吗？"

"是的。"

"那么它一定是周期性彗星？"

"是的。"

塞尔瓦达克情不自禁地发出一声欢呼，声音在通道中回荡。

"是的，"教授继续说道，"加利亚是一颗周期性彗星，再考虑到它受到火星、木星和土星引力的扰动，它将在两年后准时返回地球。"

"你的意思是说，在第一次撞击后两年，加利亚会在与之前相同的地点再次与地球相遇？"普罗科普中尉问道。

"很遗憾，是的。"罗塞特答道。

"为什么说'很遗憾'？"

"因为我们现在的状况已经相当不错了。"教授用力跺了一下脚，强调道，"如果由我来决定，加利亚永远都不该再返回地球！"

第四章

重新修订历法

在一个重要的事实面前，之前所有的假设都不重要了：加利亚是一颗正在遥远的太阳系空间中飞行的彗星。塞尔瓦达克上尉意识到，在震动之后从云层中浮现出来的巨大圆盘，正是逐渐远离他们的地球。当时的地球离加利亚太近了，导致了他们经历过的那次潮汐。

教授预言彗星最后会返回地球，但要说这个预言能不能实现，上尉在最初的激动之后，心中还是有不少疑虑的。

接下来的几天，他们忙着给新来的教授提供住宿。幸运的是，他的要求非常简单。他似乎生活在星辰之间，只要能喝到咖啡，他对一切奢侈的生活都不感兴趣，也不太关心尼娜蜂巢中巧妙的内部设计。为了表示自己对曾经的恩师的尊敬，塞尔瓦达克提议自己离开最舒适的房间，让给教授使用。但教授坚决拒绝，他说自己只需要一个小房间，多小都无所谓，只要是在高处且隐蔽的地方就好，那里可以作为天文观测室，这样他就可以在不被打扰的情况下继续研究。于是他们开始四处寻找，很快，他们幸运地发现了一个距离中央岩洞约一百英尺高的小空间，就像半山腰被挖空了一块一样。那里恰好能满足他们的需求，足够容纳一张床、一张桌子、一把扶手椅、一只衣柜，还有一件更为重要的东西——天文望远镜。那里有一条熔岩的小溪，是熔岩洪流的支流，足以为房间提供足够的温暖。

天文学家就在这个偏僻的小房间安顿了下来。大家一致认为，最好让他按照自己的方式继续进行研究。众人会按时给教授送来餐点，他睡得很少，白天做计算，晚上进行天文观测，很少出现在其他人面前。

此时，气温变得非常低，温度计的示数为零下 30 度。然而，因为气候谈不上多变，温度计里的水银并没有出现波动，而是缓慢、稳定地下降，很可能会持续下降，直到温度达到外太空区域的正常温度。

水银柱的持续下降也伴随着大气层的完全静止。空气似乎都被冻结了，哪怕是最小的颗粒也不会再运动。从地平线到天顶都看不到一片云，也没有地球极地常见的潮湿雾气或者干燥尘霾。天空始终晴朗，白天阳光照耀，夜晚星星闪烁，但这并没有引起温度的明显变化。

这特殊的气候状况让寒冷也可以忍受，即便是在露天场合也是如此。极地探险者会患上的许多致命的疾病，正是由刺骨的寒风、不健康的雾霭或可怕的雪堆所引起的。这些因素让肺部干燥松弛，或者产生一些其他副作用，使人的肺部无法正常工作。但如果平静无风，大气完全静止，许多极地航行者在衣着得当、食物充足的情况下，曾经成功地熬过气温低至零下 60 度的严寒。这也是帕里在梅尔维尔岛、凯恩在北纬 81 度以北，以及霍尔与"极地"号船员的经历：无论多么冷，只要没有风，他们总能坚持下去。

因此，尽管气温极低，这个小社区的成员们发现他们仍然可以在室外自由行动，且毫无不适。总督特别注意，确保大家都有足够的食物和温暖的衣服。食物既营养又充足，除了从"多布里纳"号的仓库中带来的皮毛外，还可以很容易地获取新鲜的皮毛，用来制作衣物。塞尔瓦达克要求所有人每天都要进行户外锻炼，即便是巴勃罗和尼娜也不例外。这两个孩子穿得像因纽特人一样，紧裹着皮毛，一起滑冰，巴勃罗总是在她身旁，随时准备在她疲倦时提供帮助。

与新来的天文学家交谈后，伊萨克·哈卡布特再次躲回了他的商船里面。他的想法发生了变化，他无法拒绝真相：自己距离地球，那个他曾经做着各种赚钱生意的地方，已经有几百万英里之遥。可以想象，意识到自己身在何方的事实应该会让他的心态有所改变，至少他应当开始从另外的角度来看待这一小群人，他们是和自己共同经历着奇异命运的同胞，而不是赚取钱财的工具。然而，事实并非如此——对利益的追求已经深深植根于他那顽固的性格中，无法根除。他明白自己有法国军官的保护，除非情况已经极端紧急，否则这位军官绝不会允许有人侵犯他的财产，因此他决定等着某个机会来临，让自己能够从目前的处境中获利。

一方面，哈卡布特认为，尽管返回地球的机会很渺茫，但根据教授所说，他并不认为这种可能性完全不存在。另一方面，他也知道，许多人手中持有相当可观的英国和俄国货币，虽然现在这些货币没有任何用处，但一旦事态恢复正常，它们就会变得极具价值。因此，他决定将加利亚的所有货币都收入囊中，而为此，他必须卖掉自己的货物。不过，他并不打算马上出售。他认为，或许会有某个时机，当众人的储备不足以应付需求时，他的机会就来了。他想要再等一等，觉得自己应该能做成一笔利润丰厚的生意。

老伊萨克独自一人时就在想着这些，而与此同时，尼娜蜂巢中的所有居民则感到庆幸，他们终于摆脱了那个令人讨厌的人。

正如信鸽带来的信息所述，4月，加利亚走过的距离为三千九百万法里，在月末，它距离太阳已经有一亿一千万法里。教授画了一张图，展示了这颗行星的椭圆轨道，并附有详细的星历。轨道被分为二十四段长度不等的部分，分别表示这颗星球在一个加利亚年的二十四个地球月中行进的距离，根据开普勒定律，前十二段轨迹中，加利亚接近远日点，前进距离逐渐缩短，而接近近日点时，每月行进距离则逐渐增加。

5月12日，罗塞特向塞尔瓦达克、伯爵和中尉展示了他的劳动成果。他们前来参观他的住所，自然地以最浓厚的兴趣查看了那张图。加利亚的轨迹清晰地展示在他们眼前，这条轨道跨越了木星的轨道，每个月的移动距离和加利亚与太阳之间的距离也被一一标注了出来。图上的信息相当清晰，如果教授的计算是正确的（他们不敢怀疑这一点，也没有能力怀疑这一点），那么加利亚将恰好在两年后完成它的公转，与地球相遇，而地球也将在同样的时间内完成两次公转，回到与之前一样的位置。至于第二次碰撞会带来什么后果，他们实在不敢细想。

塞尔瓦达克依旧紧盯着那张图，仔细查看，眼睛没有离开片刻，他说道："我看到在5月，加利亚只会行进三千零四十万法里，到那时它离太阳的距离大约是一亿四千万法里。"

"正是如此。"教授回答。

"那么我们已经越过了小行星带，是吧？"伯爵问道。

"你难道没长眼睛吗？"教授恼火地说，"如果你仔细看看，你会发现图上清楚地标出了那个区域。"

塞尔瓦达克没有理会这个小插曲，继续说道："那么我看，加利亚将在1月15日达到它的远日点，恰好是在通过近日点十二个月之后。"

"十二个月？在加利亚上可不是十二个月！"罗塞特惊呼道。

塞尔瓦达克愣住了。普罗科普中尉抑制不住笑意。

"你笑什么？"教授愤怒地回过头问。

"没什么，先生，只是看见你想要修改地球上的日历，感觉挺有趣的。"

"我只是想做到合乎逻辑，仅此而已。"

"当然可以，亲爱的教授，咱们一定要合乎逻辑。"

"那么，请听我说，"教授顽固地继续说道，"我假设你们已经默认加利亚年——我指的是加利亚绕太阳公转一圈所需的时间——等于地球的两年。"

他们表示同意。

"而且这一年，就像每一年的做法一样，应该分成十二个月。"

"是的，当然，如果你愿意的话。"上尉答道。

"如果我愿意？"罗塞特大声说道，"那是理所当然的！一年当然应该有十二个月！"

"当然。"上尉回答。

"那么，每个月应该有多少天呢？"教授问。

"我想应该是六十或六十二天，现在的日子只有以前的一半长。"上尉回答。

"塞尔瓦达克，不要这么草率！"罗塞特用那种老教师特有的急躁语气喊道，"如果一天只有以前的一半长，那六十天不可能组成一个加利亚年的十二分之一——一个月不是六十天。"

"你说得对。"但塞尔瓦达克上尉显然没弄明白。

"你难道没有看出，"天文学家继续说道，"如果一个加利亚月是地球月的两倍长，而加利亚的一天只有地球的一天的一半长，那么每个月应该有一百二十天？"

"教授，你说得没错。"蒂马塞夫伯爵说道，"但是你不觉得用这种新日历会带来很多不便吗？"

"完全不！完全不！我不打算使用任何其他的日历。"教授直率地回答。

沉思了片刻后，上尉再次开口："那么，根据新的日历，现在就不再是5月中旬了，应该是3月的某个时候了。"

"是的，"教授说，"今天是3月26日。是加利亚年中的第二百六十六天，正好与地球年中的第一百三十三天相对应。你完全正确，今天是3月26日。"

"真奇怪！"塞尔瓦达克低声说。

"而一个月，我是指地球月，三十个旧日，也就是六十个新日之后，将是3月86日。"

"哈哈！"上尉大笑，"这可真是相当有逻辑！"

老教授隐约感觉到他曾经的学生其实是在嘲笑他。天色已晚，他找了个借口说自己现在没空了。于是，来访者们离开了天文观测台。

必须承认，这个修订后的日历其实只供教授个人使用，每当他提到像"4月47日"或"5月118日"这样的日期时，殖民地的居民总是会感到困惑。

按照旧日历，现在已经是6月。根据教授的计算，加利亚在这个月将会前进两千七百五十万法里，距离太阳将达到一亿五千五百万法里。气温持续下降，大气依然如以前那样清澈。居民们按部就班地执行日常工作。唯一打破单调生活的，就是那位情绪多变、身材瘦小的天文学家偶尔出现的时候。他偶尔会心血来潮，暂时放下天文学研究，去公共大厅拜访。大家普遍认为，他的到来预示着大厅里会迎来一阵小小的兴奋时刻。不知怎么回事，话题最终总会绕到加利亚与地球未来是否会发生碰撞的讨论上。对于塞尔瓦达克和他的朋友们来说，加利亚和地球的重逢是充满希望的事情。而对于这位天文学家来说，这件事情很讨厌，他不愿意离开他现在所住的这个星球，因为这是他自己发现的，他实在是太喜爱这颗星球了，就好像他亲手创造了这颗星球一般。每次会面都在相当激烈的场面中结束。

在6月27日（旧日历），教授像炮弹一样闯进了中央大厅，大家正在那里聚会。他没有任何问候或开场白，以往常对待懒散学生的口吻对普罗科普说道："中尉！不许推脱！不许支支吾吾！告诉我，你绕着加利亚做了环球航行了吗？"

中尉挺直了腰板："推脱？支吾？我可不会这样，先生——"他语气中带着不小的愤怒，但在伯爵的暗示下，他压低了声音，简短地说："我们环球航行过了。"

"那么我想问一下，"教授继续说道，他完全没察觉到自己之前的不礼貌，"当你们进行航行时，有没有记录距离？"

"我尽自己可能做了准确记录。"中尉说，"我根据航海日志和指南针尽力而为。但我无法测量太阳或星星的高度。"

"你得出了什么结果？我们的赤道有多长？"

"我估计赤道的周长大约是一千四百英里。"

"啊！"教授似乎在自言自语，"一千四百英里的周长，就是大约四百五十英里的直径。这大约是地球直径的十六分之一。"

他提高了声音，继续说道："先生们，为了完整地了解我的彗星加利亚，我需要知道它的表面积、质量、体积、密度和比重。"

"既然我们知道了直径，"中尉说，"那么计算它的表面积和体积应该没什么难度。"

"我说过有什么难度吗？"教授愤怒地问道，"我一出生就能算这个！"

"喔喔喔——"本·佐夫讥讽地学公鸡打鸣，他很高兴自己有机会能报过去的一箭之仇。

教授看了他一眼，但没有理他，而是转向上尉，说道："现在，塞尔瓦达克，拿出纸和笔，算出加利亚的表面积。"

上尉坐了下来，比当年做学生时更加顺从，试图回忆起正确的公式。

"球体的表面积？用周长乘以直径。"

"对！"罗塞特叫道，"但这时候你应该已经算出来了。"

"周长一千四百英里，直径四百五十英里，表面积是六十三万平方英里。"上尉说道。

"对。"罗塞特回答，"六十三万平方英里，正好是地球表面积的二百九十二分之一。"

"漂亮的小彗星！好看的小彗星！"本·佐夫咕哝了一句。

天文学家咬着嘴唇，鼻孔里哼了一声，给了他一个厌恶的眼神，但并没有再理会他。

"现在，塞尔瓦达克，"教授说道，"再拿起笔，算出加利亚的体积。"

上尉犹豫了一下。

"快点，快点！"教授不耐烦地喊道，"你难道已经忘了怎么算球体的体积了吗？"

"请给我一点时间，让我休息一下。"

"什么'休息'？一个数学家可不该需要休息时间！快点，把表面积乘上半径的三分之一。你不记得了吗？"

塞尔瓦达克上尉埋头继续计算，旁人们则努力压抑住想笑的冲动。片刻的沉默后，塞尔瓦达克宣布彗星的体积为四千七八百十八万立方英里。

"大约是地球的五千分之一。"中尉说。

"美丽的小彗星！漂亮的小彗星！"本·佐夫说道。

教授瞪了他一眼。本·佐夫如此贬低他的彗星的尺寸，这显然让教授很恼火。普罗科普中尉进一步指出，从地球上看的话，这颗彗星的光芒大约和七等星一样微弱，需要一台好望远镜才能看到。

"哈哈！"勤务兵大笑着说，"迷人的小彗星！这么可爱，这么迷你！"

"你这个家伙！"教授怒吼道，握紧了拳头，似乎要冲过去打他。本·佐夫笑得更大声了，他正要重复讽刺的评论时，上尉的严厉命令让他闭上了嘴。事实上，教授对自己的彗星相当敏感，就像勤务兵对蒙马特尔的感情一样，如果不制止这场争吵，谁也无法预测会发生什么样的严重冲突。

当罗塞特教授恢复了冷静后，他说道："那么，先生们，我的彗星的直径、表面积和体积已经确定，但还有更多的事情要做。我们要通过实际测量，确定它的质量、密度以及表面的重力，这样我才会满意。"

"这是个艰巨的任务。"蒂马塞夫伯爵说道。

"艰巨与否，都必须完成。我下定决心，一定要知道我的彗星有多重。"

"如果我们知道它由什么物质构成，会不会有一些帮助？"中尉问道。

"这一点无关紧要，"教授回答，"这个问题与此无关。"

"那么，我们等你的指示。"上尉说。

"不过，你们必须明白，"罗塞特说道，"需要做一些预备计算，你们得等到这些计算完成。"

"只要你满意，什么时候都可以。"伯爵说道。

"完全不着急。"上尉说，他当然也并不急着继续做数学题。

"那么，先生们，"天文学家说道，"如果你们允许，我们可以为此安排一下，在几周后会面。你们觉得 4 月 62 日怎么样？"

这个日期让大家都笑了起来，但天文学家没有注意到这一点，他离开大厅，回到了他的天文台。

第五章

需要一架弹簧秤

太阳的引力依然不断减弱,尽管如此,加利亚也依然毫不受阻地继续沿着它在宇宙空间中的轨道航行。它俘获的卫星奈丽娜陪伴着它,这颗卫星以固定的周期每两周完成一次公转。

与此同时,塞尔瓦达克和他的两位同伴心中最为关注的问题始终萦绕不去:天文学家的计算是否准确?他预测彗星会再次触及地球,是否有坚实的依据?然而,不论他们心中多么怀疑、多么焦急,他们都不得不将这些不安埋藏在心底,因为教授的脾气实在太急躁,他们不敢冒险请求教授重新检查自己的预测结果是否准确。

而其他居民则完全没有他们的忧虑。内格雷特和他的同胞们对命运持有哲学家一般的态度,毫不在意。他们过得比以往任何时候都要幸福,衣食无忧,他们甚至完全不曾想过,自己是否仍在围绕太阳转动,或者是否已经被带到另一个行星系统的范围之内。那些生性洒脱的西班牙小伙子,无所事事地唱着自己最爱的歌,仿佛从未离开过故土的海岸。

最快乐的当属巴勃罗和尼娜。孩子们在尼娜蜂巢中奔跑,在海岸的岩石上爬行,前一天在冰冻的海洋上滑冰,第二天又在火山熔岩烤化的湖泊里钓鱼,他们过着无忧无虑的生活。而且,他们的娱乐活动丝毫不妨碍他们的学习。塞尔瓦达克上尉和伯爵一样,非常喜欢这两个孩子,他认为自己在某种程度上承担起了父母的责任,每天认真监督他们的课程,且将学习安排得几乎和运动一样愉快。

被大家宠爱的巴勃罗对安达卢西亚炎热的平原早已没有任何怀念，尼娜也不再渴望带着她的小山羊回到撒丁岛贫瘠的岩石上。如今，他们有了一个完美的家，再也没有任何要求。

"你没有爸爸妈妈吗？"一天，巴勃罗问。

"没有。"尼娜回答。

"我也没有，"巴勃罗说，"我过去在西班牙，跟着大马车旁边跑。"

"我以前在马达莱娜照看山羊，"尼娜说，"但这里好多了——我很开心。这里有你做兄弟，大家都那么好，我怕他们会宠坏我们，巴勃罗。"她笑着说。

"噢，不，尼娜，你那么乖，不会被宠坏的，和你在一起时，你也让我变得更乖了。"巴勃罗认真地说。

7月终于到来了。在这个月，加利亚沿着轨道前进的距离将缩短到两千两百万法里，而它与太阳的距离则为一亿七千二百万法里，大约是地球与太阳平均距离的四倍半。此时，它的速度几乎与地球相同，地球每月沿黄道行进约两千一百万法里，也可以说每小时行进两万八千八百法里。

不久，按照修订过的加利亚历法，4月62日的黎明即将到来。教授准时履行了约定，送来了一张便条，告诉塞尔瓦达克他已经准备好，今天将开始计算彗星的质量和密度，并测量其表面的重力。

对塞尔瓦达克上尉和他的朋友们来说，他们最感兴趣的应该是弄清楚这颗彗星的物质成分，但他们觉得自己有责任尽可能协助教授进行他心心念念的研究。因此，他们一秒也没有拖延，聚集在中央大厅，很快，罗塞特教授也到场了，他的心情看起来还算不错。

"先生们，"他开口道，"今天我打算完成对彗星参数的观测。我们面前有三项研究任务。第一是测量它表面的重力。我们知道，我们感觉到自己的力量似乎变强了，因此这里的重力必然比地球表面要小得多。第二是它的质量，也就是组成彗星的物质有多少。第三是它的密度，即单位体积内的物质有多少。各位先生，接下来，我们将开始称量加利亚。"

这时，刚刚进入大厅的本·佐夫听到教授的最后一句话时，默不作声地走了出去，几分钟后才回来，说道："如果你们想称这颗彗星，我猜你们需要一台秤。但我已经去找过了，哪里也找不到一台秤。而且，"他淘气地补充了一句，"你们也找不到。"

教授的脸色变了，塞尔瓦达克察觉到这一点，立刻示意他的勤务兵停止这些戏谑。

"先生们，"罗塞特接着说，"首先，我需要知道这里的一千克与地球上的一千克称量起来有多少差异。由于引力强度较小，重量也会相应较轻。"

"那么，如果要测量引力强度，我猜普通的砝码秤是不能满足你的要求了吧？"中尉提议道。

"因为你用的那个一千克砝码也会变得轻一些。"伯爵恭敬地补充道。

"各位先生，请不要打断我，"教授严肃地说道，仿佛在授课，"我不需要你们来指出这些问题。"

普罗科普和蒂马塞夫默默低下头。

教授继续说："由于弹簧秤仅依赖拉力和弹性，引力强度将不会影响它的准确性。如果我把一个在地球上重一千克的物体挂在弹簧秤上，指针会准确显示出它在加利亚表面的重量。这样，我就能得到我要的差异——地球的引力强度与彗星的引力强度之间的差异。那么，各位，能否马上为我提供一架弹簧秤和一个经过校验的一千克重物呢？"

众人互相看了看，然后看向本·佐夫，他熟悉所有的物资。"这两个东西我们都没有。"他答道。

教授愤怒地跺了跺脚。

"我记得哈卡布特船上有一台弹簧秤。"本·佐夫突然说。

"笨蛋，那你为什么不早点说？"小个子的教授愤怒地大喊。

为了平息他的怒气，塞尔瓦达克安慰道，他会尽快找到弹簧秤，并指示本·佐夫去找犹太人借来。

"等一下，"本·佐夫准备去办事时，上尉又说，"也许我该亲自去一趟，那老犹太人可能会在我们借东西的时候故意找麻烦。"

"我们为什么不一起去呢？"伯爵提议，"我们可以看看这个不合群的人在'汉萨'号上过着什么样的生活。"

这个提议得到了大家的一致赞同。在出发之前，罗塞特教授要派一个人去切下一块体积为一立方分米的加利亚岩石。"我的工程师最适合做这个，"伯爵说，"如果给他一个能准确测量尺寸的工具，他一定能把这件事情做好。"

"什么？"教授又开始大发雷霆，"你是说，你没有合适的长度测量工具？"

本·佐夫被派去在库房里搜寻，但没有找到合适的测量工具。勤务兵说："最可能找到的地方还是哈卡布特的商船。"

"那我们就不浪费时间了，赶紧去试试吧。"教授一边说，一边快步走进通道。

其他人也跟了上去，他们很快便走到了外面，来到了悬崖上的岩石边缘。他们下到冰冻的水面上，朝着海湾走去，"多布里纳"号和"汉萨"号正牢牢地被冰封在那里。

温度比以前任何时候都低，但他们严严实实地把自己裹在毛皮里，大家都能够忍受，几乎没有什么痛苦。他们的呼吸变成了水蒸气，又瞬间凝结成小晶体，挂在他们的胡须、眉毛和睫毛上。众人脸上都布满了无数雪白的小刺，看起来非常滑稽。最滑稽的莫过于那位小个子教授，他看起来像是一头北极熊的幼崽。

现在是早上八点，太阳正迅速接近天顶，但由于距离遥远，它的光盘显得异常小，阳光几乎完全失去了应有的温暖和光亮。火山的山顶和周围的岩石仍然覆盖着在大气中还有水蒸气时降下的洁白积雪。但在北侧，雪已被火热的熔岩瀑布所取代，熔岩从倾斜的岩石上流下，直到中央洞窟的拱形入口，接着垂直落入海中。在洞窟之上，山上大约一百五十英尺高的地方，有一个黑黑的山洞，熔岩流经此处时分叉成两股。天文望远镜的支架从这个洞口伸出来，那是帕米兰·罗塞特教授的天文台的观察口。

大海与陆地似乎融合在一起，形成一片单调的雪白。与这片无边的白色不同，天空呈现出淡蓝色。海岸上留下了许多殖民者的脚印，这些脚印，有的是在采集冰块提供饮用水的路上踩出来的，有的是在滑冰的时候留下来的。冰刀的边缘在雪地上划出了一条条曲折的痕迹，错综复杂，一如水生昆虫在池塘表面描绘的图形。

在山与海湾之间约四分之一英里宽的平地上，有一系列被冻硬的脚印，那是伊萨克·哈卡布特最后一次从尼娜蜂巢返回船上的路线。

接近海湾时，普罗科普中尉提醒大家，注意"多布里纳"号和"汉萨"号的吃水线高度，现在这两艘船的船体比海平面高出了大约二十英尺。

"真是个奇怪的现象！"上尉惊叹道。

"这让我很不安，"中尉说，"像这样的浅滩，当冰壳逐渐变厚时，就会有一股不可抗拒的力量把一切往上推。"

"但这种凝固过程肯定会有极限吧！"伯爵说。

"但谁能说出这个极限在哪呢？记住，我们还没有达到寒冷的极限。"中尉回应道。

"确实，我希望还没到达极限！"教授大声说道，"如果我们只是经历与地球两极相同的温度，那我们又何必要穿越两亿法里，离开太阳这么远？"

"不过，教授，"中尉微笑着说，"幸运的是，最遥远的宇宙空间中，温度也不过是零下七十度。"

"只要没有风，"塞尔瓦达克补充道，"我们就能安然度过整个冬天，不用担心冻感冒。"

普罗科普中尉继续向伯爵表达了他对游艇的担忧。他指出，由于新的冰层不断堆积，船体会被抬升到很高的位置，因此一旦冰层融化，船只将面临灾难，极地海域的捕鲸船常常遇到这种危险。

现在没有时间再商讨应对措施，因为其他人已经到达了"汉萨"号停泊在冰层上的地方。哈卡布特亲自凿出了台阶，暂时提供了通往船舷的道路，但显然，如果商船升高到一百英尺左右的话，就需要一种全新的设施来通行。

一缕薄薄的蓝色烟雾从铜烟囱中冒出，烟囱从"汉萨"号上堆积的积雪中冒出来。船主在节省燃料，船体上堆积了一层不导热的厚冰层，勉强让船内温度可以忍受。

"嘿！老尼布甲尼撒，你在哪儿？"本·佐夫大声喊道。

听到他的声音，舱门打开了，犹太人的头和肩膀从舱口露了出来。

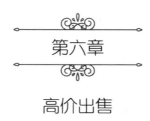

第六章

高价出售

"谁在那里？我这儿什么也没有，滚开！"这就是伊萨克·哈卡布特对来访者的冷漠问候。

"哈卡布特！你以为我们是小偷吗？"塞尔瓦达克问道，语气中满是不悦。

"哦，总督大人，我不知道是你。"犹太人哀求着，但依然没有走出舱室。

"从你的窝里出来吧，老哈卡布特！总督亲自光临，这是你的荣幸，你该恭敬地出来见他！"本·佐夫大声喊道，此时他已经爬上了甲板。

犹太人犹豫了好一会儿，其间还紧紧抓着舱门，最终，他决定走出去。"你们想要什么？"他小心翼翼地问道。

"我想和你说几句话，"塞尔瓦达克说，"但我不想在外面站着说话，这里太冷了。"

他带着其余几人走上了台阶。犹太人从头到脚都在颤抖。"我不能让你们进我的舱室。我是个穷人，我什么也不能给你们。"他悲哀地抱怨着。

"他又来了！"本·佐夫轻蔑地笑道，"他又开始抱怨了。但是站在外面可不行。让开，老哈卡布特，我和你说了，让开！"说完，他毫不客气地把惊愕的犹太人推到一边，打开了舱室的门。

但塞尔瓦达克不打算这么闯进去，他耐心地向这艘船的主人解释，他无意对其财产动粗。如果有朝一日他的货物需要用于公共用途，他将像在欧洲一样，得到一个公正的价格。

"欧洲？"犹太人充满恶意地咕哝着，"欧洲价格可不适合我。我得要加利亚价格——而且还得是我自己定的价格！"

由于船上很大一部分空间都被用来存放货物，舱室的空间狭小简陋。在舱室的一角，放着一个小铁炉，炉中仅有一把快要燃尽的煤炭。另一角是一个长板床，还有几只破旧的凳子和一张摇摇欲坠的桌子，再加上一些简单的烹饪用具，这些就是这个犹太人的全部家具。

当他们进入舱室时，本·佐夫的第一个动作就是往火炉里扔了不少煤炭，完全不顾可怜的伊萨克发出的哀号。他宁愿把自己的骨头交出去，也不愿如此奢侈地使用煤炭。然而，舱室的寒冷温度足以证明本·佐夫的做法是合情合理的，他很快就通过巧妙的操作成功地生起了一炉还算过得去的火。

来访者们找到各自的位置坐下后，哈卡布特关上了舱门，像个等待判决的囚犯一样，双手交叉，静静地站着，等着上尉发话。

"听着，"塞尔瓦达克说，"我们来是为了请你帮个忙。"

犹太人以为自己至少会被没收一半财产，于是开始按照自己往日的方式大肆抱怨起来，说自己是个穷人，没有什么可以拿出来的。但塞尔瓦达克没有理会他的抱怨，继续说道："你应该知道，我们不是来让你破产的。"

哈卡布特紧紧盯着上尉的脸。

"我们只是想知道，你能否借给我们一架弹簧秤。"

但犹太人并没有显露出任何放松的表情，而是吃惊地大喊起来，仿佛有人和他要几千法郎一般："弹簧秤？"

"是的！"教授不耐烦地说，"一架弹簧秤。"

"你没有吗？"塞尔瓦达克问道。

"他当然有！"本·佐夫说。

老伊萨克开始结巴起来，但最后还是承认，或许货物中会有一架。

"那么，你当然不会反对借给我们吧？"上尉问道。

"就一天而已。"教授补充道。

犹太人又结巴着开始反对："这是个很精密的仪器，阁下。天气很冷，你知道的，寒冷可能会损伤它的弹簧，而且，你们可能要用它来称量很重的东西。"

"老埃弗拉伊姆，难道你以为我们要用它来称一座山吗？"本·佐夫说。

"比山棒多了！"教授得意地喊道，"我们要用它来称量加利亚——我的彗星。"

"我的上帝啊！"伊萨克尖叫起来，对这个提议装出一副相当震惊的样子。

塞尔瓦达克心知肚明，犹太人只是想赚个好价钱。于是他安慰道，弹簧秤并非用来称任何重物，而仅仅是用来称量一千克的东西。而且要考虑到，一切都变轻了，它根本不会对仪器造成任何伤害。

犹太人依旧在结巴着、呻吟着，似乎很犹豫。

"那么，"塞尔瓦达克说，"如果你不想借我们弹簧秤，那你愿意卖给我们吗？"

伊萨克大声尖叫起来。"上帝啊！"他叫道，"卖我的弹簧秤？你们要剥夺我唯一赖以谋生的工具？我以后要怎么称我的货物？我怎么能没有我的弹簧秤——我唯一的、如此精密、如此准确的弹簧秤！"

本·佐夫心想，他的上司居然还能忍住，不把这老家伙掐死。然而，塞尔瓦达克比他更有耐性，他反而觉得有趣，决定尝试另一种说服方式。"好吧，哈卡布特，我知道你既不愿意借，也不愿意卖你的弹簧秤。那你愿意租给我们吗？"

犹太人的眼中闪烁着无法掩饰的满意目光。"但你们要用什么作为担保呢？这仪器非常值钱。"他看起来更加狡猾了。

"值多少钱？如果值二十法郎，我可以先付一百法郎的押金。这样你满意吗？"

他犹豫地摇了摇头。"太少了，实在太少，阁下。你想想，这可是我们这个新世界中唯一的弹簧秤。它值更多钱，很多很多。你的押金必须是黄金——必须都用黄金！不过你们同意支付多少租金呢——一天的租金？"

"你可以得到二十法郎。"塞尔瓦达克说。

"哦，太便宜了。但算了，反正就一天，你们就拿去吧。押金一百法郎，必须用金币，租金二十法郎。"老人双手交叉，露出一副无奈的表情。

"这老家伙真会做生意。"塞尔瓦达克说。伊萨克狐疑地朝着四周看了看，然后走出了船舱。

"讨厌的老头！"伯爵满脸厌恶地说道。

不到一分钟，犹太人就小心翼翼地带着他珍贵的弹簧秤回来了。那是一个很普通的弹簧秤，带着一个钩子，可以挂住要称的物品，有一个指针，可以在圆盘上旋转，指示出物品的重量。罗塞特教授显然是对的，即便引力强度发生变化，这种弹簧秤可以给出对应的测量结果。在地球上，一千克的物体，测量结果就是一千克。但在这里，同样的物体会显示出不同的测量结果，这正是因为重力的大小发生了变化。

价值一百二十法郎的金币交到了犹太人手中，他迫不及待地抓住了钱。弹簧秤则交给了本·佐夫，访客们准备离开"汉萨"号。

教授突然意识到，除非他有办法确定一块加利亚岩石的精确重量，否则这架弹簧秤对他毫无作用。他对犹太人说："你得再借我点东西，我必须有一个测量长度的工具，而且我必须有重量为一千克的物体。"

"两个都没有，"伊萨克回答，"我没有。我很抱歉，真的很抱歉。"这次，老犹太人说的是实话。如果他能再次在同样有利的条件下做成一两笔交易，他一定会非常乐意的。

帕米兰·罗塞特挠了挠头，怒视着周围的同伴，仿佛他们所有人都应该为他的烦心事负责。他嘟囔着说，自己要想出一个解决办法，然后匆忙爬上舱梯。其他人也跟着上去，但他们才刚到甲板时，下面传来了硬币的叮当声。哈卡布特正把金币锁进一个抽屉里。

小个子教授又爬下了梯子，在犹太人反应过来之前，他已经抓住了犹太人宽松大衣的下摆。"把你的钱给我！我需要钱！"教授说。

"钱？"哈卡布特喘着气，脸色苍白，完全不知道教授在说什么，"我没有钱。"

"撒谎！"罗塞特大吼道，"你以为我看不出来吗？"他低头看向犹太人正试图关上的抽屉，喊道，"一大堆钱！法国的钱！五法郎的硬币！正是我需要的！我必须要它们！"

上尉和他的朋友们回到舱室，这场面让他们觉得又好笑又困惑。

"它们是我的！"哈卡布特尖叫道。

"我需要它们！"教授大声喊道。

"你先杀了我！"犹太人大吼道。

"不，但必须把钱给我！"教授坚持道。

显然，是时候让塞尔瓦达克出面干预了。"亲爱的教授，"他微笑着说，"让我来为你处理这个小问题。"

"啊！阁下，"焦急的犹太人哀求道，"请保护我！我只是个穷人——"

"不许再说这些，哈卡布特。闭上你的嘴。"上尉又转向罗塞特，说："先生，如果我没理解错的话，你是需要一些五法郎的银币来进行你的实验，对吧？"

"是的，需要四十个。"罗塞特不耐烦地说。

"二百法郎！"哈卡布特发出哀号。

"安静！"上尉大声说道。

"我还需要更多，"教授继续说道，"我需要十个两法郎硬币，和二十个半法郎硬币。"

"让我算算，"塞尔瓦达克说，"总共是多少？是二百三十法郎吧？"

"没错。"教授答道。

"那么，伯爵先生，"塞尔瓦达克接着说，"你愿意为教授向犹太人的这笔借款提供担保吗？"

"借款？"犹太人大声叫道，"你是说只是借款？"

"安静！"上尉再次大喊。

蒂马塞夫伯爵遗憾地表示，他的钱包里只有纸币，但他很愿意将其交给塞尔瓦达克上尉使用。

"不收纸币，不收纸币！"伊萨克·哈卡布特大声喊道，"纸币在加利亚没用。"

"纸币和银币的价值是一样的。"伯爵冷冷地回应道。

"我是个穷人——"犹太人又要开始了。

"够了，哈卡布特，别再装可怜抱怨了。把二百三十法郎的银币交出来，否则我们自己去拿。"塞尔瓦达克命令道。

哈卡布特开始拼命喊："小偷！小偷！"

转眼间，本·佐夫就一把捂住了他的嘴。"贝尔沙泽，别叫了！"

"放开他吧，本·佐夫。他很快就会冷静下来的。"塞尔瓦达克平静地说。

当老犹太人恢复冷静后，上尉对他说："现在，告诉我们，你希望得到多少利息？"

没有什么能够抑制犹太人想要再做一笔好交易的渴望。他开始说道："钱很稀缺，非常稀缺，你知道——"

"别再说这些了！"塞尔瓦达克大声喊道，"利息！你告诉我，你想要多少利息？"

犹太人似乎仍然犹豫不决，但他继续说道："钱很稀缺，你知道的。利息是一天十法郎，我想，这个利息不算不合理，要考虑到——"

伯爵实在没耐心听他说下去，他随手扔下了几张面值几卢布的钞票。哈卡布特带着无法掩饰的贪婪将他们全部抓住。尽管它们是纸币，但狡猾的犹太人知道，无论如何，它们的价值都将远远超过他的现金。他的利率高达百分之一千八百。于是他心里暗自偷笑，庆幸自己达成了这笔意外的交易。

教授把这些法国硬币装进口袋，带着更明显的满意神情。"先生们，"他说，"有了这些法郎硬币，我可以准确地测量出一米和一千克。"

第七章

称量加利亚

十五分钟后，拜访"汉萨"号的一行人就重新回到了尼娜蜂巢的客厅中。

"现在，先生们，我们能进行实验了。"教授说，"能不能请你们把那张桌子清理干净？"

本·佐夫立刻把桌子上放着的各种乱七八糟的东西扫到一边，刚刚从犹太人那里借来的硬币被放在桌子上，按照不同面值分成了三摞。

教授开始讲话："先生们，既然在震动发生时，你们谁都没有采取必要措施，保存任何一把米尺或者在地球上重一千克的物体，而这两样东西对我们现在进行的计算是必需的，所以我只得自行想办法，找到它们的替代品。"

说完这番话，他停顿了一下，似乎在观察听众的反应。然而，大家对教授的脾气了如指掌。教授指责他们粗心大意，却没人试图为自己辩解，他们只是默默地接受了教授含蓄的责备。

"我费了好大劲，"他继续说道，"确保这些硬币适合我来使用。我发现这些硬币没有磨损，也没有缺口。实际上，它们几乎是全新的。这些硬币被储藏起来，没有流通，因此，它们适合用来帮助我获得准确的一米长度。"

本·佐夫困惑地看着教授，就像看着蒙马特尔集市上表演节目的江湖骗子一样。但塞尔瓦达克和他的两个朋友已经猜出了教授的意思。他们知道，法国的货币采用十进制，法郎也是一个标准单位，其他硬币，无论是金币、银币还是铜币，都是一法郎的倍数或者整数分之一。他们还知道，每种硬币的直径都是由法律严格规定的。五法郎、两法郎和半法郎银币的直径分别是三十七毫米、二十七毫米和十八毫米。因此，他们猜测，罗塞特教授打算将这些硬币按照一定的数量排列好，使得它们的总长度恰好等于地球上的一千毫米，也就是一米。

通过这种方式得到一米之后，再用圆规精确地把它划分十等分，那么每一份自然就是一分米。接着，按照这个精确的长度锯出一条木条，并把它交给"多布里纳"号的工程师，指示他从坚硬的岩石中切出教授所需的一立方分米大小。

接下来的任务是获得准确的一千克。这并不难。法国硬币不仅直径有严格的规定，它们的重量也有法定标准，五法郎银币的重量恰好是二十五克，因此，四十枚五法郎硬币的总重量就是一千克。

"啊！"本·佐夫惊呼，"能做到这一切，我看你不仅学识渊博，恐怕还非常富有。"

在听到勤务兵的一番话后，大家善意地笑了笑。会议休会几个小时。到了约定的时间，工程师准时完成了任务，非常仔细地准备好了一立方分米的彗星岩石。

"现在，先生们，"罗塞特教授说，"我们可以完成我们的计算了。我们现在能够得出加利亚的引力强度、密度和质量。"

每个人都集中注意力听他讲。

"在我继续之前，"他接着说，"我必须提醒大家要记得牛顿的万有引力定律：两个物体之间的引力与它们质量乘积成正比，与它们之间距离的平方成反比。"

"是的，"塞尔瓦达克说，"我们记得。"

"那么，"教授继续说道，"请大家至少记住几分钟。看！这袋子里有四十枚五法郎硬币——它们的总重量正好是一千克，我的意思是，如果我们在地球上，那么我把这个袋子挂到秤钩上，秤盘上的指针就会显示一千克。

这很清楚吧？"

教授讲话时，故意将目光停留在本·佐夫身上。他明显是在模仿阿拉戈的讲课方式，阿拉戈在讲课时总是观察听众中最不聪明的那个人的表情，当他觉得最不聪明的听众都已经听懂了自己的话，就会认为其他人也都理解了。但在这一次，他选中本·佐夫，不是因为本·佐夫缺乏聪明才智，只是因为勤务兵并没有学过相关知识，所以教授认为他最适合得到特别关注。

教授满意地审视了一番本·佐夫的脸，继续说道："现在，先生们，我们要看看这些硬币在加利亚上的重量。"

他将钱袋挂到秤钩上，指针摆动了几下，然后停了下来。"读出读数！"他说。

秤上显示的重量是一百三十三克。

"看，先生们，一百三十三克！不到七分之一千克！因此，你们可以看到，加利亚的引力强度还不到地球的七分之一！"

"有趣！"塞尔瓦达克惊呼，"真是太有趣了！我们继续计算质量吧。"

"不，上尉，先计算密度。"罗塞特教授说。

"当然，"普罗科普中尉说，"既然我们已经知道了体积，我们只需先确定密度，就能计算出质量。"

教授拿起那块岩石立方体。"你们知道这是什么，"他继续说道，"先生们，你们知道，这块立方体形状的岩石是由加利亚星的物质组成的，你们在环球航行中，一定发现加利亚完全由这种物质构成——这种物质，凭你们的地质学知识，似乎没办法说出它的名字。"

"如果你能解答我们的疑惑，"塞尔瓦达克说，"我们的好奇心将会得到极大满足。"

但是罗塞特根本不理会上尉的打断。

"这种物质，毫无疑问，是构成彗星的唯一材料，从彗星表面到最深处，可能都是这种物质。很可能就是这样，你们的经验也证明了这个推测，因为你们没有发现任何其他物质。这块岩石是实心的，体积为一立方分米，让我们先算出它的重量，就能解开那个谜团——加利亚的总重量是多少。我们已经证明了这里的引力强度只有地球的七分之一，因此，我们必须将这块立方体测出来的重量乘以七，才能得出它的真实重量。你明白了吗，瞪大眼睛的家伙？"

这话是对本·佐夫说的，他正睁大眼睛盯着教授。"不明白！"本·佐夫回答。

"我就知道你不懂。你的脑袋和迷宫一样，我可没法等你想清楚，我要去和那些能听懂的人说。"

教授拿起立方体，把它挂在弹簧秤的挂钩上，发现读数是一点四三千克。

"看，先生们，一点四三千克。把这个数字乘以七，结果大概是十千克。那么，我们能得出什么结论呢？结论就是，加利亚的密度大概是地球密度的两倍，地球的密度是五千克每立方分米，如果不是因为加利亚的密度比较大，它表面的引力强度可能就只有地球的十五分之一，而不是七分之一了。"

教授不仅流露出满意的神色，尽管加利亚的体积较小，但至少在密度上，他的彗星比地球更强。

接下来剩下的任务就是把已经算出来的结果用在确定质量和重力上。这几乎不费什么力气。

"我想想。"上尉说，"各个行星的引力强度都是多少？"

"难道你忘了吗？塞尔瓦达克，你一向是个让人失望的学生。"

上尉无言以对，他不得不承认自己的记忆已经衰退了。

"那么，"教授说，"我得提醒你一下。如果你把地球表面的引力强度当作一，那么水星表面就是一点一五，金星是零点九二，火星零点五，木星二点四五，月球零点一六。而在太阳表面的话，地球上一千克重的东西将重达二十八千克。"

"因此，如果一个人在太阳表面摔倒，他再爬起来会非常困难。炮弹也只能飞出几码远。"普罗科普中尉说。

"对懦夫来说，简直是最好的战场了。"本·佐夫说道。

"本·佐夫，可没你想的那么简单，"教授说，"懦夫们会太重，跑不掉。"

本·佐夫忍不住评论说，加利亚这么小，这却导致加利亚上面的人更敏捷、力量更大。他甚至有些遗憾，加利亚怎么不再小一些呢！

"尽管加利亚也没什么再小下去的空间了。"他狡猾地看着教授补充道。

"傻瓜！"罗塞特大喊道，"你的脑袋已经很轻了，一阵风就能把它吹走。"

"那我得好好照顾我的脑袋，得把它牢牢抓住。"抑制不住自己开玩笑冲动的勤务兵说。

教授见自己占不了上风，准备拂袖而去，塞尔瓦达克却把他拦住了。

"请允许我再请教一个问题。"他说，"你能告诉我，加利亚的岩石到底是什么物质吗？"

"是的，我能回答这个问题。在这一点上，我不认为你那无礼的勤务兵能把蒙马特尔和加利亚相提并论。加利亚的岩石的成分，在地球上也并不算陌生。"教授非常缓慢地说，"它包含百分之七十的碲，百分之三十的金。"

塞尔瓦达克惊讶地大喊起来。

"这两种物质结合在一起，比重恰好是十，正是加利亚的密度。"

"一颗黄金组成的彗星！"上尉惊讶地喊道。

"是的，著名的莫佩尔蒂①就曾经提出过这种可能性。"天文学家说。

"那么，如果有一天，加利亚撞到了地球上，是不是会引发全球金融业的巨大变革？"伯爵问。

"毫无疑问！"罗塞特满意地回答，"它将给全世界提供大约两千四百

---

① 皮埃尔·莫佩尔蒂，法国数学家、物理学家。

六十万亿亿 [①] 法郎。"

"那金子岂不是便宜得像泥土一样？"塞尔瓦达克说。

然而，教授似乎完全没听到这最后一句话，他几乎带着一种庄严的气度离开了大厅，正朝他的天文台走去。

"这些巨大的数字有什么用呢？"第二天和上尉独处时，本·佐夫问道。

"这正是它们的魅力所在，我的好朋友，"上尉冷静地回答，"它们根本没什么用。"

---

① 为了让读者直观理解这个数字的大小，特将其阿拉伯数字写在这里：
246000000000000000000000，这是一个二十四位数。

第八章

接近木星

必须承认，除了彗星绕太阳的公转周期之外，人们对教授的其他计算并没有什么兴趣。因此，教授只能独自进行自己的研究。

第二天是 8 月 1 日，或者根据罗塞特教授的说法，是 4 月 63 日。在这个月，加利亚会行进一千六百五十万法里，到了月底，它和太阳之间的距离将达到一亿九千七百万法里。到明年的 1 月 15 日，加利亚会抵达远日点，它的行程还剩下八千一百万法里。之后，它就会再次接近太阳。

与此同时，一个从未如此接近人类视野的神奇世界正在展现出来。难怪帕米兰·罗塞特教授不愿离开他的天文台，因为在加利亚那宁静、清澈的夜晚，当星空的书籍展现在他面前时，他可以享受以前的天文学家从未曾享有过的景象。

那个变得如此显眼的光辉天体正是木星，它是太阳用引力所能束缚住的天体中最大的那颗。自从加利亚与地球发生碰撞以来，七个月里，这颗彗星一直在不断接近木星，直到它们之间的距离仅剩下六千一百万法里，而且这个距离将继续缩小，直到 10 月 15 日。

接近木星一定没有任何危险吗？加利亚的轨道如此接近这颗巨大的行星，它是否有被木星的引力束缚住的风险？引力可能会导致灾难性后果吗？教授在估计彗星运行的时间时，确实说过他已经充分考虑了木星、土星或火星可能造成的任何干扰，但万一他算错了怎么办？如果存在他没有预料到的干扰因素，又该怎么办？

这样的猜测变得越来越频繁，普罗科普中尉指出，他们可能会面临四种危险：第一，彗星可能会无可挽回地被木星吸引，最终在木星表面坠毁；第二，由于木星的引力，这颗彗星可能会成为那个巨大行星的卫星；第三，彗星的轨道可能会被改变，偏离黄道面；第四，彗星的速度可能会减慢，因此会太晚到达地球轨道，无法和地球再次相会。任何一种可能性都会导致他们与地球重聚的希望彻底破灭。

对于罗塞特来说，他没有亲人，也从来没有空闲或意愿去建立家庭关系，因此他对回到地球没有丝毫渴望，只有第一个可能性才会让他有所担忧。彻底毁灭可能与他的意愿不符，但如果加利亚错过了与地球的重聚，绕

着木星转动，成为它的新卫星，或者飞往无人涉足的银河系，他反而会感到满足。然而，其他居民绝不会赞同教授的想法，接下来的一个月，众人充满了怀疑和焦虑。

9月1日，加利亚与木星的距离已经与地球与太阳的平均距离完全相同。9月16日，这个距离进一步缩小到两千六百万法里。木星的尺寸变得很大，彗星似乎已经偏离了它的椭圆轨道，正在直线飞向这个压倒一切的天体。

他们越是观察这个巨大的行星，就越是感到它可能会对加利亚的轨道造成严重的干扰。木星的直径为八万五千三百九十英里，几乎是地球的十一倍，它的体积是地球的一千三百八十七倍，质量是地球的三百倍。尽管木星的平均密度仅为地球的四分之一左右，只有水的三分之一（因此有观点认为木星的表面是液态的），但它的其他参数也足以让人担心，接近木星可能会带来巨大的扰动。

"中尉，我的天文学知识都忘没了。"塞尔瓦达克说，"关于这个可怕的邻居，你知道什么，都给我讲讲。"

中尉有一本弗拉马里翁[1]所著的《无限星辰的故事》的俄语译本，他也看了一些其他的书，温习了自己的天文学知识。他成功回忆起木星的公转周期，提到木星绕着太阳运行一圈需要四千三百三十二天又十四小时两分钟。木星沿着一个长达二十九亿七千六百万英里的轨道运行，而它自转一圈只需要九小时五十五分钟。

"那么木星上的一天比我们的一天短？"上尉插话道。

"短得多。"中尉答道。他继续讲起木星：木星赤道处的自转速度大约是地球赤道处的二十七倍，这导致它的两极之间的距离比赤道直径短了两千三百七十八英里。由于木星的自转轴几乎垂直于赤道面，这导致木星的昼夜长度几乎相等，也没有四季变化。木星接收到的光和热只有地球的二十五

---

[1] 卡米耶·弗拉马里翁，法国天文学家、神秘主义研究者，并著有数篇科幻小说。后文提到的《无限星辰的故事》是他的著作，内容涉及天文学和灵性主义。

分之一，木星和太阳之间的平均距离为四亿七千五百六十九万三千英里。

"那么木星的卫星呢？我记得，在木星上可以同时看到四个月亮？"塞尔瓦达克问。

普罗科普中尉继续介绍木星的卫星。其中一个卫星比月亮还要小，另外一个卫星与木星之间的距离和地月距离差不多，但它们的公转周期都比月亮短：第一颗卫星需要一天十八小时二十七分钟，第二颗卫星需要三天十三小时十四分钟，第三颗需要七天三小时四十二分钟。而最大的一颗卫星公转一圈需要十六天十六小时三十二分钟。距离木星最远的那颗卫星，与木星之间的距离是一百一十九万两千八百二十英里。

"科学家们已经利用这些卫星做了科学研究。"普罗科普说，"正是通过木星卫星的运动，科学家们计算出了光速。它们也被用来测定地球的经度。"

"这真是个奇妙的景象。"上尉说。

"是的，"普罗科普回答，"我常常觉得木星就像是一个有四根指针的巨大时钟。"

"我只希望我们不要成为第五根指针。"塞尔瓦达克回应道。

在这个充满悬念的月份，这种风格的对话每天都在重复。无论提出什么话题，它们很快都会转到那个迅速逼近他们、充满威胁的巨大天体。

"这些行星距离太阳越远，"普罗科普说，"它们就越古老，和刚刚形成时候相比，演化得越是完善。海王星位于距太阳二十七亿四千六百二十七万一千英里的地方，早在几十亿个世纪之前就从太阳系最初的星云中诞生了。天王星距离太阳系中心十七亿五千三百八十五万一千英里，已有数百亿个世纪的历史。木星，这颗庞大的行星，距太阳四亿七千五百六十九万三千英里，也有七千万世纪的历史。火星存在了十亿年，距离太阳一亿三千九百二十一万两千英里。地球距太阳九千一百四十三万英里，离开太阳炙热的怀抱已有数亿年。金星距离太阳有六千六百一十三万一千英里远，至少有五千万年的历史。而水星离太阳最近，也是最年轻的，在距离太阳三千五百三十九万三千英里的地方，围绕太阳公转了一千万年——与月球从地球上分离的时间相同。"

塞尔瓦达克认真地听着。他不知道该说什么，对于这个新奇的理论，他唯一的回答是：如果这是真的，他宁愿被水星俘虏，也不要被木星俘虏，因为水星年轻得多，可能这位主人不会那么专横任性。

9月1日，彗星穿过了木星的轨道，到了10月，彗星和木星之间的距离就会达到最小值。很明显，两个天体之间不会有任何碰撞。有充分的证据表明，加利亚的轨道与木星的轨道并不重合，木星的轨道面与地球的轨道面之间有1度19分的倾斜角，而加利亚的轨道面显然与地球的重合。

随着9月接近尾声，即便是最为无知、最为淡漠的观测者，也会为木星现在的样子而赞叹。木星上的大红斑闪耀着艳丽辉煌的色彩，太阳的光线从木星表面反射到加利亚上，光芒柔和但又灿烂，奈丽娜显得黯淡无光。

现在谁又会不理解罗塞特教授呢？他如此热爱天文研究，不肯离开他的天文台半步。他现在可以观测这个巨大的行星，距离之近，只有前人和木星之间距离的十分之一，他怎么可能不珍惜每一分每一秒呢？

与此同时，随着木星越来越大，太阳显得越来越小。

由于距离的增加，太阳的直径减小到5度46分。

而且，木星的卫星们也引起了人们的极大兴趣，肉眼就可以看到它们了！这难道不是科学史上的新纪录吗？

我们知道，通常情况下，在地球上无法用肉眼看到木星的卫星，只有借助稍微强一点的望远镜才能看到，但少数具有非凡视力的人声称，他们能够在没有任何帮助的情况下辨认出木卫。但在这里，至少在尼娜蜂巢里，许多人都可以竞争这一荣誉，因为每个人都能辨认出这些卫星，还能描述出它们的颜色。第一颗卫星呈现暗白色，第二颗是蓝色，第三颗又白又亮，最后一颗是橙色的，有时候还有些发红。进一步的观测表面，木星表面光亮稳定，不会发生闪烁。

罗塞特对这颗行星的璀璨光辉着迷不已，似乎暂时忘记了他对脚下彗星的喜爱。然而，教授的天文热情并不能平息人们对可能发生严重碰撞的忧虑。

时间流逝。但也没有任何证据证明人们的忧虑会成真。大家不断发问："教授到底怎么想？"

"我们亲爱的教授，"塞尔瓦达克说，"他可能不会告诉我们太多。但我们可以确定一件事：如果他认为我们永远不能回到地球，他肯定不会让我们继续蒙在鼓里。最让他满意的，恐怕就是告诉我们，我们要永远和地球告别了。"

"我真心相信，他的预言是正确的。"伯爵说。

"我越是接触他，越是听他说话，"塞尔瓦达克说，"我就越是确信，他的计算是建立在坚实的基础上的，并且事实会证明，他的计算准确无误。"

这时，本·佐夫打断了他们的谈话。"我心里有件事。"他说。

"心里有事？说出来！"上尉说道。

"那个望远镜！"勤务兵说道；"我总觉得，那位老教授一直用望远镜对准那个和太阳一样大的木星，似乎会把它拉到我们这里来。"

塞尔瓦达克哈哈大笑。

"笑吧，上尉，如果你觉得好笑就笑吧，但我却想把这架老望远镜砸成碎片。"

"本·佐夫，"塞尔瓦达克收起笑容，换上了严厉的神色，"如果你敢动那架望远镜，那你肯定要付出代价！"

勤务兵看上去很惊讶。

"我是这里的总督。"塞尔瓦达克说。

本·佐夫知道他的意思，对他来说，上尉的话就是不可逾越的律法。

到10月1日，彗星与木星的距离已经缩小至四千三百万英里。木星赤道附近的带状条纹非常明显。赤道附近的带状云是暗色的，靠近极地的带状云则交替呈现出明暗相间的色彩。在行星表面，不同条带之间的区域非常明亮。有时候会有一些斑点，点缀在那些条带上，天文学记录中，描述这些斑点"形态多变，大小各异"。

那些条带和斑点的产生原因超出了罗塞特教授的能力范围。即便再次回到地球，参加天文学大会，他也没办法确定这些现象是因为外部蒸汽的积聚，还是因为某种内部机制。罗塞特教授注定不会成为向他的同行学者们阐释这个谜团的天文学家，这个谜团仍然属于木星，那颗天空中最壮丽的星体。

不可否认的是，当彗星接近和木星之间的最小距离时，众人心中都有一种心照不宣的恐慌。伯爵和上尉表面上保持矜持，始终彬彬有礼，由于面临共同的危险，他们在内心深处悄然拉近了距离。随着他们返回地球的希望变得越来越渺茫，他们放弃了狭隘的孤立观点，试图接受一种更豁达的哲学观，即相信宇宙中也可能存在宜居的地方。

然而，没有任何哲学能战胜人类的本能。他们的内心、他们的希望仍然寄托在他们的故乡。没有任何推测、任何科学、任何经验能改变他们的期待，他们希望能重新和地球相会。

"只要我们能逃过木星的引力。"普罗科普中尉一再说道，"我们就可以从此无忧。"

"但土星不还在前方吗？"塞尔瓦达克和伯爵异口同声地问道。

"不会。"普罗科普回答，"土星的轨道很远，不会挡住我们的路。木星是唯一的障碍。可以说，木星就像威廉·特尔所说的那样，一旦穿过这个不祥的关口，一切都会好起来。"

10 月 15 日到来了，彗星与木星之间的距离达到了最小值。现在它们之间的距离仅为三千一百万英里。接下来会发生什么？加利亚会偏离原有轨道吗？或者，它仍然会按照教授预测的路径行进吗？

第二天一早，塞尔瓦达克决定带蒂马塞夫和普罗科普去天文台。教授的脾气现在很糟糕。

这一切足以清楚地表明事情的发展方向。彗星依旧按照原来的轨道运行。

这位天文学家准确地预测了结果，理应成为最自豪、最满足的学者。然而，他的自豪与满足却都被一个事实蒙上阴影——他的彗星注定只是昙花一现，它将不可避免地再次与地球发生碰撞。

第九章

加利亚的物价

"很好！"教授的坏脾气让塞尔瓦达克明白，危险已经过去了。"毫无疑问，我们将进行为期两年的旅行，再过十五个月，我们就能回到地球！"

"我们还会再次见到蒙马特尔！"本·佐夫激动地喊道，他的语气中透出对未来的期望和兴奋。

他们已经成功渡过难关，值得好好庆贺一番。如果在木星引力的作用下，彗星的移动被拖慢了一个小时，那么在这一个小时内，地球就会离开它们可能重逢的地方足足两百三十万英里远，而且这种重逢在未来的几个世纪里都不可能再次发生。

11 月 1 日，加利亚距离木星已经有四千万英里。1 月 15 日，彗星将开始重新接近太阳，距离那一天已经只有十周多一点。太阳的光和热都已降至地球上阳光强度的二十五分之一，加利亚上始终笼罩着一种黄昏般的光影，但人们仍感到鼓舞，因为他们满怀希望，相信自己最终会重新回到和太阳距离合适的地方。据估算，这颗恒星的温度至少有五百万度。

在过去的两个月中，伊萨克·哈卡布特对众人的焦虑一无所知。自从他完成了一笔大生意的那天之后，他就再也没有离开过他的商船。本·佐夫第二天归还了弹簧秤和借来的现金，并且收回了卢布纸币后，哈卡布特与尼娜蜂巢之间的所有联系都断绝了。本·佐夫在与哈卡布特短短的几分钟对话中曾提到，加利亚的土壤是由黄金构成的，但老头猜测那不过是本·佐夫惯常的戏谑，并未放在心上，他只是思索着如何能够将这个新世界里所有的钱财收入囊中。没有人对哈卡布特坚持独居生活感到惋惜。本·佐夫每次提到这一点都会忍不住大笑，并讽刺地反复说："大家竟然能如此坦然地接受他的缺席，真是令人惊讶。"

然而，时间到了，各种情况促使哈卡布特认为，自己必须重新与尼娜蜂巢的居民建立联系。一些货物开始变质，他必须将它们变卖获得现金，否则他就会亏损。此外，他还希望能用高价卖出自己的稀缺商品。

而就在这时，本·佐夫也向他的上级提出了一个问题——他们的一些必需品即将耗尽，咖啡、糖和烟草的储备很快会用完。塞尔瓦达克的心思自然又转到了"汉萨"号上的货物，依照他的承诺，他决定向哈卡布特购买。双方的共同需求和利益促使他们重新接触。

哈卡布特在自己独自一人时经常想象，想着自己首先可以用一部分货物来换取加利亚上所有的金币和银币，最近的那一笔高利贷让他胃口大开。接下来，他打算用更多的货物来换取他们所有的纸币。但即便如此，他仍将保留部分商品，他们最终还会需要这些商品。是的，他们一定会写下欠条来换取这些商品，回到地球之后，这些欠条也能兑现。总督大人写下来的欠条一定可以成功兑现，不行他就去法院起诉！他向上帝祈祷，相信自己一定能赚到很多钱，也一定能得到丰厚的利息！

虽然他并不知情，但他此时盘算的事情，正是古代高卢人的做法，但古代高卢人放出去的债可以等到下辈子才偿还，而哈卡布特把这个"下辈子"的偿还期限挪到了几个月之后，加利亚回到地球上的时候。

但哈卡布特依然在犹豫，不想首先迈出那一步。因此，看到塞尔瓦达克上尉登上"汉萨"号的那一刻时，他非常高兴。

"哈卡布特。"上尉开门见山，"我们需要一些咖啡、烟草还有些其他的东西，今天我是来订购的，我们商量一下价格，明天本·佐夫来取货。"

"仁慈的上帝啊！"犹太人开始哀号，但塞尔瓦达克打断了他的话。

"闭嘴！谈生意！我来买货，我会付钱。"

"啊，是的，阁下，"犹太人声音颤抖得像街头乞丐，"不要亏待我。我很穷，都快破产了。"

"少装可怜了！别叫了！"塞尔瓦达克喝道，"我已经告诉过你，我买的东西都将支付费用。"

"是现钱吗？"哈卡布特问道。

"是的，现钱。你为什么这么问？"上尉好奇地问，想听听犹太人会说些什么。

"嗯，阁下，你看，"犹太人结结巴巴地说，"如果给一个人赊账，那就也得给另一个人赊账。你是有信用的——我是说，你是个体面的人，伯爵大人也是体面人，但也许——也许——"

"也许什么？"塞尔瓦达克等着他继续说，但他心里很想把这个老家伙赶走。

"我不想接受赊账。"哈卡布特说。

"我也没有要求赊账。我已经告诉过你，我会付现钱。"

"很好，阁下。但你怎么付我钱？"

"怎么付你钱？当然是用金币、银币和铜币，直到我们的钱花完为止，剩下的钱我们用银行发行的钞票支付。"

"噢，不要纸币，不要纸币！"犹太人哀号道，他又陷入了惯常的抱怨。

"你胡说什么？"塞尔瓦达克大声喊道。

"不要纸币！"哈卡布特再次重复道。

"为什么不？你肯定可以相信英格兰、法国和俄国的银行。"

"啊？不！我必须要黄金。黄金才最安全。"

"那好吧。"上尉说，他不太想发脾气，"可以按照你的要求来，我们现在有足够的黄金。以后再用纸币支付。"犹太人的面容立刻亮了起来。塞尔瓦达克说他第二天会再来，然后准备离开船只。

"等一下，阁下，"哈卡布特一边虚伪地笑着，一边凑近，"我猜，我可以自己定价格吧。"

"当然，你可以按正常价格收费——就是市场上的价格，我指的是欧洲市场的价格。"

"天啊！"老头尖叫道，"你抢走了我的权利，你剥夺了我的特权。这个垄断的市场属于我。这是惯例，这是我的权利，这是我定价的特权。"

塞尔瓦达克让犹太人明白，自己并不打算改变自己的决定。

"上帝啊！"哈卡布特又开始大喊，"这纯粹是要让我破产！垄断时期正是赚钱的时机，是投机的时机！"

"哈卡布特，这正是我要阻止的事情。你静下来，想想看，你似乎忘记了我的权利。你忘了，我如果愿意的话，可以把你的货物全都没收，给所有人使用。你应该庆幸你还能拿到平时的价格。接受欧洲的价格吧，其他的你别指望了。我不打算在你面前浪费时间。我明天再来。"说完，塞尔瓦达克没有给哈卡布特继续抱怨的机会，便离开了。

那天剩下的时间里，哈卡布特一直在大声咒骂"那些强盗"，尤其是加利亚的总督，他剥夺了自己的正当利润，为自己的货物定了一个最高价格，就好像国家正在发生革命时候的紧急状态一样。但他会报仇的，他会榨取其他人的一切钱财。按照欧洲的价格来，没问题，但他会报仇的！他会从他们那里得到一切。他有计划，知道该怎么做。他又暗自笑了起来，脸上露出恶毒的笑容。

第二天，上尉如约来到了"汉萨"号。他带着本·佐夫和两名俄国水手。"早上好，老埃利埃泽，我们来友好地和你做点小生意，你知道的。"本·佐夫打了个招呼。

"你们今天要什么？"犹太人问。

"今天我们要咖啡，要糖，要烟草。每种东西要十千克。一定要好货，一定要一流的。我是后勤部长，负责这个。"

"我还以为你是总督的副官呢。"哈卡布特说。

"是的，我是，但今天，我告诉你，我是后勤部长。现在，快点！"

于是，哈卡布特下到"汉萨"号的船舱里，不久便带着十包烟草上来了，每包重一千克，都用纸带紧紧系住，盖着法国政府的印章。

"十千克烟草，每千克十二法郎，一百二十法郎。"犹太人说道。

本·佐夫正准备付钱，塞尔瓦达克制止了他。

"让我们先看看重量对不对。"

哈卡布特指出，每包烟草上都标明了重量，且包装没有被打开。然而，上尉有自己的想法，不肯让步。犹太人拿来弹簧秤，取了一包烟草挂在上面。

"天啊！"哈卡布特大叫。

指针显示的读数只有133克！

"你看，哈卡布特，我是对的。我完全有理由对你的货物进行检测。"塞尔瓦达克严肃地说。

"但是——但是，阁下——"困惑的商人结结巴巴地说。

"你当然会补齐差额吧。"上尉继续说道，不理会他的打断。

"啊，阁下，请允许我——"哈卡布特又开始说。

"好了好了，老该亚法，你听到了吗？你得补齐差额。"本·佐夫喊道。

"啊，是，是的。但——"

不幸的犹太人努力想说点什么，但由于激动，他什么也说不清楚。他十分清楚货物变轻的原因，但他已经深信"该死的异教徒"想要骗他。他非常后悔，自己没有带上一副普通的砝码秤。

"快点，我说，老杰迪代亚，你补齐差额还需要这么久啊？"犹太人还在结结巴巴时，本·佐夫就戏谑地说道。

一旦恢复了说清楚话的能力，哈卡布特就开始满口抱怨，请求上尉宽容待他。但上尉毫不动摇："非常抱歉，你知道的，哈卡布特，烟草少了重量，这不是我的错，但我没有拿到一千克的货物，就不会付一千克的钱。"

哈卡布特又开始请求他再考虑考虑。

"交易就是交易，"塞尔瓦达克说，"你必须履行合同。"

这个可怜的人一边呻吟着，一边被迫按照弹簧秤的读数补足了重量。接着，他又不得不为糖和咖啡完成同样的补差：每一千克的读数，他必须称七千克的货品。本·佐夫和俄国水手无情地嘲笑他。

"我说，老莫迪凯，你宁愿把货物送出去，也不愿意这么卖吧？换成我就会这么想。"

"我说，老彼拉多，垄断并不总是好事，对吧？"

"我说，老西法瓦音，你的生意真兴旺！"

要求的每样物品都称好了七十千克，而哈卡布特必须按照十千克的价格来出售。

其实，塞尔瓦达克上尉一直都只是在开玩笑。他知道哈卡布特是个十足的伪君子，所以毫不犹豫地借助这次商业交易来取乐。但开完了玩笑之后，上尉还是给了犹太人他应得的报酬。

第十章

进入深空

一个月过去了。加利亚继续载着它为数不多的居民向前行进。到目前为止，那些居民仍未受到人类欲望的影响，几乎可以说，唯一显而易见的恶行，就是那个可悲的犹太人表现出的贪婪。

毕竟，他们不过是在进行一次旅行——一次奇异却短暂的太阳系探险。如果教授的计算是正确的，他们的"小船"注定要在离开两年后，再次回到"港口"，而他们又有什么理由去怀疑教授的计算呢？当然，着陆可能会有些困难，但乐观考虑，他们还能再次站在地球的海岸上。眼下他们最应该做的，就是尽量让自己在当前的住所里保持舒适。

塞尔瓦达克、蒂马塞夫和普罗科普都对未来充满信心，因此，他们都不觉得自己有义务去为未来做大量的准备。他们认为，在漫长严冬之后的短暂夏日，他们其实没有太大必要耗费大家的精力去耕作或储备农业资源，但他们也常常会讨论，如果他们发现自己不得不永远留在加利亚，他们将会被迫采取哪些措施。

他们知道，即便经过了远日点，也至少还需要九个月的时间，海面才会解冻，供他们航行。但一旦夏天来临，他们就必须开着"多布里纳"号和"汉萨"号，把所有人和牲畜重新运回古尔比岛的海岸，开始进行农业生产，以确保冬季的粮食储备。他们将会和农民、猎人一样度过四个月的时间。一旦他们的草料和谷物都收获完成，他们就要再次和一群蜜蜂一样，回到尼娜蜂巢，过上半穴居的生活。

上尉和他的朋友们也偶尔会思考，如果他们不得不在加利亚再度过一个冬天，那能不能有什么方法，可以不必继续住在火山深处，过着沉闷的生活？如果再进行一次探索，有没有可能发现煤矿，或者什么其他的可燃矿物，用来给他们建造的建筑物取暖？他们在地下住所里长期生活，感觉单调压抑。对罗塞特教授这种专注于天文学研究的人来说，这样的生活似乎还不错，但对其他人来说，除了不得不生活在地下的时间里，他们一天都不想多住。

但还有一个可能性，实在是太可怕了，大家都有点不敢考虑它。有一天，加利亚核心的热量会不会失去活力，熔岩会不会停止流动？其他天体都会经历这样的命运，加利亚怎么可能逃脱？它会不会和月球一样，成为在宇宙中漂流的一个漆黑寒冷的石块？

如果火山真的熄灭，彗星却仍然距离太阳这么远，他们就会陷入真正的困境，因为在零下六十度的低温中，不可能找到替代热源来继续维持他们的生活。幸运的是，目前看不到任何熔岩会停止流动的迹象。火山仍然在持续而稳定地排出岩浆，塞尔瓦达克依然充满希望，认为大家完全不必为此担心。

12 月 15 日，加利亚离太阳两亿七千六百万法里，已经接近轨道长轴的端点，在这一个月里，它只会前进一千一百万到一千二百万法里。天空中，另外一个天体变得异常显著。帕米兰·罗塞特教授很高兴，他曾经比任何人距离木星都要近，而现在，他也同样有机会近距离欣赏土星，虽然观测条件并不像观测木星时那么理想。加利亚和木星之间的最短距离只有三千一百万英里，但它和土星之间的最短距离不会低于四亿一千五百万英里。这个距离虽然已经足够长，不会导致土星引力干扰彗星的轨道，但也要比土星与地球之间的距离短得多。

从罗塞特那里得到任何关于土星的信息都是不现实的。尽管他似乎从来没有离开过他的望远镜，无论是白天还是黑夜，但他也并未表现出一丝愿意分享自己观测结果的样子。唯一的信息来源就是"多布里纳"号图书馆中偶然收录的天文学书籍，但这也足以提供大量有趣的信息。

得知从土星表面无法肉眼看到地球之后，本·佐夫就说他已经不再关心那个星球。对他来说，地球必须在视线之内，这是不可或缺的，而他最大的安慰就是，直到现在，地球始终没有离开他的视线。

此时，加利亚距离土星轨道四亿两千万英里，距离太阳八亿七千四百四十四万英里，接收到的光和热只有地球接收到的百分之一。在查阅参考书籍后，殖民者们发现土星绕太阳公转的周期为二十九年又一百六十七天，以超过两万一千英里每小时的速度沿着长度为五十四亿九千万英里的轨道公转。土星的赤道长度约为二十二万英里，表面积约为一千四百四十亿平方英里，体积是一千四百三十八亿四千六百万立方英里。土星的体积是地球的七百三十五倍，比木星小一些，其质量只有地球的九十倍，密度比水还小。它的自转周期为十小时二十九分钟，因此一个土星年有八万六千六百三十天。由于土星的自转轴和轨道平面之间的倾角比较大，每个季节都有地球上七年的时间那么长。

尽管从太阳接收到的光和热很微弱，但土星的夜晚一定非常壮丽。八颗卫星环绕着这颗行星，土卫一离土星最近，距离土星只有十二万零八百英里，公转周期为二十二小时三十分钟。土卫八离土星最远，距离为二百三十一万四千英里，公转周期七十九天。

另一个让土星的夜晚变得辉煌的因素，就是土星的三重星环。它们环绕在行星周围，仿佛为土星镶嵌了一道璀璨的边框。根据威廉·赫舍尔爵士的估算，这个环带的厚度几乎不到一百英里，对赤道上的观察者而言，这个环带看起来就像一条穿过天顶、离他头顶一万两千英里的狭窄光带。但如果观测者向南或者向北移动，就会发现环带逐渐变宽，变成三道分开的同心圆环。最内层的环带虽然不是很明亮，但光线可以透过，其宽度为九千六百二十五英里。中间的环带比行星本身还要明亮，宽度为一万七千六百零五英里。最外层的环带颜色比较灰暗，宽度为八千六百六十英里。

　　这就是这道奇异光环的样子。光环以十小时三十二分钟的周期在所在平面上旋转，至于它由何种物质构成、为什么能维持自身结构不解体，仍然是未解之谜。但可以说，既然造物主允许它的存在，那似乎就是想要借此机会向智慧生物揭示天体演化的奥秘。这个壮丽的圆环可能是土星从一团星云中诞生的时候，星云的碎片形成的残留物。因为某种原因，这些残留物凝聚在了一起。如果有一天它解体了，那要么它会以碎片的形式落在土星表面，要么这些碎片会相互碰撞融合，形成更多卫星，围绕土星旋转。

　　对于站在土星上南北纬 45 度之间的观测者来说，这些奇妙的星环将呈现出各种奇特的现象。有时，这些光环看起来像一道发光的拱门，土星的影子在其上缓缓掠过，就像钟表的时针在表盘上移动一样。而有时，它们则像一圈半圆形的光晕。而且，经常会发生持续数年的天文现象——每天都会由于这三重光环的遮挡而出现日食。

　　确实，土星的几颗卫星不断升起落下，它们位于不同的月相，一些卫星像是明亮的圆盘，另外一些则如同银色的弯月，有的卫星则是半圆形状，再加上环绕土星的星环，从土星表面看去，夜空一定华丽而震撼。

　　然而，加利亚人并没有办法完全领略到这个奇异世界的奇妙之处。毕竟，伟大的天文学家们可以通过巨型望远镜观测土星，相比之下，加利亚人就像站在一千倍远的地方观察土星一样。但他们并没有抱怨，他们知道，他们的小彗星现在相当安全，土星的引力不会影响到加利亚，也就不会影响到加利亚未来的轨道，不会摧毁他们最美好的那个愿望。

　　人们已经估算出了太阳系和几颗最亮的恒星之间的距离。其中，天琴座的织女星距离地球五十万亿法里；大犬座的天狼星距离为五十二万两千亿法里；勾陈一的距离为一百一十七万六千亿法里；五车二距离为一百七十万零四千亿法里，这个数字有十五位。

　　直接列出这些数字无法让人直观感受到这些距离有多远，天文学家们凭借他们的聪明才智，设法使用其他的基准，他们发现借助光速可以更方便地形容很远的距离。他们使用了如下方式：假如一个可以看到无限远的观察者站在五车二表面，朝着地球看去，他就会看到七十二年前的地球。如果把这个观察者移到十倍远的地方，他就能看到七百二十年前的地球。再把他带到更远的地方，让他来到一个光需要走不到十九个世纪才能抵达的星球，那么他就会见证耶稣的诞生和死亡。再往远处走，他就会看到可怕的大洪水，如果再走远一些（因为空间是无限的），他可以看到地球的诞生。以这种方式，历史被固定在空间之中，一旦完成的事情就再也没办法抹去。

帕米兰·罗塞特教授对天文学研究如此渴望，他居然还希望能在宇宙之中进行更深入的旅行，但对这一点，谁也不会感到惊讶。如果进入宇宙中，他的彗星一会儿受到一颗恒星的影响，一会儿又受到另一颗恒星的影响，他可能会探索多少不同的星系呢？又有多少难以想象的奇迹会出现在他眼前呢？"恒星"这个名字，就意味着固定不动的星星，但其实所有恒星都在运动，而加利亚也可能会跟着他们无法预测的轨迹一同前行。

但加利亚的命运其实没有那么多可能性，它不会进入另外一个恒星的引力范围，也不会混入那些或者已经完全分散，或者正在分散的星团之中。它也不会在上千个星云中迷失自己，这些星云至今还没有被最强大的反射望远镜捕捉到。不，加利亚不会超出太阳系的范围，也不会离开地球的视野。加利亚的轨道被限制在略微超过十五亿英里的范围内，与无尽的空间相比，这个距离实在是微不足道。

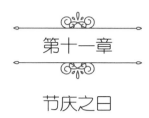

第十一章

节庆之日

气温持续下降，水银温度计在零下四十二度便会冻结，已无法使用，取而代之的是"多布里纳"号上的酒精温度计。此时，该温度计的读数已降至零下五十三度。

两艘船都在海湾中固定好了，准备度过严冬。正如普罗科普中尉预料的那样，冰层在缓慢抬升，而且一刻不停，哪怕中尉事先采取了预防措施，把冰层削斜，也无法阻挡。商船已经被抬升到加利亚海的海面以上五十英尺，更轻的双桅船则被抬得更高。

这一缓慢上升的过程绝不是人力所能阻挡的，普罗科普中尉对他的游艇感到十分担忧。除了发动机和桅杆之外，船上所有的物资都已经被转移上岸。但一旦冰雪消融，如果不发生奇迹的话，船体一定会被摧毁，他们也将彻底失去离开这处岬角的唯一手段。"汉萨"号当然也难逃同样的命运，事实上，它已经倾斜得十分厉害，以至于它那顽固的船主其实已经身处险境。哈卡布特坚持留守在船上，誓死守护他那无比珍视的货物，同时不停地咒骂自己所遭受的不幸。

然而，有一种力量比伊萨克·哈卡布特的意志更加强大。虽然在整个社区中，没有人真正关心这个犹太人的安危，但大家都极为关注他的货物是否安全。塞尔瓦达克发现无论如何劝说，这个老头都不肯主动撤离时，他很快采取了比警告更有效的强制手段。

"哈卡布特，你想待在哪儿随你。"塞尔瓦达克对他说，"但你必须清楚，我有责任确保你的货物不会受损。我们现在就要把所有货物都搬到岸上。"

无论犹太人如何哀号、哭泣、抗议，都无济于事。12月20日，货物的搬运工作开始了。

西班牙人和俄国人参与了这次卸货行动，他们忙了好几天。他们穿着厚厚的毛皮大衣以抵御严寒，但他们仍然格外小心，绝不直接触碰任何金属物品，因为在如此低的温度下，金属的寒冷足以让皮肤脱落，如同被烧红的铁块灼伤一般。尽管气温恶劣，整个搬运过程仍然很顺利，没有发生任何意外。当"汉萨"号的所有物资被安全存放在"蜂巢"洞穴的库房中后，普罗科普中尉终于松了一口气，坦言自己心头的一块大石总算落了地。

塞尔瓦达克上尉允许老伊萨克搬进社区，与大家同住，并承诺他仍然可以完全掌控自己的财产。对于这一举动，本·佐夫颇有微词。如果不是因为对上司的无条件尊敬，他一定会当面指出塞尔瓦达克对这个他极其厌恶的犹太人过于客气。

尽管哈卡布特嘴上对货物"被强行搬走"怨声载道，但他心里却比谁都高兴。财产被转移到一个更安全的地方，他自然感到欣慰，更让他乐得合不拢嘴的是，这场搬运行动竟然没有让他花费一分钱。因此，当他发现船舱已被清空后，便毫不犹豫地接受了塞尔瓦达克的好意，迅速搬进了存放货物的洞穴，并终日守在自己的财产旁。他的饮食来源于自己库存的食物，只用一个小酒精炉进行简单加热。他与其他居民之间的接触仅限于商业往来，有时候殖民地的居民会找他购买物品。与此同时，整个殖民地的金银也正源源不断地进入那只他用两把锁保护的抽屉，他始终谨慎地把钥匙带在身边。

1月1日即将到来，距离加利亚与地球相撞、三十六个人被迫脱离人类社会，已经快满一年了。到目前为止，所有人都安然无恙。尽管天气严寒，但气候始终保持平稳，这使大家都能保持健康。因此，众人普遍认为，当加利亚返回地球时，幸存者一个都不会少。

虽然在加利亚，地球历的 1 月 1 日并不是真正意义上的"新年"，但塞尔瓦达克仍然想要把这一天当成节日好好庆祝一下。

"我认为，"他对蒂马塞夫伯爵和普罗科普中尉说道，"我们不能让大家失去对地球的归属感。我们都渴望回到那个世界，而什么方式能比共同庆祝节日更能增强我们的凝聚力呢？这是一个在人类社会中最能唤起温暖情感的日子。况且，"他微笑着补充道，"尽管在地球上无法肉眼看到加利亚，但我敢肯定，地球上的朋友们一定在用天文望远镜紧紧盯着我们。我毫不怀疑，无论是东西半球的报纸，还是科学期刊，都在纷纷刊登关于这颗新彗星的详细报道。"

"的确如此。"伯爵赞同道，"我完全可以想象，我们的加利亚在各大天文台会引起不小的轰动。"

"何止如此！"中尉接着说道，"加利亚绝对不仅仅是科学研究的对象。这颗曾经和地球发生过碰撞的彗星，它的轨道参数也一定被地球人准确计算了出来。我们的教授朋友在这里做的事情，地球上也一定会发生。毫无疑问，人们正在讨论各种各样的方法，希望能减轻将来会发生的碰撞的严重程度。"

中尉的推测非常合理，得到了所有人的认同。对于地球上的人类而言，加利亚无疑是一个潜在的巨大威胁，没有人能确定第二次碰撞是否会像第一次碰撞那样，没造成很大灾难。甚至对于加利亚上的人来说，他们虽然非常期待地球和加利亚的再次相逢，但这种期待中也掺着一丝担忧。如果真的有办法能减少撞击的冲击力，他们一定会欣然接受。

圣诞节到了，社区里的每个人都以适当的宗教仪式庆祝节日，只有犹太人例外，他比以往任何时候都更加固执，将自己封闭在阴暗的藏身之地。

对本·佐夫来说，这一年的最后一周忙碌异常。新年庆祝活动的筹备工作交给了他，他深知加利亚的资源有限，但依然全力以赴，希望能让这一天的庆典尽可能精彩。

当天晚上，人们讨论是否应该邀请教授参加聚会。虽说他未必会愿意前来，但大家一致认为，出于礼节，还是应该邀请他。最初，塞尔瓦达克上尉打算亲自前往，但想到罗塞特教授一向不喜访客，他改变了主意，派年轻的巴勃罗带上一封正式邀请函，前往天文台，请教授赏光出席新年庆典。

不久，巴勃罗便回来了，带回的唯一回复是教授的一句话："今天是6月125日，明天是7月1日。"

塞尔瓦达克和伯爵听罢，自然明白帕米兰·罗塞特拒绝了他们的邀请。

新年第一天，日出后刚刚一小时，法国人、俄国人、西班牙人，还有代表意大利的小尼娜便齐聚一堂，享受一场加利亚前所未有的盛宴。本·佐夫与俄国厨师烹饪了美味佳肴。"多布里纳"号上的藏酒亦是佳酿。人们用产自法国和西班牙的葡萄酒来祝福，以此表达对各自祖国的敬意，俄国人也开了几瓶莳萝利口酒，为自己的祖国祝酒。众人心满意足，兴高采烈，本·佐夫很满意大家都玩得尽兴。众人齐声高呼这一天最重要的祝酒词："愿我们早日回归母星地球！"热烈的呼喊声甚至打破了天文台的沉寂，惊扰到了教授。

宴会结束后，尚有三小时白昼。太阳接近天顶，但它的光芒早已黯淡，不同于洒在波尔多与勃艮第的葡萄园中的温暖阳光。众人即将开始一直会持续到傍晚的户外活动，每个人都严严实实地裹上厚重的冬衣。

一行人精神抖擞，离开了尼娜蜂巢，一路上欢歌笑语，朝着冰封的海岸进发。他们穿上冰鞋，踏上冰原，随心所欲地开始滑冰，有的独自疾驰，有的三五成群，自由自在。塞尔瓦达克、蒂马塞夫伯爵和普罗科普三人结伴而行。内格雷特和那些西班牙人如今已熟练掌握了这项运动，轻盈优雅地滑行，偶尔甚至会划出很远，消失在众人视野中。而俄国水手则依循北方传统，排成一列，右臂下面夹着一根长杆，步调一致地滑出一条整齐划一的轨迹。两个孩子宛如飞鸟般穿梭不停，时而独自滑冰，时而手挽着手，时而加入上尉等人的队伍，时而又绕出一道弧线，始终活力四射。本·佐夫更是四处游走，幽默风趣的性格让他无论出现在谁身边，都能收获热情的笑容。

众人在冰面快速滑行，很快，他们就已经离开海岸线很远了。不久，整个队伍就已远远滑出了海岸线的范围。起初，海岸上的岩石渐渐隐去。接着，白色的悬崖也从视野中消失。最后，连那座被烟雾环绕的火山顶峰也彻底看不见了。偶尔，滑冰的人们会停下来稍作歇息，但他们深知，一旦停滞过久，便可能遭受冻伤，因此很快又重新投入运动。他们一直向前滑行，几乎抵达了古尔比岛，才开始考虑折返。

然而，夜幕已经降临，太阳正以加利亚居民早已习惯的速度在东方迅速下沉。在这片狭窄的地平线上，日落十分夺目，天穹无一丝云彩，也无半点水汽能映照落日的余晖，冰封的海面不像海水那样能够反射出那一抹太阳落山前的绿色光芒 [①]。但是，由于折射效应，炽热的太阳变大了，日轮在天空的映衬下显得格外清晰，然后突然下沉，就像冰层中打开了一个陷阱，让太阳掉了下去一般。

在天黑之前，塞尔瓦达克特意提醒大家，必须在入夜前重新集合回到队伍中。"除非你在天黑之前确定好自己在哪里，"他说，"否则你就不可能找到回去的路了。我们过来的时候和游击队一样散开，但我们回去的时候要整队返回。"

这将是一个漆黑的夜晚。奈丽娜今晚正是新月，是看不到的。群星也只能投下诗人高乃依所说的那种"苍白微光"。

日落刚过，众人就点燃了火炬。在滑行者的疾驰之下，火把的火焰拖得很长，如同一面迎风飘扬的巨大火焰旗帜。一个小时后，火山的轮廓在地平线上隐约浮现，周围的阴暗使火山口发出的光芒显得更加刺眼。又过了一会儿，熔岩喷涌出的光辉映照在冰面上，滑行队伍在光滑的冰层上投下长长的影子，显得奇特诡异。

又过了半个多小时，火把几乎全部熄灭了。海岸已近在咫尺。就在此刻，本·佐夫突然发出一声惊恐的喊叫，激动地指向远方的山峦。所有人不

[①] 一种大气现象，由于折射作用，太阳在即将没入地平线之前会出现一抹绿色闪光，这种现象条件苛刻，非常罕见，只会在空气十分洁净、能见度非常高时才有可能看到。

约而同地用冰刀猛刹，停在了原地。惊愕和恐惧的呼喊声顿时此起彼伏——火山熄灭了！燃烧的熔岩流突然停止了流动！

他们惊讶得说不出话来，一动不动地站了一会儿。几乎每个人都意识到目前的状况有多么危险。支撑他们抵御极寒的唯一热源已经消失！死亡，那最无情的严寒之死，似乎正盯着他们！与此同时，最后一支火把闪烁了一下，彻底熄灭了。

四周漆黑如墨。

"前进！"塞尔瓦达克上尉坚定地喊道。

听到命令，队伍立即动身，朝岸边滑去。他们艰难地攀上湿滑的岩石，穿过洞穴入口，摸索着回到了大厅。

这里多么凄凉！多么寒冷！

炽热的熔岩瀑布曾在入口处洒下光辉，但如今瀑布已经消失了。普罗科普中尉从入口处探出身子。那片曾因熔岩炙烤而始终保持液态的水池，现在已结上了一层冰。

新年的第一天开始时，大家是那么快乐，但现在，这一天却如此悲惨地结束。

第十二章

彗星的内部

　　整晚，大家都在对未来的命运做着沉重的猜测，心中充满了不安的预感。大厅已经完全暴露在外部的空气中，温度迅速下降，很快就冷得无法忍受。实在是太冷了，没人能长时间待在入口处，墙上的水汽很快凝结成了冰柱。这座山像一个濒死之人的身体，四肢早已冰冷死寂，只有心脏部分仍保留着一丝余温。在山体更深处的通道里，依然有些许温暖，塞尔瓦达克和他的同伴们急忙撤入其中。

　　他们在这里见到了教授。因为气候突然变冷，教授不得不匆忙从天文台离开。现在，正是向这位天文学的狂热研究者提出一个问题的好时机：他是否愿意在这颗小彗星上无限期地继续生活？他很可能会声称自己愿意忍受任何不适，只为满足对科学探索的热爱，但此时，大家都情绪低沉，焦虑不已，没有心情再拿这个对教授来说最敏感的话题来开玩笑。

　　第二天早晨，塞尔瓦达克向大家发表了讲话："我的朋友们，除了寒冷，我们没有什么好怕的。我们的物资充足，完全足够支撑我们在这个孤独的世界上度过剩下的时间，我们的罐头肉都是熟的，不再需要浪费燃料来做饭。我们所需要的只是热量，能维持我们身体温暖的热量。只要确保这一点，其他的一切都没有问题。现在，我毫不怀疑，我们需要的热量就在我们生活的这座山内部。我们必须深入山体之中，那里将为我们提供生存所需的温暖。"

　　他的言辞、他的语气，都给大家重新注入了信心，原本已经陷入绝望的人群重新燃起了希望。伯爵和中尉一言未发，但都激动地握住了他的手。

"尼娜，"塞尔瓦达克说，"你不会害怕下到山的深处吧？"

"如果巴勃罗也去，我就不怕。"尼娜回答道。

"噢，当然，巴勃罗会去的。你不怕吧，巴勃罗？"他转向男孩。

"只要跟着你，去哪儿都行，阁下。"男孩立刻回答道。

显然，现在必须尽快下到火山的心脏地带。即便是尼娜蜂巢中防护最严格的部分，也已经被一股难以忍受的寒冷侵袭。要通过山体外部的陡坡进入火山口几乎是不可能的，因为它们又陡又滑，根本无法立足。众人必须从山体内部进入。

普罗科普中尉承担了探索所有通道的任务。很快，他就报告说，他发现了一条通道，而且他有充分的理由认为这条通道和火山中心相通。他得出这个结论的原因是，从热熔岩上升腾而起的高温蒸汽的热量，似乎是从下面的碎矿石中渗出来的，而这些矿石是良好的导热体。只要能往岩石下钻个七八码，中尉相信，自己就会进入熔岩流过的通道，中尉希望，继续往下走会变得更容易。

在中尉的指挥下，俄国水手们立即开始工作。以前的经验让他们明白，铁锹和鹤嘴锄毫无用处，他们唯一的办法是使用火药爆破。无论他们的操作多么娴熟，这个过程肯定需要几天时间，而在这段时间内，他们一定会遭遇酷寒的折磨。

"如果我们失败了，无法进入火山之下，我们的小殖民地就完了。"蒂马塞夫伯爵说。

"这话可不像是你说的。"塞尔瓦达克笑着回答，"你以前是那么坚定，你那种能克服所有困难的信心去哪儿了？"

伯爵摇了摇头，仿佛陷入了绝望，悲伤地说："上帝似乎之前一直对我们伸出援手，但现在我们却已经孤立无援。"

"但这不过是为了考验我们的耐力。"上尉认真地答道，"勇气，我的朋友，鼓起勇气！我有一种感觉，火山停止爆发，只是暂时的。山体内部的火并未完全熄灭。一切还没有结束，放弃还为时过早，我们应该永不绝望！"

普罗科普中尉完全赞同塞尔瓦达克的看法。他知道，导致这里的熔岩停止流动的原因可能有很多，除了氧气缺乏可能导致加利亚内部的矿物质无法继续氧化发热之外，还有其他可能的因素。而且他认为，在山体的其他地方很有可能又出现了另外一个出口，喷发物已经转入了新的通道。但目前，他的任务是继续进行工作，以便他们能够尽快撤离这个已经无法再待下去的地方。

罗塞特教授烦躁不安，即使他对这些讨论感兴趣，也肯定不会参与其中。他已将望远镜从天文台带到了大厅，夜以继日地进行他的天文观测。但由于气候已经极度寒冷，他常常被迫停下来，否则他真的会被冻死。然而，每当他不得不停止观察天空时，他便开始向周围的人倾诉自己的苦衷，埋怨自己离开了福门特拉岛的残片。

1月4日，经过不懈努力，钻探工作终于完成了，在水手们用铁锹清理爆破碎片时，中尉听到它们滚进了火山口的声音。他还注意到，这些碎片并没有垂直掉下，似乎是滑下去的，由此推测，火山口的边缘是倾斜的，因此他确实有理由期盼他们能顺利往下走。

洞口越开越大，终于足够让一个人通过。本·佐夫带着火把率先出发，接着是中尉和塞尔瓦达克。普罗科普的推测果然是对的。进入火山口后，他们发现山坡的倾斜角度大约是四十五度。而且，喷发显然是近期发生的，可能是那次震动导致加利亚获得了地球大气层的部分气体，之后喷发才开始。在火山灰的下面，有一些形状不规则的岩石，还没有被熔岩的侵蚀磨平，这为他们提供了相对安全的立足点。

"这楼梯可真不怎么样！"本·佐夫一边下行一边说道。

他们大约往南走了半个小时，已经下降了接近五百英尺。偶尔，他们会遇到一些大规模的空隙，乍一看，它们像是通道，但本·佐夫挥一挥火把，就能看到尽头。显然，山体的下层并没有像上方的尼娜蜂巢那样形成复杂的网状系统，无法提供同样便利的居住条件。

但现在并不是挑剔的时候，只要能保暖，无论什么样的住宿条件，他们都得感到满足。塞尔瓦达克上尉非常高兴地发现，他对温度会上升的预期看上去得到了证实。他们越往下走，就越是感觉没有那么冷了，这一变化比在地球矿井中下降时的温度变化还要迅速。只是在目前，他们探险的目标是火山，而不是煤矿。幸运的是，他们发现火山并没有熄灭。虽然由于某种未知原因，熔岩已停止从火山口涌出，但显然它仍然在某个地方，而且保持着高温，并继续向下层岩石传递着大量的热量。

普罗科普中尉带着一支水银温度计，而塞尔瓦达克则带着一台气压计，通过气压计，可以估算他们距离加利亚海平面的位置。当他们下到岩洞入口下方六百英尺处时，水银温度计显示温度为零上六度。

"六度！"塞尔瓦达克说道，"这对我们来说不太合适。在这么低的温度下，我们无法度过这么长的冬天。我们得再下去一点。希望通风不会出问题。"

不过，关于通风问题，他们并没有什么需要担心的。大量空气从裂缝中涌入，弥漫到各处，呼吸轻松自如。

他们继续下降了大约三百英尺，这时，他们距离原来的住处已经有大约九百英尺了。此时，温度计显示气温为零上十二度。如果这种温度能持续下去，那这里就正是他们要找的地方了。再继续沿熔岩的通道往下走也没有什么好处，他们已经能听到从深处传来的沉闷响声，表明他们离火山的中心已经不远了。

"对我来说，这里离火山中心已经够近了！"本·佐夫喊道，"要是谁觉得冷，还可以继续往下走，想去多深就多深。至于我，我在这里就已经足够暖和了。"

探险者们挥动火把，照亮四周，随后坐在一块凸出的岩石上，开始讨论是否可以在山的深处建立一个适合居住的住所。必须承认，眼前的景象并不太吸引人。洞口的确逐渐变宽，形成了一个足够大的洞穴，但也仅此而已。上面和下面的岩壁上有些台阶可以用来储存物资，但很明显，除了有一个小凹槽留给小尼娜之外，其他人就不要想着有独立卧室了。这个单一的洞穴将成为他们的餐厅、客厅和卧室，三者合一，众人从此之后就要像在兔子窝里一样生活，甚至可以说他们过得简直和鼹鼠一样。唯一不同的是，他们不能像鼹鼠那样通过长时间的冬眠忘记所有的烦恼。

众人可以用灯来给洞穴照明。他们的资源储备中，有几个油桶和相当多的酒精，做饭的时候也可以用它们来当作燃料。而且，他们也不必完全局限于这个阴暗的住所。只要裹得严实一点，他们就可以偶尔去尼娜蜂巢和海岸进行短途旅行。新鲜水源仍然是必需物资，他们必须从海岸运来冰块，融化成饮用水，为此他们需要安排每个人轮流承担这项任务，因为向上爬九百英尺来到洞口，再带着沉重的负担下来，绝非轻松之事。

但眼下情况紧急，于是众人很快决定，立刻搬进这个洞穴。他们安慰自己说，和每年在极地过冬的上千人相比，自己的境况应该还不算太糟。在捕鲸船上，或是哈得孙湾公司的一些工作场所，独立舱房或者独立卧室这种奢侈的享受是绝对不会在考虑范围内的。一个通风良好的大房间，角落越少越好，对他们的身体健康更有好处。在船上，整个货舱就是他们的房子，而在堡垒里，他们则会有单独一层楼用来居住。想起这一点，众人都能充分接受他们不得不做出的改变。

重新爬上来后，探险者将这次探险的结果告知了所有人，大家听后松了一口气，满意地接受了迁移计划。

第一步是清理洞穴里的积灰。随后，真正的搬迁工作开始了。没有什么任务比这更能激起他们的干劲。大家都知道，如果继续留在原地，他们肯定会冻死，这种恐惧成了他们行动的动力，让每个人都尽全力投入工作。床铺、家具、炊具——首先是"多布里纳"号的物资，然后是"汉萨"号的——一切都被迅速搬下去。重力减轻，要走的路还是下坡，他们轻快敏捷地完成了搬运工作。

尽管罗塞特教授屈从于形势的压力，答应一同前往地底深处，但无论如何，他都不愿意让自己的望远镜也随他一起被带下去。但毫无疑问，望远镜在地底肯定派不上用场，大家就同意把它留在尼娜蜂巢大厅中的三脚架上，安静地待在那里。

至于伊萨克·哈卡布特，他发出了简直难以形容的哀号。似乎全宇宙里，从未有过商人遭遇如此挫折，从未有过如此可悲的损失降临到这样一个不幸的人身上。他那副可悲的样子实在是好笑，他一直哀号着，哭个不停。然而，他的眼睛始终警惕地盯着自己的每一件财物，在众人的哄笑之中，他坚决要求把每一件需要转移到安全地点的物品都登记在一张清单上。塞尔瓦达克贴心地允许他将所有货物集中放在一个单独的空旷区域，犹太人可以在这个地方尽情守护自己的财产。

到了1月10日，搬迁工作完成了。众人总算是摆脱了困境，不必暴露在危险的零下60度低温下，在新家安顿下来。"多布里纳"号上的灯照亮了这个大洞穴，通往他们曾经居住的地方的通道里。通道中还悬挂着几盏油灯，给这里增添了一种奇异的、有如画作的美感，堪比《一千零一夜》中的那些生动描述。

"尼娜，你喜欢这里吗？"本·佐夫问道。

"很喜欢！"孩子回答，"我们只不过是在地下室生活，而不是在一楼了。"

"我们会尽量让自己舒服些。"勤务兵说道。

"噢，是的，我们会很开心的。"尼娜说，"这里又温暖又舒服。"

塞尔瓦达克和他的两个朋友尽力在其他人面前隐藏自己的不安，但他们对目前的处境仍然充满疑虑。每当他们单独在一起时，常常会互相询问，如果火山内部的热量真的在衰退，或者如果一些意外的扰动导致彗星轨道发生改变，迫使他们不得不在这座阴森的住所里长期居住，大家到底该怎么办。燃料很快就会告急，但他们绝对不会奢求彗星能为他们提供燃料。谁能指望在加利亚的山腹中找到煤炭呢？煤炭可是历经千万年的演变，经过时间沉淀的古代森林的残留物。难道从死火山中挖出的熔岩灰会成为他们最后可用的可怜资源吗？

"振作点，朋友们，"塞尔瓦达克说道，"目前我们还有大把时间。让我们怀抱希望，在新困难出现的同时，也能有新的逃生之路打开。永不绝望！"

"说得对，"伯爵说，"有句老话叫'需求是发明之母'。而且，我觉得火山内部的热量在夏天之前应该不会耗尽。"

中尉也表示，他持相同的看法。他解释道，他之所以这么认为，是因为火山喷发物的氧化发热很可能是近期才发生的，因为彗星在与地球碰撞之前并没有大气层，因此没有氧气能够渗透到它的内部。

"你很可能是对的，"伯爵说，"既然如此，我反而不太担心火山内部的热量会消失，我更担心我们可能会面临一种更可怕的灾难。"

"什么灾难？"塞尔瓦达克问。

"火山突然再次爆发，出其不意地把我们卷入岩浆中。"伯爵回答道。

"天啊！"上尉喊道，"我们真不该去想这个。"

"喷发确实可能会再发生，"中尉冷静地说，"但是如果我们真的出其不意地被卷进去，那就是我们自己疏忽大意，缺乏警惕。"于是，话题就此结束。

1月15日到来了，彗星距离太阳两亿两千万法里。

加利亚抵达了远日点。

第十三章

沉闷的几个月

从此之后，加利亚的速度会不断增加，重新接近太阳。

除了那十三个被留在直布罗陀的英国人，加利亚上的所有生物都在火山口之下的黑暗深渊中找到了避难所。

那么，那些英国人怎么样了呢？

"肯定比我们好得多。"这是尼娜蜂巢中所有人都会同意的看法。大家也确实有充分的理由做出如此猜测。他们一致认为，直布罗陀的那一队人，不像他们自己，必须依赖熔岩流来获取热量。他们肯定有足够的燃料和食物，而且他们住在坚固的堡垒里，厚实的墙壁也能为他们提供足够的庇护，免受严寒的侵袭。那里的生活至少是舒适的，甚至可能是安逸的。墨菲准将和奥利芬特少校有更多的闲暇，足以解开棋盘上最深奥的难题。而且，他们都情绪高涨、充满信心，相信等到时机合适时，英国会给予那些忠诚地坚守岗位的勇敢士兵应得的称赞。

确实，塞尔瓦达克和他的朋友们也曾多次想到，如果他们的处境变得非常紧急，英国人或许可以作为最后的依靠，他们可以前往直布罗陀寻求庇护。英国人之前的态度并不热情，所以他们大概对重新开始与自己这一伙人交往没什么兴趣。但他们并不担心会遭到不友好的冷遇。他们很清楚，事情绝不会这样。不管英国人有什么缺点，同胞处在困境中时，他们也绝不会视而不见。然而，除非情况变得更加紧急，否则他们还是决定尽量留在现有的住所。到目前为止，他们的人数没有减少，但穿越那片没有任何遮蔽的冰原，几乎注定会导致一些人丧命。

尽管他们希望为所有生物在火山口的深处找到一个避难所，但从尼娜蜂巢搬迁时，他们不得不宰杀了几乎所有的家禽家畜。把它们都关在下面的洞窟里是完全不现实的，而如果把它们留在上面的通道里，只会让它们面临残酷的死亡。既然储藏室现在这么冷，肉类几乎可以永远保存下去，杀死这些动物似乎成了既明智又人道的选择。

塞尔瓦达克和本·佐夫当然希望能救出他们的爱马，所以他们小心翼翼地克服了所有困难，把西风和煎饼带到了火山口之下，将它们安置在一个大洞里面，并且提供了储备仍然很充足的饲料。

那些依靠人们扔给它们的残羹剩饭为生的鸟儿，也跟着人们迁徙到了下边。鸟的数量太多了，众人不得不时常屠杀大量的鸟。

新居的整体重建并不容易，耗费了大量时间，直到一月末，他们才算真正安定下来。随后众人便开始了单调乏味的生活。大家似乎都在身体的疲倦之外，渐渐地陷入了一种精神上的麻木。塞尔瓦达克、蒂马塞夫伯爵和普罗科普中尉竭尽全力，既克服着自己的麻木情绪，又试图阻止这种情绪蔓延到整个社区。他们提供了多种智力活动：他们举行辩论赛，鼓励每个人参与；他们大声朗读，并讲解从图书馆中拿到的基础科学手册或冒险旅行书籍中的片段。俄国人和西班牙人每天都围在大桌子旁边，专心听着这些知识，希望等到自己回到地球时，比离开地球时更加富有学识。

而哈卡布特始终保持着自私且压抑的状态，不愿参加这些社交活动。他总是缩在自己的角落里，要么整理账目，要么数着他的钱。总的来说，除了之前拥有的财富，他现在还额外拥有了十五万法郎，其中一半都是金币。但无论拥有多少财富，他都无法满足，因为他知道时间在流逝，他却没有机会把这些资金投入到有利的投资中去，也没有得到合适的利息。

至于帕米兰·罗塞特，他也没有时间参与大家的交流活动。他实在是太喜欢他的工作了，以至于无法容忍任何打扰。对他来说，生活在数字世界中时，冬天的日子就既不漫长也不沉闷。在确定了关于彗星的所有细节后，他又同样充满热情地研究着卫星奈丽娜的所有特性，他似乎在宣称自己对这颗卫星拥有某种所有权。

为了研究奈丽娜，他必须于卫星处在轨道的不同地点时进行几次实际观察。为此，他不止一次地走到上面的洞窟里，尽管寒冷异常，他仍然坚持使用望远镜，直到几乎彻底冻僵。但他现在最觉得自己缺乏的，是一个安静的房间，可以不受打扰地进行他的研究。

大约在 2 月初，教授向塞尔瓦达克上尉抱怨起来，请求为他分配一个房间，无论多么狭小都行，只要可以让他安静地完成自己的任务就好。塞尔瓦达克很快答应下来，说自己会尽力为他提供所需的空间，这让教授显得格外高兴，以至于上尉鼓起勇气提起了他一直心头挂念的问题。

"我说这些的意思，"他胆怯地开始说道，"并不是认为你的计算有任何不准确之处，但如果可以的话，亲爱的教授，你能否重新审视一下关于加利亚公转周期的估算呢？这实在是太重要了，你知道，哪怕半分钟的差异，都会影响我们与地球的重逢——"

看到罗塞特的脸上浮现出阴云，他又赶紧补充道：

"我敢肯定，普罗科普中尉会很乐意帮助你进行修订。"

"先生，"教授昂起头说道，"我不需要任何助手，我的计算不需要修订。我从来不会犯错。我已经计算了加利亚的相关数据，现在正在进行对奈丽娜的参数的估算。"

塞尔瓦达克意识到自己继续深究这个问题是不明智的，于是随口说道，他本以为地球上的天文学家早已计算出了奈丽娜的全部轨道参数。然而，这句话却是他最不该说的一句。教授对他怒目而视。

"这话可真是不中听，先生！"教授大喊道，"是的！奈丽娜曾经是颗行星，那时，所有与这颗行星相关的参数都已经确定。但现在，奈丽娜是一颗卫星。难道，你认为，先生，我们对我们卫星的了解，应该比那些地球人，"他轻蔑地撇了撇嘴，语气中带着鄙视，"对他们的月球的了解还要浅薄吗？"

"请原谅。"上尉连忙道歉。

"好吧，算了吧。"教授很快恢复了平静，"只要你能给我找个合适的地方进行研究就行。"

"如我所承诺的那样，我会尽力去做。"塞尔瓦达克回答道。

"很好。"教授说道，"不急，一小时后就行。"

然而，尽管这位学者表现得如此宽容，寻找一个符合他要求的研究场所仍然花费了几个小时。最终，他们在洞穴的一侧找到一个小小的凹陷，勉强容得下一张桌子和一把扶手椅。天文学家随即在这个狭小的空间里安顿下来，显得十分满意。

深埋在地下近九百英尺的加利亚人，本应拥有强大的精神力量来抵御单调乏味的生活所带来的压抑感。然而，许多天过去了，他们竟然没有一个人愿意走上地面。如果不是必须要获取淡水，恐怕他们根本不会尝试离开洞穴。

的确，他们偶尔也会进行一些向下的探险。三位领导者与本·佐夫曾一同深入火山口的底部，但这并不是为了进一步研究岩石的成分——尽管这岩石可能含有百分之三十的黄金，但对他们来说，黄金和花岗岩毫无区别——他们只是想确认地下火焰是否仍然活跃。对于这个问题，他们得到了满意的答案。他们还推测那场突然停止的喷发，必定是在别的什么地方重新爆发了出来。

2月、3月、4月、5月，日子在单调乏味中缓慢度过。每一天都毫无变化，以至于人们几乎察觉不到时间的流逝。众人似乎不是在生活，而是仅仅在保持活着。他们的精神萎靡已经令人感到担忧。围坐在长桌旁的阅读活动不再吸引人，而本就稀少的辩论也变得毫无生气。西班牙人几乎不会离开他们的床铺，甚至似乎连进食的力气都没有了。俄国人的天性较为坚韧，没有堕落到如此程度，但长期的幽闭生活也开始对他们产生消极的影响。塞尔瓦达克、伯爵和中尉十分清楚，这种精神萎靡主要是由于缺乏新鲜空气和运动所导致的，但他们又能怎么办呢？即便他们用最严肃的态度发出警告，这些人依旧无动于衷。事实上，他们自己有时也陷入了同样的倦怠之中，无论是身体上还是精神上，都常常会感到无比困倦，对食物也毫无兴趣。他们的天性仿佛已经退化，似乎和乌龟一般，能够一直冬眠，不吃东西，直到夏天到来。

　　然而，令人惊讶的是，小尼娜比任何人都更加坚强。她四处奔走，不停地劝一个人吃点东西，哄另一个人喝点水，每当巴勃罗表现出倦怠，她便设法让他振作起来。小女孩成了整个团队的活力源泉。她的欢声笑语在阴森的洞穴中回荡，宛如一只小鸟用悦耳的歌声驱散沉闷。她那欢快的意大利歌谣打破了死寂的沉默。即便加利亚上的众人并没有意识到她的影响，他们也仍然会时常期待她快活的身影。几个月的时间缓缓流逝，对于这些"活埋"在地下的人来说，他们甚至无法感知日子的变化，生活平淡得如一潭死水。

　　到了6月初，那种无处不在的倦怠终于有了一丝松动。众人状态恢复了，这可能是由于太阳的影响略有增强，尽管它距离加利亚依旧遥远。在加利亚年的上半年，普罗科普中尉一直认真记录着罗塞特教授每个月公布的彗星运行情况，如今，他甚至不需要再向教授请教，就能自己计算出加利亚回归太阳的速度。他发现，加利亚已经再次穿越了木星轨道，但它距离太阳仍然有一亿九千七百万法里。他估算，大约再过四个月，加利亚就会进入小行星带。

　　众人的生机和活力也在缓慢但却不可逆转地恢复着，到本月底，塞尔瓦达克和他的小团体已基本恢复了平时的身体和精神状态。尤其是本·佐夫，他精神焕发，就像沉睡已久的巨人突然苏醒过来一样。于是，他们开始更加频繁地前往许久未曾涉足的尼娜蜂巢。

　　有一天，他们前往海岸进行考察。天气依旧寒冷刺骨，大气仍然像以前一样静止，从地平线到天顶，整个天空晴朗无云，地面上的脚印依然清晰可见，就像刚刚踩下去的一样。唯一发生变化的地方是那个小海湾，那里的冰层继续增厚，两艘船被抬升到了一百五十英尺的高度，现在已经不可能登上两艘船。而且，一旦冰雪融化，它们几乎必然会遭到毁灭。

伊萨克·哈卡布特一直待在洞穴里，寸步不离地守护着自己的财产，并没有随队出行，因此他对自己的商船所面临的命运毫不知情。"还好那老家伙没来，"本·佐夫说，"否则他肯定会像孔雀一样大声尖叫。"他又自言自语地补充了一句："真是可惜了，光有孔雀的嗓门，却没有孔雀的漂亮羽毛！"

7 月和 8 月间，加利亚沿着轨道又向前推进了一亿六千四百万法里。夜晚依旧寒冷异常，但白天太阳直射赤道，温度会上升二十度左右。人们像鸟儿一样，整天待在温暖的阳光下，直到夜幕降临才依依不舍地返回那幽暗的洞穴。

这段时间或许可以被称为春天，它也确实给所有人带来了新的生机。希望与勇气重新燃起，因为太阳的圆盘每天都在缓慢地扩大，而地球在夜空的众多星辰中也显得越来越明亮。虽然它仍然遥不可及，但那个最终的目的地已在视野中欢快地闪烁。

"我简直无法相信，那遥远的光点里竟然包含着我的蒙马特尔山。"一天晚上，本·佐夫久久地凝视着遥远的地球，感叹道。

"希望有一天，你能亲自确认它在那里。"塞尔瓦达克说。

"希望如此。"勤务兵仍然盯着远方的星球，沉思了一会儿，又问道："我猜罗塞特教授不可能让他的彗星直接飞回去，是吧？"

"嘘！"塞尔瓦达克打断了他。

本·佐夫立刻明白自己的话不合适。

"不，"上尉继续说道，"人类无权干涉宇宙的秩序，那是更高的力量才能决定的事情。"

第十四章

教授的困惑

又是一个月过去了，现在是9月，但众人仍然不可能离开温暖的地下避难所，前往更为通风宽敞的尼娜蜂巢居住，因为在那里，"蜜蜂们"肯定会冻死。火山没有表现出恢复活跃的迹象，这既是令人庆幸的事，也是一种遗憾，因为火山如果重新开始爆发，确实可能使他们曾经的栖息地重新变得适宜居住，但同时，任何突然的喷发都可能给他们现在居住的地方带来灾难性的后果。因为火山口是唯一一个能让炽热的岩浆喷涌而出的出口。

"过去七个月真是糟糕透了，"一天，本·佐夫对他的上司说，"但对每个人来说，小尼娜都是个安慰！"

"是的，的确，"赛尔瓦达克回答道，"她真是个讨人喜欢的孩子。我简直不知道没有她我们该怎么办。"

"那我们回到地球后，她该怎么办呀？"

"没什么好担心的，本·佐夫，她一定会得到很好的照顾，我觉得我们应该收养她。"

"是的，是的，"本·佐夫表示赞同，"你可以做她的父亲，我做她的母亲。"

赛尔瓦达克笑了。"那我们就成了夫妻了。"

"我们已经像夫妻一样生活很久了。"本·佐夫严肃地说。

到了10月初，气温又上升了一些，现在温度不那么让人无法忍受了。

彗星和太阳之间的距离几乎是地球与太阳距离的三倍，因此温度计的读数几乎不会低于零下 35 度。

所有人都开始频繁造访尼娜蜂巢，几乎每天都去，他们也时常去海岸边，恢复了滑冰运动，像从地牢中释放出来的囚犯一样，享受着重新得到的自由。当其他人都在享受娱乐时，赛尔瓦达克和伯爵会与普罗科普中尉长时间交谈，讨论他们目前的位置和未来的前景，对加利亚即将与地球发生的碰撞做出各种猜测，并思考他们是否能设计出某些措施，来减轻这场碰撞带来的冲击。即便这些冲击不会导致加利亚上的居民遭受灭顶之灾，也可能会带来其他可怕的后果。

造访尼娜蜂巢最频繁的人就是罗塞特教授。他已经让大家帮忙，把望远镜搬回到他之前的天文台。尽管寒冷让他的工作遭受了一些阻碍，但他仍然尽最大可能坚持全身心投入天文学研究。

没人敢去询问教授的研究成果，但大家普遍注意到，一定有什么事情让教授变得越来越不安。人们看到他越来越频繁地费力爬上那条通往望远镜的艰难路途，还常常听到他在生气地低声咕哝，显然，他已经很焦虑了。

有一天，急匆匆下楼去他的研究室时，教授迎面碰到了本·佐夫。本·佐夫看到教授明显很不安，心中暗自有些幸灾乐祸，于是随口问了一句是不是有些事情不太顺利。这位好勤务兵从未透露教授是如何回应自己的询问的，但从此之后他就坚信，天上的某些东西一定出了大问题。

对于塞尔瓦达克和他的朋友们来说，教授一直这么不安，脾气这么暴躁，他们也很焦虑。他们不禁自问，教授为什么会这么不满？他们只能猜测，教授可能在计算中发现了某些错误。但如果真是如此，之前他们认为加利亚将会在某个时刻和地球接触，现在他们是否有理由担心这种预期是错误的？

日子一天天过去，教授的不安依旧没有停止。他似乎是世上最不快乐的人。对于教授这种暴躁易怒的性格，如果他的计算确实与观察结果不一致，这倒足以解释他一直以来的烦躁不安。但是教授从未开口解释过，他只是爬上望远镜，神色憔悴而又痛苦。每次教授因为寒冷不得不回到地下时，他都比之前更为愤怒。有时大家会听到他愤怒的发泄："该死！这到底是怎么回事？它在干什么？全都错了！牛顿是傻子吗？万有引力法则是胡说八道吗？"然后那个小老头会用双手抓住自己的头发，拼命拉扯着那些他原本就不多的头发。

众人偶尔会听到教授的只言片语，这就足以证实他们的怀疑：他的计算和实际的观测结果之间存在不可调和的差异。然而，如果有人要求他发表看法，他宁愿说控制天体运行的物理法则出了问题，也不愿意承认自己的计算存在哪怕一丁点错误。可以肯定的是，如果这位可怜的教授身上还有赘肉能瘦下去的话，他很快就会憔悴得只剩下一片影子。

但这种状况很快就结束了。12 日，本·佐夫正在大洞窟的大厅外徘徊，突然听到教授在屋里发出了一声大叫。他赶紧进屋，想看看怎么回事。本·佐夫发现罗塞特教授正处于一种极度狂乱的状态，欣喜与愤怒两种情绪似乎在他心中争夺着主导地位。

"尤里卡①！尤里卡！"兴奋的天文学家大喊道。

"平静点！你在说什么？"本·佐夫嘴巴张得大大的，满脸惊愕地大喊。

"尤里卡！"那小老头又尖叫了一声。

"尤里什么？什么里卡？尤什么卡？"困惑的本·佐夫大声问道。

"我说，尤里卡！"罗塞特再次喊道，"如果你不明白，那你就去问魔鬼吧！"

本·佐夫没有理会教授这个彬彬有礼的邀请，而是走向了他的上尉。"教授出了点事，"他说，"他像个疯子一样到处跑，还大喊着'尤里卡！'"

"尤里卡？"塞尔瓦达克惊讶地说，"那意味着他有了新发现。"他满心焦虑，赶紧去找教授。

---

① 尤里卡（Eureka）源于希腊语，意思是"我发现了"或者"我找到了"，用来表达发现某件事物、发现某种真相时候的感叹。

然而，尽管他非常渴望弄清楚教授的新发现意味着什么，他的好奇心还是没有得到满足。教授不停地喃喃自语，说着他听不懂的话："坏蛋！他迟早得为此付出代价。我一定会报复他！骗子！他骗了我！"但是他并没有回应塞尔瓦达克的询问，只是转身回到他的研究室。

　　从那天起，也不知道出于什么原因，罗塞特教授完全改变了他对伊萨克·哈卡布特的态度，此前他对哈卡布特一直表现出极度的厌恶和蔑视。但突然间，他开始对这位犹太人和他的买卖表现出异乎寻常的兴趣，常常去那间昏暗的小仓库拜访，询问生意情况，并对他的财务状况表示关切。

　　狡猾的犹太人对此有些惊讶，但他立即得出结论，认为教授可能打算借钱。因此，他在回答时非常小心谨慎。

　　哈卡布特从来不会发放贷款，除非利息很高，或者担保金远远高于贷款金额的时候。蒂马塞夫伯爵是一位俄国贵族，显然很富有，或许适当考虑后，哈卡布特可以借钱给他。塞尔瓦达克是加斯科涅人，而加斯科涅人向来贫穷，绝不能借钱给他。但是，眼前这个教授，一个仅凭科学谋生的人，财力很有限，难道他想借钱吗？哈卡布特宁肯相信自己会飞，也绝不会相信自己借钱给教授。正是这样的想法让他对罗塞特所有套近乎的招数都保持着谨慎的态度。

　　然而，没过多久，哈卡布特就不得不将自己的钱用于他未曾预料的目的。为了尽快卖出货物，他把所有的食品都卖掉了，却没有保留足够的储备供自己使用。令他觉得最难受的就是咖啡都卖没了，而咖啡对他来说是一种无法缺少的饮品，因此，他陷入了极大的困扰。

　　他为此琢磨了很久，最终说服自己，毕竟这些物资是大家共同拥有的，他理应和别人一样享有一份。于是，他走向本·佐夫，用尽量和蔼的语气请求他给自己一磅咖啡。

　　勤务兵疑惑地摇了摇头。

　　"老教授，你要一磅咖啡？我不能给你。"

　　"为什么不呢？你不是有吗？"伊萨克·哈卡布特问道。

"哦，当然有！有很多，足足一百千克。"

"那给我一磅吧。我会感谢你的。"

"留着你的感谢吧！"

"就一磅！你不会拒绝别人吧？"

"那正是问题所在，老塞缪尔。如果是别人想要咖啡，我倒知道该怎么办。但你的话，我得向总督阁下请示。"

"哦，总督阁下一定会公正对待我。"

"也许你会发现，你接受不了他的公正。"说完这句话，本·佐夫去找他的上司。

与此同时，罗塞特也在偷听这段对话，他暗自高兴，因为自己终于等到了一直在等待的机会。"怎么了，伊萨克先生？你把所有咖啡都卖掉了？"本·佐夫走后，罗塞特用充满同情的语气问道。

"哦，是的，"哈卡布特呻吟道，"现在我自己需要一些咖啡。在我那个小黑洞里，没有咖啡我根本活不下去。"

"当然，你不能没有咖啡。"教授同意。

"你不觉得总督应该给我一点吗？"

"当然应该给你。"

"哦，我真的很需要咖啡。"犹太人又说道。

"当然，"教授点头，"咖啡有营养，能温暖血液。你需要多少？"

"一磅。一磅足够我用很久。"

"那谁来给你称呢？"罗塞特问道，几乎忍不住自己的急切。

"哦，他们当然会用我的弹簧秤称的。这里只有这个秤。"当犹太人说这话时，教授觉得自己似乎听到了一丝微弱的叹息声。

"很好，伊萨克先生，这很好！你将得到七磅咖啡，而不是一磅！"

"是的，七磅，差不多吧。"犹太人犹犹豫豫地说道。

教授仔细打量着他的面容，正准备进一步询问时，本·佐夫回来了。"总督阁下说什么？"哈卡布特问道。

"嗯，尼赫迈亚，他说他一点咖啡都不会给你。"本·佐夫答道。

"天哪！"犹太人又要开始喊了。

"他说他不介意卖给你一些。"

"可是，老天啊，别人都能免费分到，为什么只有我需要付钱？"

"原因就是我之前和你说的，你不是别人。所以，来吧。你可以付钱买你想要的东西。我们倒要看看你的钱长什么样。"

"天哪！"老头又开始哀鸣。

"别再叫了！买还是不买？如果你打算买，就马上说，否则我就关门谢客了。"

哈卡布特很清楚本·佐夫不是个好惹的主儿，只能用颤抖的声音说："好吧，我买。"

教授一直在兴致勃勃地看着这场对话，面露满意的表情。

"你要多少？你打算收多少钱？"伊萨克一边悲伤地问道，一边把手伸进口袋，掂量着自己的钱。

"哦，我们对你很宽容，我们不会赚任何利润。你可以用我们买入的价格买走。每磅十法郎，你知道的。"

犹太人犹豫了一下。

"快点，犹豫什么呢？等你回到地球，你的金币就没有价值了。"

"你是什么意思？"哈卡布特吃惊地问。

"你总有一天会明白的。"本·佐夫意味深长地回答道。

哈卡布特从口袋里掏出一小块黄金，把它拿到灯下，翻来覆去地把玩着，并把它贴在嘴唇上。"你们会用我的弹簧秤称咖啡吗？"他的声音带着颤抖，似乎在印证教授的怀疑。

"没别的秤可用了，你明知道这一点，老吝啬鬼。"本·佐夫说。随后，弹簧秤被拿了出来，本·佐夫在钩子上挂了一个托盘，把咖啡放到上面，直到指针显示出一磅的重量。当然，这需要七磅的咖啡。

"给你！你的咖啡！"本·佐夫说。

"你确定吗？"哈卡布特凑近弹簧秤问道，"你确定指针已经碰到一磅的刻度线了吗？"

"是的，看一看就知道。"

"请稍微推一下托盘。"

"为什么？"

"因为——因为——"

"到底因为什么？"本·佐夫不耐烦地大声说。

"因为我觉得，也许——我不太确定——也许弹簧秤不太准。"

话音未落，教授像猛虎一样扑向犹太人，抓住他的脖子，把他摇晃得脸色发黑。

"救命！救命！"哈卡布特尖叫道，"我快被掐死了。"

"恶棍！彻头彻尾的恶棍！小偷！坏蛋！"教授不断叫骂，还在愤怒地摇晃着犹太人。

本·佐夫在一旁大笑着看热闹，根本没打算去干预，他对这两个人都没什么同情。

然而，争斗的声音吸引了塞尔瓦达克的注意，他和同伴们赶紧来到现场。很快他们就分开了争吵的双方。"这是怎么回事？"上尉问道。

教授气喘吁吁，但他刚刚恢复了力气后就说："那个老坏蛋，那个恶棍骗了我们！他的弹簧秤不准！他是个小偷！"

塞尔瓦达克严厉地看着哈卡布特。

"怎么回事，哈卡布特？这是真的吗？"

"不，不——是的——不是，阁下，只是——"

"他是个骗子，是个小偷！"激动的天文学家大声喊道，"他的秤骗人！"

"停，停！"塞尔瓦达克赶紧打断，"慢慢来。哈卡布特，告诉我——"

"弹簧秤做了假！他骗人！他撒谎！"罗塞特教授无法抑制自己的愤怒，大喊道。

"哈卡布特，我说了，告诉我怎么回事！"塞尔瓦达克重复道。

犹太人只是结结巴巴地说："是——不是——我不知道。"

但教授没有理会任何干扰，继续说道："假的秤！该死的弹簧秤！它给出的结果是错误的！质量不对！观测数据与计算结果相矛盾，都弄错了！它的位置错了！是的，位置完全错了！"

"什么？"塞尔瓦达克和普罗科普几乎同时喊道，"位置错了？"

"是的，完全错了。"教授说道。

"加利亚的位置错了？"塞尔瓦达克惊恐地问道。

"谁说加利亚了？"罗塞特愤怒地跺了跺脚，"我说的是奈丽娜。"

"哦，奈丽娜啊。"塞尔瓦达克说，"那加利亚呢？"他还是很紧张。

"加利亚当然是朝地球去的。我告诉过你了。可那个犹太人是个恶棍！"

第十五章

失望的旅途

正如教授所说。从伊萨克·哈卡布特开始从商的那一天起，他的所有交易都是用缺斤短两的秤来完成的。这台不准确的弹簧秤成了他财富的根源。但当他自己变成了买家，而不是卖家时，他的内心痛苦不已，因为他被迫吞下自己不诚实行为的苦果。任何了解他性格的人都不会对他被迫坦白的事情感到惊讶——他曾经卖出的每千克商品，实际的重量不过是七百五十克，少了整整四分之一。

然而，教授已经掌握了他所需要的所有信息。他把彗星的质量估计得太大了，因此教授发现自己的计算结果总是和奈丽娜的实际位置对不上，因为卫星的位置受其主星质量的影响。

现在，除了享受报复老哈卡布特的满足感之外，罗塞特还能基于正确的数据重新开始计算奈丽娜的参数，他很快就以加倍的精力投入这一任务中。

不难想象，伊萨克·哈卡布特被自己弄虚作假的手段坑了之后，遭到了他曾经欺骗过的人最无情的嘲笑。尤其是本·佐夫总是不停地提醒哈卡布特，等回到地球之后，他一定会因使用缺斤短两的秤而遭到起诉，而且肯定能见识见识监狱里面是什么样子。受到如此折磨的哈卡布特更加封闭自己，待在他那阴暗的山洞里不再出来，除非绝对必要，否则他几乎不与社区的其他成员接触。

10月7日，彗星重新进入了小行星带，加利亚曾经捕获了其中一颗小行星成为自己的卫星。小行星带的起源很可能是因为某个在火星和木星之间绕太阳公转的大行星发生了解体。到下个月初，他们将走完穿过小行星带的一半路程，距离预期中和地球重新会合的日子也只剩下了两个月的时间。现在，气温已经很少低于零下十二度，但现在依然十分寒冷，冰雪没有一丝即将融化的迹象。海面仍被冰封，两艘船也牢牢地停在冰做成的高台上，没有任何变化。

就在这个时候，人们开始思考，是不是应该重新和直布罗陀的英国人建立联系。这并不是因为有人怀疑他们能否成功应对严酷的寒冬，而是塞尔瓦达克上尉觉得这可以体现出他们的慷慨大度。尽管英国人过去的行为并不太礼貌，但至少他们应该被告知当前的真实情况，他们并没有机会了解这一切。而且，还应该邀请他们与尼娜蜂巢的居民共同合作，看看能不能有人提出什么想法，减轻即将发生的碰撞造成的冲击。

伯爵和中尉都衷心赞同塞尔瓦达克的人道精神与审慎看法，并且都一致认为，如果要开启这一交流，那么现在正是最合适的时机，因为此时冰冻的海面一马平川，坚硬厚实。而一旦海面开始解冻，游艇和商船可能都会损坏，更不可能用蒸汽小艇，因为留给蒸汽小艇作为燃料的煤炭只剩下几吨了。只够在需要的时候把众人运到古尔比岛。至于那一架改装成雪橇的小艇，虽然它成功地完成了前往福门特拉岛的行程，但如果没有风的话，它完全没办法用。确实，夏季温度回升，加利亚的大气肯定会产生扰动，从而产生风，但就目前而言，空气过于平静，根本不可能用那艘小艇驶向直布罗陀。

剩下的唯一问题就是是否能够仅凭双脚前行。距离大约是两百四十英里。塞尔瓦达克上尉表示自己完全能够完成这项任务。他说，对像他这样的经验丰富的滑冰者来说，每天滑行六七十英里根本不算什么。整个往返行程最多只需要八天时间。如果准备了指南针、足够的冷肉和用来煮咖啡的酒精灯，他完全有信心毫不费力地完成这个符合他冒险精神的任务。

伯爵和中尉都急切地表示愿意陪伴他，甚至主动提出要替代他去，但塞尔瓦达克在感谢了他们的关心之后，拒绝了他们的提议，并决定自己只带上勤务兵本·佐夫。

本·佐夫对上尉的决定感到非常高兴，满意地说"伸伸腿"也很不错，并且表示绝对不会让上尉自己出发去目的地。他们一天都没有耽搁，出发时间定在第二天早上，即 11 月 2 日。

毋庸置疑，塞尔瓦达克提议访问直布罗陀的主要动机是真心想为他的同胞做点善事。但必须承认，这位可敬的加斯科涅人脑子里还有另一个想法，这一想法并未透露给任何人，尤其是蒂马塞夫伯爵。本·佐夫隐约察觉到他的上司似乎有点自己的小心思，因为就在出发前，塞尔瓦达克私下里问本·佐夫，他们的物资储备中是否有法国的三色国旗。

"我想是有的。"勤务兵回答。

"那就别告诉任何人，把它牢牢地装在你的背包里。"

本·佐夫找到了那面旗，并照指示将其折好。在继续解释塞尔瓦达克神神秘秘的行为之前，我们还要先提及一件事实，这与天文现象无关，但却与人性中的弱点有关。随着加利亚接近地球，塞尔瓦达克与蒂马塞夫伯爵之间开始产生了一种隐约的隔阂。虽然他们自己似乎也没有意识到这一点，但他们曾经的竞争意识在被遗忘了一年又十个月之后，不知不觉地重新占据了他们的心头。一个问题马上就要浮现：如果他们回到地球，发现漂亮的 L 夫人仍然单身，会发生什么呢？他们会不会从同甘共苦的同伴又变成公开的对手？不管他们如何掩饰，但毫无疑问，他们那种虽不算亲密无间，但也一直友好而礼貌的关系，已经开始渐渐变得冷淡。

在这种情况下，塞尔瓦达克没有将自己的计划告诉伯爵，实在不足为奇。这个疯狂的计划几乎肯定会加剧他们之间那种尚未公开的裂痕。

这个计划就是将休达并入法国的领土。英国人继续占领直布罗陀的一部分是理所当然的，他们的主权无可争议。但在这次冲击之前，休达岛一直位于海峡对岸，并被西班牙人占领，但自从冲击发生后，岛屿被遗弃，因此第一个占领者可以宣称休达的所有权。塞尔瓦达克现在的心愿，就是在休达岛上升起法国的三色旗。

"谁知道，"他自言自语，"返回地球之后，休达岛是否会占据一个很重要的地理位置？能把它归为法国领土，岂不是一件值得骄傲的事？"

第二天早晨，当他们简单地和朋友做了告别，离开海岸上的人的视野时，塞尔瓦达克向本·佐夫透露了他的计划。本·佐夫对此计划表现出极大的兴趣，并表示自己非常高兴，不仅是因为他们能够为自己深爱的祖国增加领土，还因为能在英国之前抢占先机。

两位旅行者都穿得很暖和，勤务兵的背包里装有所有必需的食物。旅途一切顺利，没有发生特别的意外；他们按时停下来休息和用餐。夜晚和白天的温度都很适宜。由于他们依靠指南针保证自己一直走在正确的方向上，出发后第四天下午，冒险者们离休达岛已经只有几英里之遥。

本·佐夫在西方的地平线上看到了岩石，他立刻变得非常兴奋。他就像是身处在一个正在冲锋的军团中一样，激动地讲着"纵队""方阵"和"冲锋"之类的词。塞尔瓦达克虽然表面上很平静，但他的内心也同样迫切地想赶紧抵达岩石那里。他们俩全速向前行驶，直到距离海岸约一英里半时，视力非常敏锐的本·佐夫突然停了下来，说他确信自己看到了岛的最高处有什么东西在动。

"没关系，快点走，"塞尔瓦达克说道。几分钟后，他们又前进了一英里，本·佐夫再次停了下来。

"本·佐夫，怎么了？"上尉问道。

"我好像看见有个人站在岩石上，挥舞着手臂。"本·佐夫回答。

"该死！"塞尔瓦达克低声咕哝道，"希望我们还不算太晚。"他们继续前进，但不久后，本·佐夫第三次停了下来。

"那是一个发信号的装置，先生，我看得非常清楚。"他确实没有看错，他看到的东西正是一个正在运作的电报台。

"该死！"上尉咒骂道。

"先生，你觉得已经来不及了吗？"本·佐夫问道。

"是的，本·佐夫。如果那是一个电报台——毫无疑问，它确实是——那么有人比我们早到这里，并且把电报台都安了上去。而且，如果它在运作，那就意味着现在肯定有人在操作它。"

他深感失望。向北望去，他隐约看到了直布罗陀在很遥远的地方。上尉和本·佐夫都觉得他们在直布罗陀的最高处看到了另一个电报台，无疑在对这个电报台做出回应。

"是的，事情很清楚了，他们已经占领了这里，并且建立了通信。"塞尔瓦达克说道。

"那我们该怎么办？"本·佐夫问。

"那我们必须把我们的失望藏起来，尽量装出一副好脸色。"上尉回答。

"但是，也许只有四五个英国人在守卫这里。"本·佐夫说，他似乎在考虑能不能发动进攻。

"不，不行，本·佐夫，"塞尔瓦达克说，"我们不能鲁莽行事。我们已经收到警告，除非我们能劝说他们放弃这里，否则我们只能放弃我们的目标。"

他们失落地来到了岩石脚下。突然间，一名哨兵猛然出现在他们面前，就像是从恶作剧盒子里跳出来的弹簧小丑一样，挑衅地说："谁在那里？"

"我们的目的很友好。法兰西万岁！"上尉喊道。

"英格兰万岁！"士兵回答道。

这时，其他四名士兵也出现在岩石上方。

"你们要干什么？"其中一个士兵问道。塞尔瓦达克记得自己曾在直布罗陀见过他。

"我能见见你们的指挥官吗？"塞尔瓦达克问。

"哪个指挥官？"士兵问，"你是说休达的指挥官吗？"

"如果你们有休达的指挥官，那我就见他吧。"

"我会和他通报你们的到来，"英国士兵回答道，随后消失了。

几分钟后，指挥官穿着整齐的军装走下海岸。来人正是奥利芬特少校。

塞尔瓦达克不再怀疑英国人已经抢先占领了休达。显然，在海面冻结之前，食物和燃料已经通过船只从直布罗陀运送到了这里，而凿在岩石上的坚固炮塔为奥利芬特少校和他的队伍提供了充足的庇护，使他们免受严冬的侵袭。岩石上方升起的烟雾足以证明他们的篝火仍然旺盛，士兵们身体状况良好，他们显然不缺丰盛饮食，就连少校也比之前胖了一些，虽然他自己不愿意承认这一点。

休达岛距离直布罗陀只有大约十二英里，岛上的守军小队并不觉得自己孤立无援。他们可以频繁地穿过冰封的海峡，并且一直使用电报和另外一座岛屿上的同胞保持联系。墨菲准将和奥利芬特少校甚至没有放弃下国际象棋。塞尔瓦达克上尉之前造访时，二人没有下完的那一局棋仍然在继续。就像 1846 年两支美国国际象棋俱乐部在华盛顿和巴尔的摩之间的著名对局一样，这两位英勇的军官也用电报台来传递他们精心考虑过后的棋步。

奥利芬特少校站着没有动，等待来访者开口。

"我想，你是奥利芬特少校吧？"塞尔瓦达克礼貌地行了个礼。

"是的，先生，我是奥利芬特少校，休达岛守军指挥官。"对方如此回答，"那么，我能否知道自己在有幸和谁交谈？"

"法国的加利亚总督，塞尔瓦达克上尉。"

"幸会！"少校带着傲慢自大的表情说道。

"请原谅，"塞尔瓦达克继续说道，"但看到你担任休达的指挥官，我很惊讶，因为我一直认为这里是西班牙的领土。请问，你凭借什么来主张对这里的主权？"

"我是这里的首位占领者。"

"但你不认为，住在我那里的西班牙人，会更有权利宣布自己对休达的主权吗？"

"塞尔瓦达克上尉，恕我不能苟同。"

"为什么呢？"上尉继续追问。

"因为这些西班牙人已经通过正式契约将休达岛完整地转让给了英国政府。"

塞尔瓦达克不禁发出了惊讶的呼声。

"而作为这一重要转让的费用,"奥利芬特少校继续说,"他们已经收到了英国政府足额支付的大量黄金。"

"啊!"本·佐夫喊道,"这就能解释为什么那个内格雷特和他的人手里有这么多钱。"

塞尔瓦达克沉默了。之前他就曾经听说两位英国军官秘密访问了休达岛,现在他终于知道了二人的目的。他原本打算用来反驳的论据都用不上了,现在,他唯一要做的,就是小心谨慎,以免让别人察觉到自己已经彻底失败的计划。

"塞尔瓦达克上尉，我很荣幸能接待你的来访，但请允许我问一下，你此行的目的是什么？"奥利芬特少校问道。

"奥利芬特少校，我来这里，是为了给你和你的同伴提供帮助。"塞尔瓦达克从沉思中恢复过来，回答道。

"啊，这样啊！"少校回答。他似乎觉得自己完全不需要外界的任何帮助。

"少校，我想，你或许不知道，休达岛和直布罗陀已经在彗星的表面上，在太阳系中穿行。"

少校露出了不相信的笑容，但塞尔瓦达克毫不气馁，继续详细说明了彗星与地球碰撞的事情，并补充说，由于即将发生另一次碰撞，他认为加利亚上的全体人类最好团结起来，为大家的共同利益采取预防措施。

"事实上，奥利芬特少校，"他最后说道，"我来这里的目的是询问，你和你的同伴是否愿意加入我们，一起来到我们的驻地。"

"我非常感谢你，塞尔瓦达克上尉，"少校僵硬地回答，"但我们完全没有放弃我们驻地的打算。我们没有收到政府的相关命令，事实上，我们根本没有收到任何命令。我们给海军大臣的报告还在等待邮出。"

"但请允许我再强调一次，"塞尔瓦达克坚持道，"我们已经不在地球上了，我们预计，大约在八周后，我们会再次接触地球。"

"我相信，"少校回答道，"英国会尽全力让我们回到地球。"

塞尔瓦达克没什么办法了。显然，奥利芬特少校完全不相信他说的任何一句话。

"那么，我是否可以理解为，你决心留在英国在休达和直布罗陀的两处驻地？"塞尔瓦达克决定最后再尝试一次。

"当然，这两个据点控制着地中海的入口。"

"但如果地中海已经不存在了呢？"上尉反驳道，他开始有些不耐烦了。

"噢，英国总会处理这个问题的。"奥利芬特少校冷静地回答，"但抱歉，我看到墨菲准将刚刚发来电报，讲了他的下一步棋。请允许我向你道一声再见。"

说完这些，少校便转身离开，回到了堡垒中，士兵们跟在他身后。塞尔瓦达克心中充满了愤怒和沮丧，狠狠地咬着胡须。

"我们可真是把这件事搞得一团糟！"本·佐夫说。现在只有他和上尉两个人了。

"我们马上回去。"塞尔瓦达克上尉说。

"是的，越快越好，夹着尾巴溜回去。"本·佐夫说，这次他兴致全无，完全没有来时的轻松激动。于是，法国三色旗就和它出发时一样，依然被装在本·佐夫的背包里。

出发后第八个晚上，旅行者们再次踏上火山岬角，恰巧赶上了一场剧烈的骚动。

帕米兰·罗塞特正在大发雷霆。他已经完成了关于奈丽娜的所有计算，但那颗背信弃义的卫星完全消失了。这位天文学家因为失去了自己的月亮而陷入疯狂，它可能被某个更大的天体捕获，现在正在小行星带中的某个地方旋转着。

第十六章

大胆的提议

回到营地后，塞尔瓦达克向蒂马塞夫伯爵汇报了他此次远征的结果。他当然没有讲自己的个人计划，但他并没有隐瞒西班牙人把休达出售给英国人的事情，尽管那些西班牙人其实根本没有权利卖出领土。

英国人拒绝离开自己的驻地，因此他们也将被排除在塞尔瓦达克一行人的计划之外。塞尔瓦达克已经警告过英国人了，但既然他们不信，他们只能自己承担后果。

虽然事实证明，在之前一次相撞时，古尔比岛、直布罗陀、休达、马达莱娜和福门特拉的任何生物都没有受到伤害，但不能因此就确定第二次冲击时人们也会免于受伤。之前众人侥幸逃脱，无疑是因为星球的运动发生了一些细微但很难解释的变化，但地球上的居民是否也如此幸运，仍然是一个有待确定的问题。

塞尔瓦达克回来的第二天，他、伯爵和普罗科普三人在洞穴中会面，正式讨论在当前形势下的最佳应对方案。本·佐夫当然也被允许出席，他们还邀请了罗塞特教授，但他说自己对这件事不感兴趣，于是拒绝了。实际上，教授失去了自己的卫星，因此大受打击，而且他可能很快就会失去自己的彗星，这让他陷入了深深的悲伤之中，他现在更想自己一个人面对这些痛苦。

尽管塞尔瓦达克和蒂马塞夫伯爵之间的无形隔阂在暗中加深，但他们还是谨慎地掩饰了内心的情感，并在没有个人偏见的情况下，专心讨论这一关乎双方、关乎殖民地全体人员的重大问题。

塞尔瓦达克首先开口："如果罗塞特教授的计算没有错误，五十一天后，这颗彗星将与地球再次碰撞。我们现在需要探讨的问题是，我们是否为即将到来的冲击做好准备。请大家一起思考一下，有没有我们能办得到的方式，来避免很可能会发生的严重后果？"

蒂马塞夫伯爵用一种异常庄重的声音说道："在这种情况下，我们只能听从上帝的安排。人类的预防措施无法改变神的意志。"

"哪怕我对上帝的旨意怀有最深的敬意。"塞尔瓦达克说，"我恳请大家相信，我们有责任采取一切可能的手段来逃避这场危险的灾难。自助者，天助之！"

"那么，请允许我问一下，你能提出什么办法吗？"伯爵带着一丝讽刺的语气问道。

塞尔瓦达克不得不承认，他的脑海中还没有任何具体可行的方法。

"我不想打断大家，"本·佐夫说道，"但我不明白，像你们这么博学的人，怎么就不能让彗星按照你们的意愿去走。"

"本·佐夫，你对学识的理解不太对。"上尉说道，"即使是罗塞特教授，凭他的所有学问，也无法阻止彗星和地球相撞。"

"那我就看不出学问有什么用。"本·佐夫回答道。

"学问的一大用处，"蒂马塞夫伯爵微笑着说，"就是让我们认识到自己的无知。"

在这段对话进行时，普罗科普中尉一直默默坐着，若有所思。现在他抬起头来说道："在这次预计的冲击中，可能会有多种危险。各位，如果你们允许，我来列举一下，或许我们按顺序讨论，能够更好地判断我们能否成功应对，或者想到某种方法来减轻撞击的后果。"

大家都表现得很专注。令人惊讶的是，他们竟然如此冷静地讨论这些如此富有威胁、如此不祥的局势。

"首先，"中尉继续说，"我们来列举冲击可能发生的几种方式。"

"而要记住的首要事实就是，"塞尔瓦达克插话道，"两颗天体撞击时候的速度大约为两万一千英里每小时。"

"没错，这真是太快了！"本·佐夫嘟囔道。

"确实如此。"普罗科普说，"现在，这两个天体可能面对面撞到一起，也可能斜着擦过对方。如果碰撞的角度足够倾斜，那么加利亚可能就会和上次一样，轻轻掠过地球，带走地球的一部分大气和物质之后回到太空，当然也可能什么都不带走。但是碰撞之后，加利亚的轨道肯定会发生变化，即便我们能在碰撞中幸存，我们也没有可能再回到人类社会之中了。"

"我想，罗塞特教授很快就会意识到这一点。"本·佐夫说。

"不过我们就不再继续讨论这种情况了。"普罗科普中尉说，"我们的经验已经足够，这种碰撞的优点和缺点我们都很清楚了。我们再来考虑一下更严峻的情况：加利亚直接撞到地球上。这样，地球就会直接受到彗星的冲击，彗星也会留在地球表面。"

"然后就成了地球脸上的一个大疙瘩！"本·佐夫大笑。

塞尔瓦达克上尉朝着勤务兵竖起一根手指，示意他不要插科打诨。

"我想，这一点应该是显而易见的，"中尉继续说道，"相对彗星来说，地球的质量实在是太大了，如果加利亚迎头撞上地球，地球本身的运动根本不会有什么显著减缓，它会带着彗星一同前进，加利亚将会成为地球的一部分。"

"嗯，这个问题几乎没有什么疑问。"塞尔瓦达克说道。

"那么，"中尉继续说，"我们的彗星上，哪个部分会与地球发生碰撞呢？可能在赤道上，就在我们居住的地方，也可能是正好在赤道的另外一边，在我们的背面，又或者是任何一个极点。但无论是哪种情况，看上去我们都是死路一条。"

"情况这么令人绝望吗？"塞尔瓦达克问道。

"我来告诉你为什么会这么令人绝望。如果我们居住的地方迎面撞上地球，自不必说，冲击的力量一定会把我们压成粉末。"

"彻底成肉末了！"本·佐夫插话，尽管上尉一再警告他，但他仍然没能完全闭嘴。

普罗科普皱了皱眉，他的话被打断，他有一点点不悦。稍微停顿了一下之后，他继续说："而如果碰撞发生在我们居住的地方的背面，彗星的速度会突然减慢，这相当于我们以极大的速度摔到地面上。另外，我们还面临窒息的风险，因为彗星上的大气将与地球的大气融合，假设我们没有被撞成碎末，那么我们就会发现，自己站在一座高山的山顶上。因为实际上，加利亚会成为地球上的一座巨山。我们所在的山顶距离地面有四百五十英里，没有一丝空气可供呼吸。"

"那如果碰撞发生在彗星的极点，我们的逃生机会是不是要大得多？"蒂马塞夫伯爵问道。

"考虑到两者的相对速度，"中尉回答，"我不得不说，恐怕冲击的力道会很大，以至于我们仍然无法避免遭受灭顶之灾。"

一阵沉默过后，中尉自己又打破了沉默。"即使这些意外情况没有按照我们预想的方式发展，我也担心我们会被活活烧死。"

"活活烧死！"大家齐声惊叫。

"是的，如果现代科学的理论是正确的，在彗星的速度突然降低时，动能会转化为热量，这个热量会强烈到足以将彗星的温度提高到数百万度。"

没有人能提出任何有效的措施，来解决普罗科普中尉提到的不祥预测。大家都陷入了沉默。过了一会儿，本·佐夫问道，彗星是否有可能掉进大西洋正中间。

中尉摇了摇头。"即使是这样，也只不过是给我们的各种不幸命运额外增加了淹死的可能性。"

"那么，按照我的理解，"塞尔瓦达克说道，"无论冲击发生在哪个位置，或者以什么方式发生，我们一定会被压碎、窒息、烧死或淹死。中尉，你的结论是这样吗？"

"我承认，我看不到其他的可能性。"中尉冷静地回答。

"但难道没有其他办法吗？"本·佐夫说道。

"你有什么想法？"上尉问道。

"嗯，我的想法就是在冲击来临之前，赶紧离开彗星。"

"但你怎么离开彗星？"

"这我就不知道了。"本·佐夫回答。

"我也不知道我们能不能做到。"中尉说。

突然间，所有人的目光都集中在他身上，他显然在冥思苦想，思索着某种新方法，"是的，我想这是可以做到的，"他说，"这个计划可能听起来有点夸张，但我觉得它有可能实现。本·佐夫说得对，我们必须在冲击来临之前设法离开加利亚。"

"离开加利亚？怎么离开？"蒂马塞夫伯爵说。

中尉没有立即回答。他继续沉思了一会儿，最终缓慢而清晰地说："我们做一个气球！"

塞尔瓦达克的心一下子沉了下去。

"气球！"他惊呼道，"根本不可能！气球已经是过时的东西了。甚至在小说里也几乎见不到气球。用气球逃生，这怎么可能呢！"

"听我说，"中尉说道，"也许我能说服你相信，我的想法并不像你想象得那么荒谬。"他紧皱眉头，开始阐述自己计划的可行性："如果我们能够准确知道冲击发生的时刻，并且在足够的时间之前成功地把自己送入加利亚的大气层，我相信我们会发现，彗星的大气层会与地球的大气层融合，在极大的相对速度之下，气球会开始旋转，在混合的大气中滑行，直到冲击过后，它会停留在半空中。"

蒂马塞夫伯爵沉思了一会儿，说道："我想，中尉，我明白你的计划了。这个方案听上去是可行的。我将全力协作，尽我所能帮助落实这个计划。"

"不过，记住，"普罗科普中尉接着说道，"成功的机会可不大。如果途中有一刻的阻碍或者停顿，我们的气球就会被烧成灰烬。不过，虽然我不愿意承认，但我必须说，我们唯一的希望就是设法从这颗彗星上逃脱。"

"即使成功的机会只有万分之一，"塞尔瓦达克说道，"我认为我们还是要尽力尝试。"

"但我们有足够的氢气来充气球吗？"伯爵问。

"用热空气就够了。"中尉回答，"我们只需要飞行一小时左右。"

"啊，热气球！蒙戈尔菲耶[①]的气球！"塞尔瓦达克喊道。"但是你准备用什么来做气球皮？"

"我已经想好了。我们必须把'多布里纳'号的帆布割下来，它们既轻便又结实。"中尉回答。蒂马塞夫伯爵夸赞了中尉的巧妙想法，而本·佐夫则忍不住发出一声响亮的欢呼，会议到此结束。

普罗科普中尉提出的计划确实十分大胆，不过，他们所有人都只有这一线生机，因此这个计划必须得到坚决执行。为了这次行动的成功，他们必须知道碰撞发生的时间，精确到分钟，而塞尔瓦达克上尉接下了这项任务——无论是采取温和的手段还是严厉的方式，都要从教授那里得到这个秘密。

普罗科普中尉负责制造热气球，工作立刻开始。气球要足够大，可以容纳火山中的所有居民，而且为了提供足够的悬空时间，以便找到一个合适的降落地点，中尉还需要保证气球能携带足够的干草，以维持燃烧一段时间，保持必要的热空气供应。

"多布里纳"号的帆布已经被小心地存放在尼娜蜂巢里，布料很紧实，再涂上商船货物中找到的清漆，就可以保证足够的气密性。中尉自己设计了气球的样式并把布料裁剪好，大家一起忙着将它们缝合起来。幼小的手指头还不适合做这项工作，但小尼娜也坚持完成了她的那一份。俄国人对此类工作驾轻就熟，他们把其中的技巧传授给西班牙人后，组装气球皮的工作很快就完成了。只有伊萨克·哈卡布特和罗塞特教授没有参与这项繁重的工作。

一个月过去了，但塞尔瓦达克依然没有找到机会，获得他承诺要得到的信息。他唯一一次鼓起勇气与天文学家谈及此事时，得到的回答是这样的：

---

① 蒙戈尔菲耶兄弟，法国发明家，热气球的发明者。

反正又不急着回到地球，为什么要去担心回去的路上有什么危险呢？

事实上，随着时间的推移，教授变得越来越难以接近。温度宜人，他能够整天待在他的天文台里，那里严禁任何打扰。可是塞尔瓦达克仍然在坚持等待时机，他更加深刻地认识到，弄清楚碰撞的确切时刻至关重要，因此他耐心地等待着一个合适的机会，重新向这位不愿开口的天文学家提问。

与此同时，星空中的地球每天都在增大。彗星在一个月内行进了五千万法里，到了月底，它离太阳的距离已经不超过七千八百万法里。

加利亚开始解冻，冰封的海洋渐渐融化，景色异常壮丽。正如捕鲸人形容的那样，"海的巨大声音"在所有人耳中响起，庄严而深沉。小溪的水流开始沿着山坡流淌下来，一直流到海岸。雪开始渐渐融化，这些溪流很快变成了急流和瀑布。轻雾开始在地平线上汇聚，形成云朵，随风快速移动。加利亚的大气中已经许久没有这样的风了。所有这一切无疑预示着更为剧烈的大气变化。但人们很乐于看到这些，因为这意味着春天又来了，任何对未来的忧虑都无法阻止大家对此欢欣鼓舞。

化冻也带来了不可避免的灾难，"多布里纳"号和"汉萨"号都被完全摧毁了。就像北冰洋的冰山一样，把两艘船托起来的冰座底部，正在逐渐被温暖的水流侵蚀。12日夜间，巨大的冰座突然坍塌，第二天早上，人们看到"多布里纳"号和"汉萨"号只剩下了一些散落在岸边的碎片。

尽管所有人早就知道这场灾难一定会发生，但大家还是感觉到很沮丧，似乎他们与地球母亲的最后一点联系也被切断了。船已经没了，只剩下一个气球替代它们！

"汉萨"号被摧毁，伊萨克·哈卡布特的愤怒简直难以形容。他用尽了最可怕的诅咒，咒骂着他心目中"罪恶的异教徒"。他声称塞尔瓦达克和他的人要为他的损失负责，发誓要起诉他们，让他们来赔偿损失。他声称，自己是被他们从古尔比岛劫掠到这里的，实际上，他的咒骂实在是让人难以忍耐，塞尔瓦达克威胁说，如果他不收敛一些，就要给他关起来，犹太人发现上尉是认真的，而且可能真的会毫不犹豫地实施惩罚，只能闭上嘴，偷偷溜回他那昏暗的角落里。

14 日，气球制作完成，经过精心缝制和上漆，它的结构已经相当坚固。气球外面覆盖着一层网状物，这张网是用游艇的帆索制作的，而气球的吊篮则由"汉萨"号货舱的柳条隔板制成，足够宽敞，可以容纳二三十个乘客。由于升空时间非常短，气球的任务只不过是从加利亚的大气层前往地球的大气层，因此没有考虑到乘坐的舒适便利。

当务之急是尽快弄清楚即将到来的碰撞到底会在哪一时刻发生，但教授似乎坚持保守秘密，他的决心更加坚定。

15 日，彗星穿越了火星的轨道，距离火星五千六百万法里，足够安全。然而在那一夜，所有人都以为他们生命的最后一刻就要在谁都没有预感到的情况下来临，因为火山开始摇晃，仿佛火山之中发生了剧烈震动，塞尔瓦达克和他的同伴们确信山体随时都会突然崩塌，他们急忙跑到空旷的地方。

他们刚逃到岩石上，第一眼看到的就是可怜的教授，他正艰难地爬下山坡，悲痛欲绝地拿着一块望远镜的碎片。

但现在不是安慰他的时候。

一个新的奇迹吸引了所有人的目光。在夜色中，一颗新的卫星在他们眼前闪闪发光。

那个卫星曾经是加利亚的一部分！

由于内部热量导致的膨胀，加利亚就像冈巴尔 [1] 的彗星一样，裂成两块，一块巨大的碎片已经脱落，并被抛入太空。

这块碎片上还有休达和直布罗陀，以及两支英军驻军！

---

[1] 让 - 费利克斯·阿道夫·冈巴尔，法国天文学家，以研究行星和彗星闻名。

第十七章

冒险启程

　　这突然的分裂会带来什么后果？塞尔瓦达克和他的伙伴们简直不敢去想。

　　他们注意到的第一个变化就是太阳升起和落下的速度，这让他们得出结论：尽管彗星仍然在从东向西自转，但它的自转周期已经缩短了一半，两次日出之间只有六个小时，而不是十二小时。太阳在西方升起三小时之后，就会在东方落下。

　　"事情变得更乱了！"塞尔瓦达克喊道，"现在，我们一年里面有两千八百八十天。"

　　"我看，要找到足够多的圣人来填满这个日历^①可不容易！"本·佐夫说。

　　塞尔瓦达克笑了笑，接着说："教授得开始说 6 月 238 日，或者 12 月 325 日了。"

　　很快，所有人就发现这块碎片并没有绕着彗星旋转，而是开始逐渐远离彗星，进入深空之中。它是否带走了一部分大气？是否具备支持生命的条件？是否可能再次接近地球？没人能回答这些问题。对于他们自己而言，最重要的问题就是，彗星的分裂会对加利亚的行程产生什么影响。而且，塞尔

――――――――――――――

　　① 基督教中，会用特定的某一天来纪念某一位圣人。

瓦达克和他的同伴们已经感到自己的肌肉力量又变强了一些，重力又轻了一些，他们不禁开始怀疑，彗星质量的变化会不会导致它完全错过与地球的相遇。

尽管普罗科普中尉表示自己无法明确做出判断，但他很显然倾向于认为彗星的速度不会发生改变。罗塞特教授无疑可以清楚地回答这个问题，这也正是迫使他透露碰撞确切时刻的时机。

然而，教授的脾气糟透了。他整天郁郁寡欢，无论是谁和他说话，他都显得很不耐烦。显然，失去望远镜导致他的脾气越来越差。不过，从罗塞特持续的烦躁中，上尉看出了相当有利的结论。如果彗星偏离了原来的轨道，哪怕只偏离了一点点，它就会错过和地球的重逢，那么教授一定无法掩饰自己内心的满足。但他们需要知道的不仅仅是这些，时间紧迫，他们必须尽快得知具体细节。

他们期盼的机会很快就到来了。

18 日，罗塞特和本·佐夫发生了激烈的争执。本·佐夫嘲笑教授，谈起了教授的小彗星分裂的事情。他说，加利亚就像个孩子的玩具一样裂成两半，这真是太逗了。彗星也会分裂，和坚果似乎没什么不同，难道生活在一个会爆炸的炸弹上很好吗？勤务兵还说了很多类似的话。教授为了报复，开始讽刺起"高大的"蒙马特尔山，争论变得越来越激烈，直到塞尔瓦达克走了过来。

上尉觉得他可以利用这场争吵来获取他急切需要的信息，于是他假装支持本·佐夫的观点，把自己置身于教授怒火的风口浪尖。

罗塞特的言辞越来越激烈，塞尔瓦达克假装自己被激怒，已经无法忍受，大喊道：

"先生，你忘了你是在对加利亚的总督讲话！"

"总督？胡说！"罗塞特咆哮道，"加利亚是我的彗星！"

"我不同意，"塞尔瓦达克说道，"加利亚已经失去了返回地球的机会。加利亚与你无关，它是我的。你必须服从我带领的政府。"

"谁说加利亚不会回到地球？"教授问道，带着一种鄙视的神态。

"嗯？难道加利亚的质量没有减轻吗？难道它没有被一分为二吗？难道它的速度没有改变吗？"上尉说道。

"又是谁告诉你这些的？"教授再次冷笑道。

"这很明显啊，大家都知道。每个人都知道。"塞尔瓦达克回答道。

"是啊，大家都很'聪明'，而你总是最'聪明'的那个，我们可没忘了你上学时候的样子吧，是不是？"

"先生！"

"你的科学课学得可真好啊，不是吗？"

"别说了！"

"你简直就是那个班级的骄傲！"

"住嘴，先生！"上尉再次怒吼，他的愤怒似乎已经无法控制。

"我不可能住嘴！"教授喊道。

"闭嘴！"塞尔瓦达克又说了一遍。

"仅仅因为质量改变了，你就觉得速度也会改变吗？"

"闭嘴吧！"上尉的声音比之前又提高了一些。

"质量与轨道有什么关系？你知道多少颗彗星的质量，对彗星运动又有什么了解？蠢货！"罗塞特大喊。

"大胆！"塞尔瓦达克反击道。

本·佐夫以为他的主人真的生气了，朝教授走去，动作充满威胁。

"敢碰我试试！"罗塞特尖叫道，同时挺直了他瘦小的身躯。"你要为你的行为在法庭上接受审判。"

"哪个法庭？加利亚上的？"上尉问道。

"不，地球上的法庭！"

"地球上？胡说！你明明知道我们永远也不可能回到地球，我们的速度已经变了！"

"就是在地球上！"教授坚定地重复道。

"胡说！"本·佐夫叫道。"地球离我们那么远！"

"地球离我们可不远！我们不久就会穿过地球的轨道，就在1月1日早晨2点47分35.6秒！"

"谢谢你，亲爱的教授——非常感谢。你给了我所需要的全部信息。"上尉微笑着行了个礼，优雅地离开了。本·佐夫同样行了一个礼，然后跟在了上尉身后。只留下教授独自一人愣在原地。

接下来只剩下十三天——即原本的二十六加利亚天，现在的五十二加利亚天——可供大家准备。之前的所有安排都在紧锣密鼓地进行着。

每个人都迫不及待想要离开加利亚。大家都无视了在这样前所未有的情况下乘坐热气球升空可能导致的危险，也没有把普罗科普中尉的警告放在心上——如果他们的行程遇到任何障碍，气球就会立即燃烧起来。大家似乎都觉得，从彗星的大气层滑行到地球的大气层应该是最简单不过的事情，因此他们对成功充满了信心。塞尔瓦达克上尉似乎尤其对即将来临的冒险充满热情，而对本·佐夫来说，乘坐气球升空似乎就是他最大的梦想。性格较为冷静、情感不太外露的蒂马塞夫伯爵和普罗科普中尉心中都意识到，这次冒险可能危险重重，但即便如此，他们都决心以勇敢的姿态面对每一个困难。

此时海面已经解冻，船员们用蒸汽小艇去古尔比岛上做了三次航行，耗尽了他们仅剩的煤炭。

第一次航行是塞尔瓦达克和几名水手一起进行的。他们发现"古尔比"小屋和附近的石头建筑挺过了严冬的考验，完好无损。许多小溪穿过牧场，新生的植物在阳光的照耀下开始生长，茂盛的树叶上栖息着从火山飞回的鸟儿。似乎突然之间，夏天就取代了冬天，虽然一天只有三个小时，但气温却相当炎热。

另一次航行的目的是去岛上收集给气球中的气体加热所需的干草。如果气球不那么笨重，他们本来可以将气球运到岛上，从那里出发。但由于气球实在是太大了，更方便的做法还是将可燃材料带到气球旁边。

最后的煤炭用尽后，船只的残骸就成了日常燃料。哈卡布特发现他们在烧"汉萨"号的木头，大闹了一场，但本·佐夫警告他，如果再多说一句，他就得支付五万法郎来买一张坐气球回地球的票，否则就留在彗星上。哈卡布特闭上了嘴。

到圣诞节那天，一切都已准备就绪，随时可以启程。节日的庆祝显得比去年更为庄重。每个人都期待着在新的一年里踏上地球的土地，本·佐夫已经承诺，他会给巴勃罗和尼娜准备许多新年礼物。

或许这听起来很奇怪，但关键时刻临近，塞尔瓦达克和蒂马塞夫之间却似乎没什么话可聊。他们之间的沉默变得更明显了。过去两年的经历渐渐从他们的脑海中褪去，仿佛一场梦，而曾经引发他们之间竞争的美丽面庞，却如幻影一般在他们脑海中浮现。

上尉的思绪开始转向他未完成的回旋曲。在他空闲的时候，各种适合和不适合的、可能的和不可能的押韵词句不断在他脑海中响起。他深信自己即将完成一部天才之作。他离开地球时是个诗人，回去时也必须是个诗人。

蒂马塞夫伯爵和普罗科普中尉也同样渴望返回地球。俄国水手们唯一的想法就是跟随他们的主人，无论他走到哪里。西班牙人虽然并不太介意留在加利亚，但他们还是很期待着能重新踏上安达卢西亚的平原。而尼娜和巴勃罗则非常高兴能跟随这些一直在保护他们的人去进行新的冒险，无论去哪里。

唯一不满的只有帕米兰·罗塞特教授。他不分昼夜地执着于天文学研究，声称自己绝不会离开他的彗星，并发誓自己无论如何都不会踏上气球的吊篮。

教授失去了他的望远镜，他对此一直抱怨不休。现在，加利亚正在穿过一片狭窄的流星带，如果望远镜还在的话，新的发现简直触手可及，这更是让任何安慰都没了效果。绝望之下，教授尝试将一些从"多布里纳"号的药箱中找到的颠茄汁液滴入眼中，来增强视力。他以顽强的毅力忍受了实验带来的痛苦，直视天空，直到几乎失明。然而，所有的努力都付诸东流，尽管他痛苦万分，但却没有任何新发现作为回报。

没人能完全摆脱 12 月最后几天的那种躁动和兴奋。普罗科普中尉监督着最后的安排。两根破损的小桅杆已牢固地竖立在岸边，用来支撑热气球，气球上盖好了网，随时可以充气。吊篮也已经准备好。几个充气的小气球也已经挂在了吊篮的两侧，这样吊篮就能在水中漂浮一段时间，如果气球掉在离岸边不远的海里，这些小气球就会起到作用。但如果气球不幸掉在大洋之中，而且没有恰好碰到船只路过，大家恐怕只能面对溺水的命运。

31 日终于到来了。再过二十四小时，热气球将载着所有人升上高空。虽然加利亚的大气层中，空气的浮力不如地球，但升空并没有什么困难。

此时，加利亚距离太阳仅剩九千六百万英里，它离地球的距离也不过是四百万英里左右，而且这个间隔正以二十万零八千英里每小时的速度缩小，地球的速度约为七万英里每小时，而彗星的速度则略低于十三万八千英里每小时。

众人决定两点钟出发，比预测的撞击时间提前三刻钟，或者说得更精确一些，提前四十七分钟三十五点六秒。彗星的旋转发生了改变，这时是白天。

气球已经提前一小时充好了气，吊篮也已经牢固地固定在了气球上，只等着乘客们上去了。

第一个上吊篮的人是伊萨克·哈卡布特。但他刚一上去，塞尔瓦达克就注意到他的腰间系着一条巨大的腰带，凸出在外，非常夸张。"哈卡布特，这是什么？"他问道。

"这里面只是我的一点小钱，总督阁下，我的微薄财富，实在是微不足道。"犹太人说道。

"那么你这点小钱有多重？"上尉问道。

"只有大约六十六磅。"伊萨克回答道。

"六十六磅！"塞尔瓦达克惊呼，"我们可没考虑过带这么重的东西。"

"天哪！"犹太人开始抱怨。

"六十六磅！"塞尔瓦达克重复道，"气球带上所有人都很勉强了，怎么还能带上这些死物！把它扔出去，快点，扔出去！"

"上帝啊！"哈卡布特哀号道。

"快点扔出去！"塞尔瓦达克大喊。

"这可是我所有的钱，我辛辛苦苦存下来的，怎么可能丢掉？"

"绝对不行！"上尉毫不动摇地说。

"啊，阁下！"犹太人哀求道。

"好了，老尼科迪默斯，听我说，"本·佐夫插话道，"你赶快把你的钱扔掉，否则我们就把你扔出去。你自己选，快点，钱出去，还是你出去！"

比起金钱，这个贪婪的老人显然更看重自己的生命。他大声哭喊着，但最终还是解开了腰带，把它扔出了吊篮。

帕米兰·罗塞特的情况则截然不同。他一次又一次地表示自己绝不会离开彗星。他为什么要相信那颗气球，那个像纸一样会烧起来的东西？为什么要离开彗星？为什么不继续留在彗星上，进入遥远的太空？

塞尔瓦达克一声令下，两名水手毫不犹豫地把教授抱进了吊篮，轻轻松松地放在吊篮最里面，教授喋喋不休的抱怨戛然而止。

令他们深感遗憾的是，两匹马和尼娜的宠物山羊不得不被留在彗星上。唯一在吊篮里面享有一席之地的动物是那只曾将教授的字条带到尼娜蜂巢的信鸽。塞尔瓦达克认为，如果回到地球后他们需要传递信息，信鸽可能会有帮助。

所有人都已经在吊篮里坐好，只有上尉和他的勤务兵还在外面，塞尔瓦达克说道："本·佐夫，上去。"

"先生，你先请。"本·佐夫恭敬地回答。

"不，不！"塞尔瓦达克坚持道，"总督必须最后一个离开他的领地！"

本·佐夫稍微犹豫了一下，就爬上了吊篮的边缘，塞尔瓦达克随后跟上。众人切断绳索，气球平稳地升上天空。

第十八章

充满谜团的归途

气球升到了大约两千五百码的高度，普罗科普中尉决定保持在这个高度。在气球皮的下方挂着一个铁丝编的炉子，里面填满了点燃的干草，保持气球内部的空气一直处在合适的温度。

他们脚下是加利亚海。北方有一个微不足道的小点，标记着古尔比岛的位置。本该在西边的休达和直布罗陀完全消失了。南方是火山，这是大陆的一部分，是加利亚海的海岸。而在四面八方，碲和金组成的奇异岩石在阳光的照射下闪烁着彩虹色光泽。

随着他们的上升，地平线似乎也在上升。地平线的轮廓越来越清晰，头顶的天空完全晴朗，但在西北方向，背对太阳的地方，飘浮着一个新的小星球。它如此微小，不可能是一个小行星，更像是一颗暗淡的流星。那是加利亚因为内部震动而崩裂下来的碎片，现在已经在数千法里之外，沿着新的轨道前进。白天时它不太显眼，但夜幕降临时，它就会闪闪发光。

然而，最引人注目的还是那个迅速朝着他们逼近的地球。它斜着朝他们飞来，完全遮蔽了头顶的一大片天空，且速度越来越快，加利亚距离地球已经只有地月距离的一半。二者如此接近，以至于他们已经无法同时看到地球的两极。地表上交替出现着不规则的亮暗斑块，较亮的部分代表着大陆，较暗的部分则是会吸收太阳光的海洋。地球上还有宽广的白色带状云层，缓慢但持续不断地运动着，云层背向太阳的一侧笼罩着阴影，这些是弥漫在地球大气中的水汽。

众人以七十英里每秒的速度迅速接近地球，地球表面模糊的景象很快就变成了清晰的轮廓。山脉和平原不再模糊不清，海洋与海岸的区别更加明显，地球的表面不再像是画在地图上的平面，而是如同立体模型一般呈现在大家眼前。

2 点 27 分，地球距离加利亚仅剩七万两千英里。二者之间的相对速度越来越快。十分钟后，他们之间的距离仅剩下了三万六千英里！

地球的整体轮廓已经清晰可见。

"欧洲！俄国！法国！"普罗科普中尉、蒂马塞夫伯爵和塞尔瓦达克几乎异口同声地喊道。

他们没有错。东半球展现在他们眼前，阳光照耀下，他们不可能认错地球上的每一片陆地。

这一意外的发现让他们的激动情绪更加剧烈，言语很难描述出他们凝视着眼前这一宏大景象时的激动心情。危机近在眼前，但他们浮想联翩，压过了对危险的担忧。所有人的一切注意力都集中在一个想法上，那就是他们又一次接近了人类社会，他们曾经以为，自己已经永远无法回到那里。

如果他们能够停下来仔细观察的话，他们眼前展开的欧洲国家全景，正好显示出自然地理与国际关系之间的奇特相似性。英国像一位高贵的女士向东方走去，拖着她宽大的裙摆，头上戴着由小岛群环绕的冠冕；横亘瑞典和挪威的巍峨山脊，犹如一只蓄势待发的雄狮，跃跃欲试，似乎打算从冰封的北方向前扑去；俄国如同一头巨大的北极熊，头看向亚洲，左爪搭在土耳其上，右爪搭在高加索山脉上；奥地利像是一只大猫，蜷缩成一团，警觉地睡着；西班牙和葡萄牙像展开的旗帜一样在大陆的尽头迎风飘扬；土耳其像一只傲慢的公鸡，一只爪子抓住亚洲的海岸，另一只爪子抓住希腊的土地；意大利仿佛一只合脚的靴子，巧妙地踢着西西里岛、撒丁岛和科西嘉岛；普鲁士像一把锋利的战斧，嵌入德意志地区的心脏，刃口正好擦过法国的边界；而法国宛如一个充满活力的人，巴黎就像他的胸腔。

突然，本·佐夫打破了沉默："蒙马特尔！我看见蒙马特尔了！"尽管其他人哄堂大笑，说这根本不可能，但他们无论如何也不能说服这位忠诚的勤务兵，他坚信自己真能看到了他心爱的故乡。

唯一对接近地球无动于衷的人，是帕米兰·罗塞特。他在吊篮边缘俯身望去，彗星已经离他们越来越远，飘浮在下方约一英里半的地方，在四周的光辉中闪闪发光。

普罗科普中尉手持计时器，站在一旁记录时间的流逝。寂静再次降临，只能听到下令给炉子补充燃料的声音，这是为了确保热气球一直保持在必要的高度。塞尔瓦达克和伯爵继续专注地凝视着地球，眼中充满了敬畏的神情。气球微微落在加利亚后面，情况看起来颇为有利，因为可以推测出，如果彗星先与地球接触，他们就能够逐渐适应从一个大气层转向另一个大气层的过程。

接下来还有一个令人焦虑的问题：气球将降落在哪里？如果他们在陆地上降落，是否会降落在一个具备足够安全保障的地方？如果降落在海洋上，是否会有过往船只能够及时救援他们脱离困境？正如伯爵对同伴们说的那样，只有上帝才能在此时引导他们。

"升空已经四十二分钟！"中尉说道，他的声音打破了众人的沉默。

彗星与地球之间的距离已经不到两万英里！

预计的撞击时间是升空后的两小时四十七分三十五点六秒。再过五分钟，碰撞就会发生！

但是，真的是这样吗？就在此时，普罗科普中尉注意到，彗星明显偏离了直线前进的轨道，斜着向前飞去。难道撞击不会发生了吗？

然而，这个偏离并不大。它并不足以说明加利亚还是会像以前那样，只是擦过地球。现在看来，加利亚和地球必定会发生碰撞。

"毫无疑问，"本·佐夫说道，"这次两个星球肯定会撞在一起。"

又一个念头浮现在大家脑中。两颗星球的大气层在融合的时候，他们正在乘坐的这个气球会不会被撕成碎片？所有乘客会不会都将万劫不复？会不会没有一个加利亚人能幸存下来，讲述他们这段奇异的旅行？

时间宝贵，赫克托尔·塞尔瓦达克决定做些什么，至少能让他们在太阳系中的旅行记录得以幸存。

他从笔记本撕下一页，记下了下面的内容：彗星的名字、地球上被它带走的地点的清单、他的同伴们的名字，以及彗星抵达远日点的日期。上尉还在上面签上了自己的名字，然后转向尼娜，和她说，现在需要她把怀里的信鸽交给自己。

女孩的眼中噙满了泪水，但她没有说话，只是亲了亲信鸽柔软的羽毛，然后立刻把它交了出去，上尉迅速把字条系在它的脖子上。鸟儿在空中飞了几圈，绕的圈子越来越大，又快速在彗星大气层中下降，来到比气球要低得多的高度。

又过了几分钟，彗星和地球之间的距离减少到了不到八千英里。

速度快得不可思议，但众人对这种逐渐增加的速度毫无感觉。没有任何东西打破气球内的平衡，这个载着他们的飞行器一切如常。

"四十六分钟！"中尉宣布。

地球发着光的表面看起来像一个巨大的漏斗，张开大口准备吞下彗星和它的大气层、大气层中的气球，以及所有的一切。

"四十七分钟！"普罗科普喊道。

还有半分钟。每个人的血液中都涌起一阵激动的颤抖。空气中传来一阵震动，热气球明显被吸入一个旋涡。气球上的每个乘客都不由自主地紧紧抓住四周的气囊，两颗星球的大气层融合在一起，乌云聚集成厚重的团块，周围一片昏暗，时不时有闪烁的火焰在这幅场景中投下诡异的光辉。

没有人知道发生了什么，但每个人突然发现自己又回到了地球。他们无法解释这一现象，但他们确实再次站在了熟悉的地球土地上。他们曾在昏迷中离开地球，如今又在同样的昏迷中回到了这里！

气球不见了，完全不见了，和先前的计算结果相反，彗星只是轻轻擦过地球，正重新穿越太空，离他们越来越远了！

第十九章

回到家乡

"上尉，我们在阿尔及利亚吗？"

"是的，本·佐夫，我们在阿尔及利亚，离穆斯塔加奈姆不远。"这是塞尔瓦达克和他的勤务兵恢复意识后的第一次对话。

他们在这个省份生活过很久，因此他们几乎可以毫不犹豫地确定自己的位置，尽管他们无法解开笼罩在这个奇迹背后的谜团，但他们一眼就能确认，他们已经回到地球，且正好回到了他们离开的地方。

事实上，他们距离穆斯塔加奈姆不到一英里，过了大概一小时，他们已经从震惊带来的迷茫中恢复，众人一起出发，向着镇子走去。令他们极为惊讶的是，沿途并没有发现任何异常的迹象。居民们十分平静，每个人都在做着自己平日的工作。这是一个普通的 1 月清晨，牛羊在被露水打湿的牧场上安静地吃草。现在大约是早上八点，太阳从东方升起，没有任何迹象表明这里发生过什么不寻常的事情，也没有任何迹象表明居民意识到发生了什么。彗星刚刚差点迎面撞上地球，但是居民的脑海中似乎根本没有什么记忆，表明这件事情发生过，也没有任何恐慌，虽然他们刚刚距离千年一遇的灾难只有一步之遥。

"似乎没人在期待我们回来，"塞尔瓦达克说，"这一点很明确。"

"确实。"本·佐夫叹了口气，他显然有些失望，自己回到穆斯塔加奈姆，却没有受到隆重欢迎。

他们来到了马斯卡拉门，塞尔瓦达克首先认出了两位老朋友，两年前，他曾经邀请两位朋友来见证他的决斗——第二步枪兵团的少校和第八炮兵团的上尉。少校热情地回应了塞尔瓦达克的犹犹豫豫的问候："啊！塞尔瓦达克，我的老朋友！是你吗？"

"是我。"塞尔瓦达克回答道。

"你这段时间去哪儿了？天哪，你到底去做了些什么？"

"即便我告诉你，你也不会相信，我还是保持沉默好了。"塞尔瓦达克答道。

"别神神秘秘的！"少校说，"告诉我，你到底去哪儿了？"

"我的朋友，抱歉，"塞尔瓦达克回答，"不过先认真地跟我握握手，让我相信自己不是在做梦。"塞尔瓦达克已经决定，不论别人怎么劝说，他都不会透露那些不可思议的经历。

为了转移话题，塞尔瓦达克抓住了机会，在对方开口之前问道："那，L夫人，她怎么样了？"

"L夫人？"少校说，"她早就结婚了。你难道认为她会等你吗？眼不见，心不念。你知道的。"

"确实啊，"塞尔瓦达克说，然后他转向伯爵，"你听到了吗？看来我们不必再来一场决斗了。"

"我很高兴我们不必决斗了。"伯爵回答道。两位曾经的对手握手言和，他们终于可以成为推心置腹、肝胆相照的朋友。

"终于解脱了，"塞尔瓦达克心想，"我再也不用完成那该死的回旋曲了！"

塞尔瓦达克和伯爵一致认为，对于他们所经历的那些无法解释的现象，最好无论如何都保持最严格的沉默。令他们二人困惑不已的是，地中海沿岸竟然没有发生任何变化，他们想，明智的做法是将困惑完全留给自己。没有任何事情能让他们打破沉默。

第二天，众人就各奔东西。

"多布里纳"号的船员们随伯爵和中尉一起返回俄国。西班牙人得到了伯爵的慷慨资助，得到了一笔钱，足以确保他们安居乐业，他们也回到了自己的祖国。告别时，大家真诚地表达了对彼此的留恋和祝福。

只有伊萨克·哈卡布特没有因为告别而遗憾。他失去了商船和所有的财产，遭受了双重打击，从此在大家的视野中彻底消失了。不用说，没人费心去找他，正如本·佐夫说的那样，"也许老约兰正在美国，撒谎说自己是彗星上来的人，在骗钱呢！"

但无论塞尔瓦达克上尉如何想要保持沉默，罗塞特教授却不愿意隐藏自己的经历。尽管一位又一位天文学家都否定了加利亚彗星的存在，它也没有被列入彗星目录，罗塞特还是发布了一本冗长的专著，详细描述了他自己的冒险经历，并精确地列出了彗星的所有参数，通过那些参数计算出彗星的周期和轨道。科学界展开了激烈的讨论，绝大多数人都反对教授的观点，只有少数支持者站在他一边。有一本小册子引起了一定的关注，书中以"一段假设的历史"为标题嘲笑了整个辩论。对于这种无礼的批评，罗塞特发布了一篇反驳的文章，表达了他的极度愤慨，并重申了他的断言，即直布罗陀的一部分仍然在太空遨游，上面还有十三位英国人。他在最后说，自己一生最遗憾的事就是没能和他们一起去。

塞尔瓦达克和伯爵分别收养了巴勃罗和小尼娜。在他们的监护下，两人都得到了贴心的照顾和良好的教育。好些年后，塞尔瓦达克已经升为上校，两鬓斑白的他欣慰地看到，英俊的西班牙年轻人和迷人的意大利姑娘走进了婚姻的殿堂。蒂马塞夫伯爵准备了丰厚的嫁妆。尽管这两位年轻人没有像众人之前预想的那样，成为新世界的亚当和夏娃，但这丝毫没有影响他们的幸福生活。

彗星的事情始终是一个谜，塞尔瓦达克和他的勤务兵都无法解开这个谜团。但无论如何，他们成了比以往更加亲密的朋友。

有一天，在蒙马特尔附近，本·佐夫提起了他们在尼娜蜂巢中的经历，但他突然停了下来，说道："不过，先生，那些事情根本没发生过，对吧？"

　　塞尔瓦达克只能回答："该死，本·佐夫，人到底应该相信什么呢？"

译后记

《太阳系历险记》原著由法国作家儒勒·凡尔纳（Jules Verne）创作。本书参考美国作家查尔斯·霍恩（Charles Horne）于1911年编辑出版的英文版本翻译，并参考了1877年出版的法语首版。本书插图选自1877年法文版《太阳系历险记》，由法国艺术家保罗·菲利波托（Paul Philippoteaux）绘制，拉普洛特（Laplaute）雕刻。

书中部分科学设定（如"月球火山拥有独立的氧气供应"）已不符合现代科学研究成果，某些数据和计算也与当前的科学测量结果有所出入。此外，书中对欧洲各个国家、各个民族特点及其相互关系的描写，反映了当时的社会现象和作者的个人观点，这些内容并不代表当今社会的现实。出于对原文的尊重，以上内容在翻译中保持原貌，敬请读者自行斟酌判断。

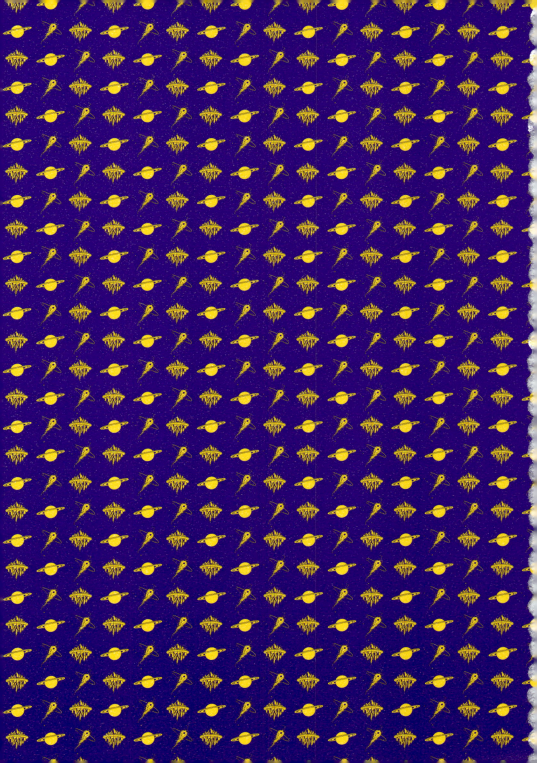

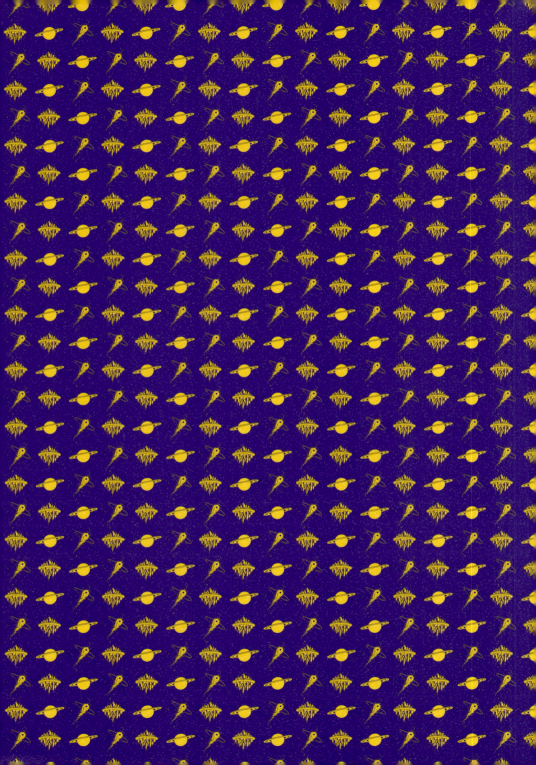